미 대륙의 자연 온천을 찾아서

오프로드 야생 온천

일러두기

1. 책 이름은『 』로, 논문과 보고서, 법령 등은「 」로 표기했으며, 신문과 잡지 이름은 〈 〉로 구분했다.
2. 외래어는 주로 국립국어원의 외래어 표기에 따라 표기했다.
3. 본문에 나오는 식물의 학명은 이탤릭체로 표기했다.

미 대륙의 자연 온천을 찾아서

오프로드 야생 온천

초판 1쇄 발행일 2023년 1월 13일

지은이 황상호 · 우세린
펴낸이 이원중

펴낸곳 지성사 **출판등록일** 1993년 12월 9일 **등록번호** 제10-916호
주소 (03458) 서울시 은평구 진흥로 68, 2층
전화 (02) 335-5494 **팩스** (02) 335-5496
홈페이지 www.jisungsa.co.kr **이메일** jisungsa@hanmail.net

ISBN 978-89-7889-515-6 (03810)

잘못된 책은 바꾸어 드립니다. 책값은 뒤표지에 있습니다.

또 다른 일상 이야기

미 대륙의
자연 온천을
찾아서

황상호 · 우세린 지음

오프로드 야생 온천

지성사

01 샌버나디노 카운티의 딥크리크 온천
02 임피리얼 카운티의 슬래브시티 온천
03 임피리얼 카운티의 홀트빌 온천
04 임피리얼 카운티의 파이브팜스 온천
05 로스앤젤레스 카운티의 옛 화이트포인트 온천 호텔
06 샌타바버라 카운티의 몬테시토 온천
07 샌타바버라 카운티의 가비오타 온천
08 벤투라 카운티의 에코토피아 온천
09 샌루이스오비스포 카운티의 패소로블스인
10 샌루이스오비스포 카운티의 패소로블스 리버옥스 온천
11 샌루이스오비스포 카운티 패소로블스 프랭클린 온천
12 샌루이스오비스포 카운티의 시카모어 온천
13 벤투라 카운티의 윌렛 온천
13-1 벤투라 카운티의 세스피 온천
14 툴레어 카운티의 조던 온천
15 컨 카운티의 델로네가 온천
16 컨 카운티의 레밍턴 온천
16-1 컨 카운티의 미라클 온천
17 인요 카운티의 테코파 머드 온천
18 인요 카운티의 세일린밸리 온천
19 인요 카운티의 키우 온천
20 모노 카운티의 위트모어 텁스 로드
20-1 핫크리크 지올로지컬 사이트
20-2 록텁 온천
20-3 크랩쿠커 온천
20-4 셰퍼드 온천
20-5 리틀크리크 온천
21 모노 카운티의 와일드 윌리스 온천
21-1 모노 카운티의 힐탑 온천
22 모노 카운티의 벅아이 온천
22-1 모노 카운티의 트래버틴 온천
23 알파인 카운티의 그로버 온천
24 알파인 카운티의 카슨리버 온천
25 네바다주의 라스베이거스 골드스트라이크 온천
26 애리조나주의 애리조나 온천
27 멕시코 바하칼리포르니아의 푸에르테시토스 온천
28 멕시코 바하칼리포르니아의 푼타반다 온천
28-1 멕시코 바하칼리포르니아의 우루아판 온천

캘리포니아 자연 온천

캘리포니아
자연 온천
24
알파인 카운티
23
22
22-1
모노 카운티
21-1
20-1
20-4
20-5
21
20-1
20-2
20-3
인요 카운티
19
툴레어 카운티
18
네바다주
14
17
25
10
15
16-1
09
샌루이스오비스포 카운티
11
컨 카운티
12
16
샌버나디노 카운티
07
06
13
13-1
샌타바버라 카운티
01
08
벤투라
카운티
애리조나주
로스앤젤레스 카운티
26
05
02
04
임피리얼
카운티
03
28
28-1
멕시코
바하카르프포르니아반도
27

|차례|

온천 가는 길 **라스베이거스와 멕시코** · 309

온천 가는 길
캘리포니아 남부

온천을 품은 사막, 모두 '보여'드리리

01 샌버나디노 카운티의 딥크리크 온천

"머럴 스탑! 머럴 스탑!"

아따, 뭐를 멈추라는 거야! 미국 서남부 샌버나디노 국유림에 있는 딥크리크 온천(Deep Creek Hot Springs)으로 가기 위해 사유지인 보언랜치(Bowen Ranch)에 차를 세웠다. 안내소로 보이는 낡은 오두막에서 카우보이 모자를 쓴 백인 아저씨가 고함을 치며 창밖으로 머리를 내밀었다.

'아하, 모터 스톱(Moter stop)! 차 시동을 끄라고…….'

나의 영어 뇌세포는 이렇게 버퍼링이 길다. 차량 시동을 끄고 주차요금(1인당 5달러) 10달러를 낸 뒤 손으로 그린 지도를 받았다. 온천 문지기는

딥크리크 온천이다. 돌에 이끼들이 쌓여 있지만, 물에 잠시 들어가 있으면 이끼가 가라앉고 다시 투명하게 비친다.

온천으로 향하는 길이다. 빨간색 식물은 캘리포니아메밀로 꽃이 진 뒤 붉게 말라 있다.

〈엘에이 매거진LA Magazine〉 기자가 썼던 총을 가진 불친절한 남자인 것 같았다.

인생 최초로 자연 노천 온천으로 향하는 길. 개발 안 된 100퍼센트 자연 모습이라고 하니 '야생 온천'이라 함이 옳다. 캘리포니아는 환태평양 지진대인 '불의 고리'에 속해 있어 마그마의 압력으로 솟구치는 자연 온천이 발달해 있다. 일본에만 근사한 온천이 있는 것이 아니라, 미 서부에는 대자연이 품은 기가 막힌 온천이 숱하다. 특히 캘리포니아 중남부에는 여행자들이 접근하기 쉬운 무료 노천 온천이 40곳이 넘는다. 물론 돈 내고 들어가는 온천 리조트는 수도 없이 많다.

딥크리크 온천은 샌버나디노 카운티 애플밸리의 샌버나디노 국유림에 있다. 로스앤젤레스에서 차로 남쪽으로 145킬로미터, 두 시간 걸린다. 로스앤젤레스와 샌디에이고 중간쯤에 있어 두 지역 사람들이 많이 찾는다.

여름잠 자는 두꺼비 보셨나요?

크리크(Creek)는 우리말로 개울, 냇가를 뜻한다. 이 일대는 건조한 사막 기후다. 샌버나디노산맥이 태평양에서 몰려오는 비구름을 막아 일 년 내내 비그늘이 진다. 이 산을 기준으로 서쪽은 키 큰 나무로 겹겹이 싸여 울창한 삼림을 이루고 동쪽은 키 작은 덤불로 이루어져 있다. 캘리포니아 자연의 두 얼굴을 동시에 만날 수 있다.

온천 가까이 딥강이 흐른다. 버드나무와 떡갈나무 등 활엽수와 함께 피뇬(Pinyon) 등 침엽수도 뿌리를 내리고 있다. 건조한 기후에 강한 야생화도 지천으로 피어난다. 아메리카 원주민들이 기름을 짜 쓰던 크레오소트부시(Creosote bush)의 연노란색 꽃, 긴 줄기에 하얀색 꽃이 종종 달려 있는 장미과의 차미스(Chamise), 빨간 꽃대롱의 펜스테몬(*Penstemon*), 달빛 꽃밥을 안고 있는 연보랏빛 호아리애스터(Hoary aster) 등이 자란다.

푸른빛이 감도는 이름 모를 검은 새와 각종 도마뱀, 멸종위기종인 소협곡두꺼비 '아로요토드(Arroyo Toad)'도 서식한다. 아로요토드는 몸집이 7센티미터밖에 되지 않는다. 날씨가 건조해지는 8월에 잠이 들어 이듬해 1월에 깬다. 겨울잠이 아니라 '여름잠'을 자는 것이다. 송어도 많이 서식한다. 낚시꾼들은 법적으로 하루에 203밀리미터 이상의 송어를 두 마리만 잡을 수 있다.

보언랜치 카우보이 오두막에서 차로 조금 더 들어가면 트레킹으로 이어지는 공터가 나온다. 그곳에 차를 세웠다. 온천까지는 약 4킬로미터, 걸어서 50분 거리다. 중간 난도의 산행 코스다. '까칠남' 문지기가 손으로 그려준 지도가 꽤 정확해 간단한 기호를 보고도 거뜬히 온천을 찾아갈 수 있다.

온천 가까이 흐르는 딥강이다. 누군가 모래 위에 '벗고 있자(GET NAKED)'라는 글자를 만들었다.

산행로는 경사진 모랫길이라 미끄러지지 않게 조심해야 한다. 방울뱀도 주의해야 한다. 여름철 낮 기온이 섭씨 38도를 웃돈다. 물을 충분히 챙기고 모자와 선글라스, 선크림도 준비해야 한다. 겨울철 눈만 피하면 일 년 내내 걷기 좋다.

선글라스가 필수품인 이유

얼마나 걸었을까? 아스라이 저 멀리, 살집이 좋은 노인의 뒤태가 보인다. 어라? 그, 런, 데? 사알색! 아래가 휑하다. 노팬티다! 영어로는 '버스데이 수트(birthday suit).' 머리에서 범종이 두웅~ 울린다. 두개골과 뇌는 해부

학적으로 분리되어 있는 것이 분명하다. 뇌가 따로 진동을 한다.

노인은 태연히 "굿모닝" 하며 인사를 건넨다. 나는 도망가듯 발걸음을 재촉했다. 이번에는 40대로 보이는 남자다. 시선을 어디로 둬야 할지 고민하는 사이, "하우 아 유(How are you)" 인사를 한다. 아랫도리가 벌겋게 드러난 채로 말이다. 말로만 듣던 나체족이다.

이곳은 누구나 원하면 발가벗고 다닐 수 있는 '선택적 나체 지역'이다. 스타일도 다양하다. 아랫도리를 완전히 개방한 남자, 손수건으로 주요 부위만 가린 남자, 일본 훈도시처럼 엉덩이는 노출하고 앞을 천으로 감싼 남자도 있다. 영화 「곡성」에 나오는 외지인 같아 섬뜩함마저 들기도 한다. 산행로에서는 대부분 남자들만 벗었다.

미국 노천 온천에서는 나체족을 어렵지 않게, 아니, 아주 쉽게 만날 수

나체족이 그들의 자유를 충분히 누릴 수 있도록 허가된 곳이다. 한 노인이 맨몸으로 배낭만 메고 걷고 있다.

있다. 나체족 커뮤니티 사람들은 웹사이트를 개설하여 나체에 관한 세계 뉴스를 모으기도 하고, 6월 21일을 '국제누드하이킹의 날(National Nude Hiking Day)'로 정해 해시태그 '#HikeNakedDay'로 서로의 행각을 공유하기도 한다.

자연주의 행동위원회(Naturist action committee)와 신체자유조합(Body freedom collaborative) 같은 비영리단체도 있다. 이들은 나체 관련 영화제와 '세계 나체 조경의 날(World Naked Gardening Day)', '세계 나체 자전거 타기(World Naked Bike Ride)' 등의 행사를 주최하고 있다. 아무튼 운이 좋다(?)면, 온천에서 남자의 성기에 금속 액세서리로 피어싱을 한 '프린스 앨버트(Prince Albert)'도 볼 수 있다. 요가를 하고 몸을 녹이는 늘씬한 나체 여성도 있다. 이 여행에서 선글라스가 필수품인 이유 중 하나다.

팔다리가 오그르르 풀리는 자릿함

온천에 도착하니 먼저 온 하이커(hiker)들이 나무에 해먹을 걸어 낮잠을 자고 있었다. 한 무리는 기타를 치며 노래를 불렀다. 작은 온천탕에는 예닐곱 명이 복닥복닥 모여 목욕을 하고 있었다. 적당한 웃음과 수다가 새소리처럼 정겨웠다. 나도 옷을 벗고 온천탕에 반쯤 몸을 담갔다. 산행 중 긴장했던 팔다리가 오그르르 풀렸다. 맥주 한 캔을 땄다. 속이 싸하니 기분도 분홍빛 솜사탕처럼 보들보들해졌다.

딥크리크 온천에는 차갑고, 미지근하고, 뜨겁고, 매우 뜨거운 탕 5~6개 있다. 각 탕에는 별명이 있다. 수온이 39도로 다른 탕과 2~3미터 떨어져 낮은 곳에 있는 '게솥(crab cooker)'과 큰 암석 가까이 함께 있는 '기념일탕(anniversary pool)', 수온이 26도로 미지근한 편인 '자궁(womb)탕' 등이 있다.

온천에 자주 왔다는 샌디에이고 출신 흑인 청년 저니는 "내가 알기로는 지금 네가 있는 곳이 '기념일탕'이야. 내 생각에는 그렇다는 말이지. 사실 정확히 어디가 어딘지는 여기 자주 오는 사람들도 잘 몰라" 하며 웃었다.

다양한 피부색의 남녀노소가 정말 아무렇지 않게 벗고 다녔다. 주위 사람들도 전혀 낯설어하지 않았다. 어떤 여성은 바로 옆에 '이성 애인'과 '남자 사람 친구'가 함께 있는데도 태연하게 속옷을 갈아입거나, 나체로 돌아다녔다.

사람 가죽에 그려진 다양한 작품도 감상할 수 있다. 팔뚝에 그린 독개구리와 뱀 대가리, 종아리에 그린 용과 일본 무사, 팔목에 새긴 낙서 등

사람들이 가장 많이 몰려 있는 곳이 가장 뜨거운 탕이다. 바위틈에서 손이 델 정도로 뜨거운 물이 계속 솟구친다.

텅 빈 온천, 자연과 내 몸이 가장 가까이 만나는 순간이다. 자연에서 옷을 홀딱 벗어본 적 있던가.

다채로운 문신을 볼 수 있다. 왼쪽 팔뚝에 '배울 학(学)' 자를 새긴 백인 청년 밴은 "이거? 여자 친구가 문양이 예쁘다고 그냥 골라준 거야"라고 했다. 대학과 관련된 일을 하냐고 물었더니 "경영대학원에서 박사학위를 땄고 아직 학교에서 일하고 있으니 그런 셈이지"라고 말했다. 이 녀석도 알몸이었다.

피시티, 미 서부 종단 트레일을 걷다

이곳은 세계적인 장거리 도보 여행길인 '퍼시픽 크레스트 트레일(Pacific Crest Trail, PCT)'이 통과하는 장소다. 피시티는 미 서부 최남단 캘리포니아 국경도시 캠포에서 최북단 캐나다 국경지역인 매닝 공원까지 4,270킬로미터를 종단하는 길이다. 여행자들은 4월 중순 남쪽에서 출발해 3주째쯤이 온천을 돌파한다. 한인 참가자들 말을 종합하면 한인 도전자도 매년 늘어 2018년 기준 약 40~50명이 피시티 길에 올랐다고 한다. 그해 한인 중년 남성이 피시티에서 심장마비로 숨졌다.

피시티 구간을 일부 걷고 싶다면 보언랜치 반대 방향인 '딥크리크 하이킹 에어리어(Deep Creek Hiking Area)' 갓길에 차를 세우고 '브래드퍼드 리지 길(Bradford Ridge Path)'을 걸으면 된다. 한 시간쯤 걷다 보면 온천 가까이에서 피시티 구간을 만날 수 있다. 다만 이 구간에는 제대로 된 이정표가 없어 길을 잃을 수 있다.

11월 중순, 두 번째 방문한 딥크리크 온천에서 여성 피시티 하이커 헬레인을 만났다. 그녀는 미 서북부 워싱턴주에서 4개월 전에 출발해 남쪽으로 내려왔다고 했다. 쉰내가 3미터 앞에서도 '팍' 났다. 하도 강렬해, '냄새가 풀풀 났다'라고 하기에는 적절하지 않다. 그날 헬레인 곁에는 로스앤젤레스에서 온 남자 사람 친구 두 명이 동행하고 있었다. 10킬로미터 정도를 함께 걸었다고 했다.

남녀 셋은 모두 '공정하게' 팬티만 입고 온천에 들어왔다. 모두 가슴을 드러내놓고 말이다. 헬레인은 "대학 졸업하고 이제 뭘 해야 할까 고민하다가 피시티 여행을 결심했다"며 "이 땅이 이렇게 아름다운 곳이었는지 매일 감탄하고 있다"고 했다.

주변 어딘가 잘 보면, 마실 것이 들어 있는 아이스박스나 나무에 걸려 있는 과자를 볼 수 있다. 장거리 하이커들은 이것을 '트레일 매직'이라고 한다. 피시티 에인절(angel)이라 불리는 민간 봉사자들이 여행자를 위해 아

피시티 하이커 헬레인과 그녀의 남자 친구들이 길을 걷고 있다.

이스박스에 시원한 콜라와 맥주를 넣어 두거나 산행길에 먹을 것을 두고 간다. 온천 여행길, 트레일 매직을 만난다면 당신은 정말 운이 좋은 사람이다.

세상에 존재하지 않는 도시, 여기에 사람이 산다

02 임피리얼 카운티의 슬래브시티 온천

존재하지만 기록되지 않은 곳이 있다. 미국 서부 캘리포니아 남부 슬래브시티(Slab City)다. 슬래브(Slab)는 잿빛 단열재를 뜻한다. 다시 말해 판자촌, 빈자들의 공동체다. 그들의 대중목욕탕인 슬래브시티 온천(Slab City Hot Springs)을 찾아갔다.

슬래브시티 온천은 행정구역상 임피리얼 카운티(Imperial County) 닐랜드(Niland)에 있다. 하지만 행정구역을 말하기에는 황량한 곳, 소노란 사막(Sonoran Desert)에 자리하고 있다. 로스앤젤레스에서 남쪽 309킬로미터 지점으로 111번 고속도로를 달리다 비포장길인 빌 로드(Beal Rd.)로 접어들면

슬래브시티 온천에 들어가 자연 진흙 팩을 하고 있다. 보기에는 공사장 근처에 파헤쳐진 웅덩이 같지만 가난한 이들의 대중목욕탕이다.

석양이 지는 슬래브시티로, 주변에 높은 건물 하나 없는 사막지대라 하늘의 변화를 시시각각 관찰할 수 있다.

나온다. 길가에 별다른 안내판이 없어 외지인은 못 보고 지나치기 쉽다. 지역 예술가들이 운영하는 기념품 판매 트럭 주변에 있다.

이곳은 공식적으로는 세상에 존재하지 않는 무명의 도시다. 제2차 세계대전이 한창이던 1942년 10월, 미 해군이 북아프리카 공격을 위해 이곳에 대공 포탄 훈련지 캠프 던랩(면적 2.6제곱킬로미터)을 지었다. 이후, 1961년 부대가 완전히 철수하면서 폐허가 되었다. 그 전후로 로스앤젤레스와 샌디에이고 등지에서 노숙자와 히피들이 몰려와 텅 빈 탄약고와 무기고, 창고 등을 차지하고 살았다.

여름철 거주민 수는 300명 정도이다. 겨울이 되면 따뜻한 곳을 찾아온 장기 여행자들이 더해져 인구가 10배 이상 늘어난다. 하지만 세금 한 푼 내지 않는 사람들이라 지역정부는 이곳을 공식적인 행정구역으로 인정하지 않고 있다. 이 때문에 전기와 수도시설이 없다. 쓰레기장도 없고 더러운 물을 버릴 하수시설도 없다. 군부대 맨홀과 참호 등 옛 군사시설만 고대 화석처럼 남아 있다.

마지막 자유의 땅에서 보내온 우편물

차를 타고 마을을 지나가자 모래바람이 분다. 사막 마을에는 레저 차량이 듬성듬성 모여 있다. 어떤 이들은 고급 레저 차량 앞에 파라솔을 쳤고, 어떤 이들은 낡은 레저 차량 지붕에 판자를 덧대 햇볕 가리개를 만들었다. 버려진 레저 차량 파편과 두꺼운 종이상자를 얼기설기 엮어 집을 만든 곳도 있다. 지게차용 팰릿(pallet)을 주워다 이어 붙인 누더기 집, 노아의 방주를 뒤집어 놓은 듯한 기하학적인 판잣집도 있다.

영화 「디스트릭트District 9」에 등장하는 세기말 모습이나 영화 「판의 미로Pan's Labyrinth」의 어둡고 괴상한 분위기가 풍기는 키치적 공간이다. 산악작가 존 크라카우어의 논픽션이자 동명의 영화 「인투더와일드Into The

히피들이 만들어 놓은 정크아트다. 버려진 차량에 온갖 쓰레기를 붙여 외계 생명체를 만들었다. 실제 외계인이 만든 것이 아닐까 하는 상상도 해본다.

Wild」에도 이곳이 나온다. 주인공 크리스토퍼 맥캔들리스는 알래스카로 가기 전 슬래브시티에서 10대 소녀와 짧은 사랑을 나눈다.

이곳은 히피들의 예술 공간이다. 눈길을 붙잡는 것은 버려진 군부대 검문소다. 히피들은 검문소에 색색의 래커 스프레이로 다양한 글귀와 그림을 그렸다. 슬래브시티에 온 것을 환영한다는 문구와 함께 'THE LAST FREE PLACE, ALMOST THERE(마지막 자유의 땅, 곧 도착)', 인생은 한 번뿐(You only live once)이란 뜻의 'YOLO(욜로)' 등을 써놨다.

사막에 버려진 폐차에는 선풍기 날개 수십 개를 붙여 우주 로봇 괴물처럼 표현했고 어떤 차에는 크레용풍 원색을 칠해 레고 장난감처럼 만들었다. 마을 안 '버려진 곰 인형의 집'은 해가 지는 흐름에 따라 인형의 표정과 분위기가 바뀐다. 반려동물 공동묘지는 섬뜩하면서 가엾다. 마을 전체가, 화가 살바도르 달리의 흐물거리는 시계 같다.

이곳이 세상에 알려지자 장기 여행자와 이 문화를 체험하려는 속칭 '슬래버(Slabber)'가 모여들었다. 종말을 대비해 생존 훈련을 하는 서바이벌리스트와 무정부주의자, 괴짜들이 찾아왔다. 작가 찰리 해일리는 책 『슬래

슬래브시티 거주촌이다. 널빤지를 이어 붙여 유선형의 판잣집을 만들었다. 바람 많은 사막에 특화된 집이다.

브시티, 마지막 자유의 땅에서 보내온 우편물Slab City: Dispatches from the Last Free Place』에서 1985년 기준 겨울철 주민 수가 6천 명이었다고 썼다.

주민 사이에 논쟁이 발생하면 마을 이사회가 열려 대중 토론이 벌어진다. 하지만 신분을 속이고 숨어 있는 사람도 있다. 2016년 4월 뉴멕시코주에서 여성을 목 졸라 살해한 40대 남성이 이곳에 은신해 있다가, 석 달 뒤 또 다른 여성을 이 마을에서 총격 살해해 경찰에 체포되었다.

유격훈련장 참호를 떠올리게 하는 온천

온천은 진흙이 겨우 마른 듯한 푸석한 땅에 덜렁 있다. 테니스 코트 크기만 하다. 공사장 기초 작업을 위해 파놓은 대형 구덩이에 장맛비가 고인 모양새다. 온천 둘레도 콘크리트나 돌로 깔끔하게 마감이 되어 있지 않아 군부대 참호 같다.

물은 짙은 잿빛이다. 유황이 흘러 달걀 썩는 냄새가 코를 자극한다. 온

슬래브시티 온천 전경이다. 왼쪽 구조물은 버려진 물탱크다. 떠다니는 이끼 때문에 수질이 나빠 보이지만 물속은 깨끗하다.

천 가장자리에는 수초가 동전만 한 크기로 뭉쳐 있고 날벌레가 여기저기 빠져 죽어 있다. 이곳을 온천이라고 해야 하나 그냥 뜨거운 물웅덩이라고 해야 하나 망설여진다.

여긴 아니다 싶어, 물에 손만 담그고 있는데 어디선가 40대 초반으로 보이는 금발 백인 여성이 하얀색 호텔 가운을 입고 나타났다. 이름은 안드레아. 그녀는, 온천 입구에 쪼그리고 앉아 있는 우리 부부에게 다가와 "이곳에서는 원하는 사람은 옷을 다 벗고 목욕을 해도 돼. 나는 벗고 목욕할 거야"라고 말하더니 가운을 벗어 던지고 물에 들어갔다. 순간 눈을 어디 두어야 하나 당황스러웠다.

아내는 원피스 수영복을 입고 물에 들어갔다. 나도 입수. 수온은 36도로 제법 후끈했다. 더운 기운이 온몸을 감싸니 물이 지저분하다는 생각이 사라졌다. 유황 성분이라 물빛이 탁할 뿐 물속까지 더럽지는 않았다. 온천 바닥에서 온천수가 보글거리며 솟구쳐 작은 수로로 흘렀다. 수심은 최대 2미터가 넘었다. 바닥이 진흙이라 미끄러지면 위험할 수 있다.

온천 전경이다. 거대한 사막에 솟는 온천이다. 사막화가 되기 전 이곳은 분명, 온갖 동식물의 거처였을 것이다.

안드레아는 자신을 사회학자라고 소개했다. 대학을 다니다 우연히 인터넷에서 이곳을 알게 되었고, 6년 전 완전히 이주했다고 말했다. 하는 일은 굶주린 개에게 먹이를 주고 다친 개를 치료하는 것. 물론, 그도 채소 한 포기 기를 수 없는 사막에서 자급자족을 할 수 없다. 그 때문에 한 달에 한 주 정도는 샌디에이고로 나가 돈을 벌고 지인들에게 개 사료 등을 기부받아 돌아온다고 했다.

"내가 거의 수의사나 마찬가지야. 이 마을 사람들은 가난해서 개들에게 먹이 줄 형편이 안 돼. 내가 사료를 주고 치료도 해주고 있어."

물 한 방울 나오지 않는 이곳에서 슬래브시티 온천은 세상 마지막까지 밀려난 자들의 최종 안식처다. 이곳에서는, 그들은 지독한 집세에서 탈출

나이트클럽 더 레인지의 밤 풍경이다. 아마추어 밴드가 노래를 부른다. 소리는 메아리로 돌아오지 않는다. 밤을 더 밤답게 만드는 공간이다.

할 수 있다.

안드레아는 온천을 떠나기 전, 아침 9시에 5달러짜리 샌드위치를 파는 오아시스 클럽, 정크아트로 유명한 이스트 지저스(East Jesus) 등 마을 명소를 알려주었다. 또 "매주 토요일 해가 지면 슬래브시티 나이트클럽인 더 레인지(The Range)에서 밴드 공연이 있다"고 추천했다. 그날은 마침 토요일이었다.

세상을 걷어찬 자들의 연대

온천욕을 끝내고 구원의 언덕, '샐베이션 마운틴(Salvation Mountain)'을 찾아갔다. 온천과 1.1킬로미터 떨어진 곳으로 온천에서도 보이는 이곳 랜드마크다. 샐베이션 마운틴은 미 동부 버몬트주 출신의 레너드 나이트가 종교에 심취한 뒤, 이곳으로 와서 만든 페인트 언덕이다. 처음에는 언덕에다 시멘트를 부어 그 위에 작은 그림을 그리다가 점점 커져 높이 46미터 대형 페인트 그림 언덕이 되었다.

투입한 시간만 28년, 쏟아부은 페인트는 37만 리터다. 그는 청년 시절 한국전쟁에 징집되어 한국 땅도 밟았지만 열흘 만에 휴전이 되면서 미국으로 다시 돌아왔다.

페인트 산에는 빨간색과 분홍색, 연두색 등 원색 페인트로 그린 나무와 계곡, 온갖 기호가 뒤덮고 있다. 정상에는 약 3미터의 하얀 십자가가 세워져 있다. 그 아래에는 '신은 사랑입니다(GOD IS LOVE)', '예수여, 나는 죄인입니다. 제발 나에게로 마음속으로 들어와 주세요(Say JESUS I'M A SINNER PLEASE COME UPON MY BODY AND INTO MY HEART)'라는 글귀가 써 있다.

다양한 성경 구절이 여기저기 적혀 있다.

임피리얼 카운티 지역정부는 이곳이 눈엣가시였다. 세금을 안 내는 불온한 자들이 정부 땅을 점거해 개발도 못 하게 만들었기 때문이다. 종교 시설물이라 쉽게 부수지도 못했다. 지역정부에서 세운 전략은 환경문제를 제기해 철거하는 것. 지역정부는 1994년 독소 전문가를 고용해 환경조사를 했다. 결과는 납 성분 환경 기준치 초과였고, 지역정부에선 바로 철거 수순에 들어갔다.

주민들은 호락호락하지 않았다. 지역 예술가와 종교인이 힘을 합쳐 이

↑ 샐베이션 마운틴이다. 형형색색의 페인트 통이 바닥에 깔려 있다. 모래언덕이라 보수를 하지 않으면 계속 무너져 내린다.

→ 샐베이션 마운틴이라는 비영리단체에서 이곳을 관리하고 있다. 사진 명소로 알려지면서 인스타그래머에게 인기 장소가 되었다.

샐베이션 마운틴 정상. 낮은 언덕이지만 사막에서는 최고 높이의 전망을 자랑한다.

곳을 보호해야 한다며 여론전을 벌였다. 동시에 다른 지역 민간단체에 환경조사를 의뢰했다. 다행히 납 성분이 환경 기준치 미만으로 나왔다. 수성전에 성공했다. 창립자 레너드 나이트는 이후에도 이곳에 머물며 여러 작품을 만들었고, 2014년 83세로 세상을 떠났다. 지금은 샐베이션 마운틴이라는 이름의 민간단체가 이곳을 유지·보수하고 있다.

샐베이션 마운틴 아래에서 판잣집을 지어 살고 있는 활동가 론은 "오전 10시쯤 사람들과 모여 보수작업을 해. 이곳을 더 크게 만들 수는 없고 매일 무너진 곳에 지푸라기를 집어 넣고 페인트를 채우며 보수하고 있어"라고 했다. 론은 샐베이션 마운틴을 오르는 방문객에게 종종 소리를 친다.

"그쪽은 올라가는 길이 아니에요!"

"언덕에 앉아 있으면 안 돼요! 페인트가 다 무너져요!"

론이 목소리가 커도 화를 내는 것은 아니니 놀라지 말라.

차에서 내려 마을을 둘러보며 다니다 보니 하늘이 어스름해졌다. 햄버거도 사 먹을 겸 안드레아가 추천한 나이트클럽 '더 레인지'에 갔다. 늙은 기타리스트가 기타 줄을 튕기고 중년 여성은 하모니카에, 또 다른 남성은 탬버린을 쳤다. 부르는 노래는 슬래브시티 주민인 마이크 브라이트가 만든 '슬래브시티 송(Slab City Song)'이었다. 그들은 빠른 템포의 연주에 맞춰 "우리는 여기가 좋아, 다시 돌아가지 않을 거야(We like it here and we ain't going back)"라고 노래했다.

노인 20명이 긴 의자에 앉아 밤공기를 마시며 공연을 바라보았다. 머리카락을 땋아 드레드 머리를 한 청년들은 뒤편 의자에 앉아 마리화나를 피웠다. 조끼 차림에 오른쪽 허리띠에는 장도를 찬 정체 모를 중년 남성들이 공연을 보고, 그사이 목줄 풀린 개들은 청중 사이를 마구 뛰어다니며 먹을 것이 없나 수색했다.

두 번째 밴드가 무대에 올랐다. 한 여성이 올라와 드럼 스틱을 들었다. 관객들이 그의 이름을 외쳤다. "안드레아! 안드레아!" 왠지 익숙한 이름. 낮에 온천에서 같이 목욕한 금발 여성이었다. 두구두구 당탕. 드럼 실력이 출중하지는 않았다. 하지만 관객들은 그녀에게 기꺼이 환호를 보냈다.

슬래브시티의 '죽은 곰인형 전시장'에 노을이 지면 곰 인형들이 살아 움직일 것 같은 기분이 든다.

슬래브시티의 한 집 앞 풍경. 대문 없는 이 집에는 온갖 모양의 하트가 그려져 있다.

이런 곳에 온천이 있다고? 여기 숨은 걸 몰랐네

03 임피리얼 카운티의 홀트빌 온천

1954. 1000. 654. 0.

미국과 멕시코가 맞닿아 있는 국경 거리는 1,954마일(3144킬로미터), 트럼프 전 대통령이 세우려던 국경 장벽은 1,000마일(1,609킬로미터), 이미 세워져 있는 기존 장벽은 654마일(1,052킬로미터), 2019년 2월 기준(이 글을 쓸 당시), 완성한 장벽은 0마일.

한반도 38선처럼 한번 벽을 세우면 허물기 어렵다. 그런데도 트럼프 전 대통령은 주한미군에 쓰이는 국방비를 돌려쓰더라도 멕시코 국경지대에 9미터 높이의 콘크리트 장벽을 쌓겠다고 선포했다. 미국은 '용광로(melting pot) 사회'라 하지만 여전히 이민자 문제가 심각하다. 멕시코 접경지대는 그 최전선에 있다.

이번 목적지는 멕시코 국경지대에 있는 홀트빌 온천(Holtville Hot Springs)이다. 국경선과 직선으로 9킬로미터 떨어진 곳이다.

로스앤젤레스에서 남쪽으로 300킬로미터쯤 내려오자 길 양옆으로 밭들이 레고 블록처럼 고르게 펼쳐져 있다. 콘크리트로 만든 인공 수로를 따라 농업용수가 밭으로 흘러간다. 밭에서는 스프링클러가 뱅그르르 돌

인공 수로를 통해 재배되고 있는 농작물이다. 아메리카 원주민과 아시아계 이민자들이 개척한 땅이다.

며 물을 뿌려댄다. 밤마다 경찰 헬리콥터가 용의자 차량을 향해 불빛을 쏘아대고 데시벨 높은 소방차 사이렌 소리가 밤을 찢어대는 로스앤젤레스에서 살다가 모처럼 시골길을 달리니 낯설면서 그립기도 하다.

임피리얼 카운티는 인구 18만 명의 농촌이다. 주민 넷 중 하나가 농부이다. 겨울 기온이 영상 15~26도로 따뜻해 이모작이 가능하다. 당근과 새싹 채소 알팔파(Alfalfa), 트럼프 전 대통령이 좋아한다는 미국상추(Lettuce)를 재배한다. 1년 농업 생산량이 10억 달러가 넘는데 미 전역에서 소비하는 겨울 채소 대부분을 이곳에서 생산한다.

지하로는 마약, 지상으로는 인신매매

"창 내려 보세요! 당신, 미국 시민권자예요? 어디로 가는 거예요?"

목적지 30킬로미터를 남겨 두고 소도시 웨스트몰랜드(Westmorland)에 진입했다. 왕복 2차선 좁은 도로에 설치된 미국 국경 수비대 검문소에 차를 세웠다. 짙은 녹색 유니폼을 입고 소총을 둘러맨 수비대원이 허리를 숙여 차량 안을 노려봤다. 어디로 가느냐, 미국 시민이냐, 툭툭 내뱉듯 물었다. 또 다른 수비대원은 몸매 좋은 검은색 마약 탐지견을 데리고 차 트렁크로 향했다.

"난 시민권자는 아닌데. 나는 LA에서……."

"그래, 알았어. 그냥 가."

묻는 말에 답하려고 하는데 말을 자르고 그냥 가란다. 아시안 부부라서 특별히 추궁하지 않는 듯했다. 검문은 남미계나 흑인에게 더 엄격하다. 로스앤젤레스에서도 교통경찰이 특별한 기준 없이 흑인이나 남미계 운전자를 불심검문해 인종차별 이슈가 되기도 한다.

국경지대는 강력 범죄의 온상이다. 마약 거래를 다룬 영화 「시카리오 Sicario」처럼, 멕시코 가정 주택 지하에 땅굴을 파서 미국으로 마약을 밀반입하기도 하고, 대형 트럭 화물칸에 국경을 몰래 넘으려는 이민자를 가득 싣고 달리다 폭염에 이들이 사망하는 일까지 대수롭지 않게 벌어진다.

원주민 땅에 욕심이 범람

이곳은 연평균 강우량이 76밀리미터밖에 안 되는 사막지대다. 그러다 서부 개척자들이 정착하면서 운명이 바뀌었다. 북캘리포니아에서 금광을 찾는 데 실패한 올리버 워젠크래프트(Oliver M. Wozencraft)가 1849년 이곳으로 이주했다. 그는 아메리카 원주민과 미국 행정부 사이에 발생하는 민원을 해결해주는 무보수 '인디언 대리인' 역할을 자처하고 나섰다. 그 뒤 행정부의 관련 업무 위원으로 임명되는데, 하는 일은 아메리카 원주민과 계약을 체결해 땅을 강탈하는 것이었다.

워젠크래프트는 원주민을 통해 사막 동쪽에 콜로라도강이 흐른다는 것을 알게 되었다. 그는 물길을 사막으로 끌어오는 야심 찬 계획을 세운다. 투자가와 정치가를 만나 로비를 시작했다. 하지만 1861년 남북전쟁이 발발하고 말았다. 꿈은 꽃을 피우지 못했고, 그는 1887년에 숨졌다. 지역 언론은 그에게 '임피리얼밸리의 아버지(Father of Imperial Valley)'라는 이름표를 붙였다. 그때부터 이곳을 '임피리얼 카운티'라 불렀다.

세월이 지나, 1900년 캐나다 출신의 관개시설 기술자 조지 채피(George Chaffey)가 이곳에서 대운하를 건설하려다 실패한 '캘리포니아 개발회사'를 사들였다. 채피는 미국 최초로 미시시피강에 수력발전소를 세워 부와 명예를 모두 얻은, 검증된 인물이었다.

그는 첫 삽을 뜬 지 3주 만에(1901년 6월), 멕시코 쪽 콜로라도강 물을 임피리얼 카운티로 끌어오는 데 성공했다. 64킬로미터 구간이었다. 채피는 나무로 된 수문을 개발해 10만 달러(1억 1000만 원)라는, 당시 투자금으로는 부족한 예산으로 성공했다. 아메리카 원주민들은 물길을 찾고 수로 공사를 완성하는 데 혁혁한 공을 세웠다.

그런데 반전 드라마가 펼쳐진다. 조지 채피에게 캘리포니아 개발회사를 팔았던 창업주 록우드(Charles R. Rockwood)가 다른 투자자들과 지분을 모아 채피를 몰아내고 회사를 차지한 것이다. 록우드는 욕심을 냈다. 수익을 더 내기 위해 배수로를 더 팠다. 채피는 봄이 되면 눈이 녹아 수위가 높아지는 것을 계산해 일정량의 수로를 건설했는데, 록우드는 더 많은 수량을 사막으로 끌어오기 위해 수로를 더 판 것이다.

그러다 1905년 8월 콜로라도강 유역에 기록적인 폭우가 쏟아졌다. 몇 달 동안 주야장천 비가 내렸다. 강물은 수로를 이탈해 임피리얼 카운티로 넘쳐흘렀다. 록우드가 판 수로는 물살을 견디지 못해 줄줄이 터졌다. 마을은 침수되고 회사도 빚더미에 앉았다. 결국 파산되었고, 채피가 다시 돌아와 회사의 경영권을 차지했다. 그는 아메리카 원주민과 돌산을 깨 물길을 막고 모래주머니를 쌓아 터진 수로를 복구했다.

'토사구팽' 당한 아시안 이주노동자

사막 모래밭을 백인 정착민들로만 개간하기에는 힘이 부쳤다. 그마저 1882년 중국인을 추방하는 「중국인 배척법Chinese Exclusive Act」이 시행되면서, 농장에서는 값싼 노동력을 구하기가 더욱 어려워졌다. 그때 농장주는 일본인과 인도인에게 눈길을 돌렸다.

그 당시 일본 메이지 유신 아래 높은 세금에 시달리던 일본인과 인도의 영국군 주둔지 일대에서 일하던 인도 농민들이 임피리얼 카운티로 대거 이주했다. 그들은 악착같이 일하며 사막을 질 좋은 농장으로 바꾸었다. 당시 상황은 UC샌타바바라 대학 레아 퍼낸데즈(Fernandez)의 박사학위 논문「인종과 서부 개척자: 임피리얼밸리 식민지화Race and the Western Frontier: Colonizing the Imperial Valley, 1900-1948」에 자세히 기록되어 있다.

그들은 하루 12시간 뼈 빠지게(backbreaking work) 일했다. 빨리 일하려고 농기구도 백인들이 쓰던 긴 곡괭이를 버리고 짧은 호미로 바꿨다. 백인들은 아시아인이 땅에 기어 다니며 일한다고 비아냥거렸다. 얼마 지나지 않아 마을 농기구 판매점에서는 호미가 판매되었다.

아시안 이주노동자들은 경제적으로 풍족해지고 땅도 소유하게 되었다. 그때부터 백인들이 견제하기 시작했다. 1913년에 이르자 캘리포니아 주정부는 자국민을 보호한다는 명목으로 비시민권자가 땅을 소유할 수 없게 하는 법(California Alien Land Law)을 통과시켰다. 일부 아시안 농민들은 모국 국적을 포기하지 않으려다가 땅을 빼앗겼다.

문화적 차별도 가해졌다. 결혼하지 않고 일만 하던 인도 남성들은 동성애자나 아동 성폭행의 잠재적 가해자로 간주되었다.

2016년 기준, 임피리얼 카운티에는 아시안계 이민자가 전체 1.2퍼센트로 2천여 명이 살고 있다. 남미 출신 이민자가 전체 인구의 절대다수인 82.7퍼센트로 14만 8262명이다. 백인은 11.9퍼센트인 2만 1334명, 흑인은 2.3퍼센트로 4,123명이다. 10명 중 7명이 영어가 아닌 에스파냐어 등 다른 나라 언어를 사용하고 있다.

겨울 여행자 '눈새'가 머무는 곳

국경선에 가까이 오자 음악 소리를 낮추고 내비게이션 안내에 눈과 귀를 집중했다. 초행길 운전자가 프리웨이(freeway)에서 교통표지판을 잘못 보고 멕시코로 곧장 들어가 버렸다는 말을 들었기 때문이다. 멕시코로 들어가는 것은 괜찮은데, 다시 미국으로 들어올 때 여권이 필요하고, 그밖에 골치 아픈 일이 생길 수 있다. 체류 신분이 불명확할 경우, 국경지대에서 바로 본국으로 추방될 수도 있다.

목적지에 다다르자 연못을 품고 있는 야자수 군락이 나왔다. 언덕 바로 위, 8번 고속도로에는 차들이 쌩쌩 달리고 있었다. 온천의 모습은 보이지

홀트빌 온천이다. 왼쪽 파이프를 따라 온천수가 솟구친다.

않았다. 잘못 왔나 생각하는 찰나, 야자수 뒤쪽에서 사람들이 걸어 나왔다. 홀트빌 온천(Holtville Hot Springs)이 야자수 뒤에 숨어 있었다.

시골 우물가 같은 홀트빌 온천에는 콘크리트로 마감된 탕 두 개가 있다. 녹슨 쇠 파이프를 통해 뜨거운 온천수가 두 탕을 지나 야자수 연못으로 흘렀다. 큰 탕의 수온은 38도로 꽤 뜨거웠다. 깊은 곳이 160센티미터 정도로 성인이 까치발을 들고 서 있어야 할 정도였다. 작은 탕은 깊지 않고 온도도 30도 중반이라 아이들이 놀기에 적당했다. 10명 정도가 한꺼번에 온천을 즐길 만한 크기다. 물이 뜨거우면 온천수가 솟구치는 쇠 파이프를 탕 바깥으로 돌려놓으면 수온이 떨어진다.

큰 탕에 들어갔다. 서 있는 채로 목까지 뜨거운 물에 온몸을 담그니 운전하며 생긴 긴장이 사르르 풀렸다. 뜨거운 물의 압력이 몸 전체를 감싸며 마사지하는 듯했다. 물에 잠겨 나오기 싫었다. 안택원은 책 『치유의 온천』에서 머리를 제외한 모든 신체를 물에 담그는 것을 '완전침수욕'이라고 했다. 탕에서 머리만 내놓고 어깨와 손목, 무릎을 스트레칭 하면 혈액순환과 긴장 완화, 피로 해소에 좋다고 한다. 아무렴, 좋지 않을까!

이곳은 겨울철 일조량이 여덟 시간 이상이다. 이 때문에 캐나다와 미국 북부 워싱턴주, 오리건주 주민들이 겨울을 보내러 많이 온다. 이런 여행자를 '눈새(Snowbird)'라고 한다. 인근에 미국 토지관리국이 관리하는 '장기 방문자 지역(Long Term Visitor Area)'이 있는데 최장 7개월 동안 유료 캠핑을 할 수 있다.

온천에서 만난 할아버지는 흰머리가 허리까지 내려왔다. 이름은 짐. 가까운 곳에 산다고 했다. 그는 이곳에 대해 간략히 설명해 주었다.

"오래전부터 온천수가 나왔지만 누가 딱히 관리를 하지 않아 진흙탕 같은 곳이었어. 그러다 캐나다 스노보더(snowboarder)들이 캠핑을 하러 왔다가 몸을 씻으면서 이런 모습이 되었지. 캐나다 사람들이 돈을 투자해 이렇게 만들었어. 지금 보면 온천탕에 이끼가 끼어 있지만, 10월이 되면 아주 깨끗해져. 여기가 스노보더들 집결지이거든. 그 친구들이 와서 물을 빼고 청소를 하지. 그때가 사람도 많고 물도 제일 좋아."

온천에 누워 윗몸일으키기를 한다고?

04 임피리얼 카운티의 파이브팜스 온천

냄새가 장면을 압도한다. 차창을 내리자 비린내가 코를 찌른다. 이 뭐꼬? 항구 갯내음도 아닌 것이 어물전 좌판 냄새 같기도 하다. 차에서 내려 물가로 걸었다. 멀리 실물결 치는 호수 앞으로 표백된 따개비가 바닥에 그득하다. 운동화가 푹푹 잠기는 바닥에 몇 걸음 떼자 생선 뼈 무덤이다. 진짜 이 뭔데? 물가에는 배를 묶어 두었던 계선주만 휑뎅그렁하다. 콘크리트 구조물은 다 빠개졌다.

스릴러 영화를 보면 주인공들은 시키지 않는데도 위험한 곳으로 가더

야자수로 둘러싸인 파이프팜스 온천이다. 온천 가는 길이 존재 너머의 세계로 진입하는 관문 같다.

라니. 내가 딱 그 짝이다. 더 걸어 물가로 간다. 등 뒤 폐건물 너머 크르렁거리는 오토바이 엔진 소리가 가슴을 조여온다. 물속이 보인다. 싱크대 배수구에 달라붙은 찌꺼기 같은 검고 물컹한 것이 출렁인다. 여름 장마가 끝난 뒤 고향 집 옥상 구석에 방치되어 있던 '빨간 고무대야' 속 같다.

아이젠하워도 즐겨 찾던 솔턴호의 비극

세로 56킬로미터, 깊이 13미터, 면적 910제곱킬로미터. 미국 서부에서 가장 큰 호수인 솔턴호(Salton Sea)다. 세로로 길게 뻗어 있는데 면적만 서울 석촌호수 3만 배, 제주도의 절반 크기다. 우리 부부는 솔턴호의 서쪽 마을인 솔턴시티 비치에 섰다.

이곳은 작은 오아시스였다. 소금기가 있어 아메리카 원주민이 염전을 하던 곳이었다. 그러다 1905년 와이오밍주에서 내려오는 콜로라도강에 폭우가 내리면서 멕시코로 남하하던 물줄기가 퇴적물로 막혀 솔턴호로 북상했다. 비는 2년 동안 퍼부었다. 내륙에 바다가 만들어졌다.

기적이 내리사, 버려진 땅이 풍요의 땅 샹그릴라로 변신했다. 수량이 풍부해지자 나무 수십 종이 자라고 틸라피아(역돔류)와 코르비아(민어류) 등 민물고기가 넘쳐났다. 포식자인 오리와 물병아리, 대머리독수리 등 새들도 찾아왔다. 새 종류만 450종이 넘었다. 미국 전역에 살던 백색 펠리컨 80퍼센트가 솔턴호로 겨울을 나러 왔다.

여기서 생태계 최종 포식자 인간이 숟가락을 들이댔다. 개발업자들은 호수에 야자수를 심었다. 선착장을 건설하고 호화 요트를 띄웠다. 각종 음식점과 호텔, 골프장과 나이트클럽이 1950년대까지 잇따라 들어섰다.

남성들은 낚시를 하고 요트에서 술을 마시고, 여성들은 비키니를 입고 사막이 품은 호수를 활보했다. 아이젠하워 전 대통령도 골프를 치러 왔고 인기가수 비치 보이스는 요트를 탔다. 최전성기 때는, 캘리포니아 최대 관광지인 요세미티 국립공원도 명함을 못 내밀 정도였다.

'인간의 삽질'로 사막 - 호수 생태계 붕괴

1970년대 말 이상 징후가 포착되었다. 물고기가 연이어 무더기로 죽어 나가는 것이었다. 하지만 지방정부는 모르는 척 덮고 지나갔다. 1980년대 들어 생태계 붕괴가 가속화했다. 하루가 멀다 하고 물고기가 집단 폐사했다. 그 물고기를 먹은 새들은 식중독 등 세균 감염으로 죽어 나갔다. 한 지역신

석양이 지고 있는 솔턴호에 여전히 물고기가 죽어 나가고 있다. 김상진 사진작가가 촬영했다.

문은 1999년 여름 하루 만에 물고기 800만 마리가 폐사했다고 보도했다.

솔턴호는 가스 불에 올려놓은 냄비 꼴이었다. 수원지 세 곳이 호수로 이어져 있지만, 정작 호수에는 물이 빠져나가는 배출구가 없어 염도가 계속 높아졌다. 비마저 많이 내리지 않고 태양만 작열했다. 멕시코 외국인 투자지역에서 날아온 먼지와 인근 농장에서 배출한 농약, 상가 폐수까지 겹치면서 호수는 악화일로를 걸었다. 현재 솔턴호 염도는 태평양의 5배다. 주변 농장에서 태운 농작물 분진마저 이 일대를 덮어 아이 5명 중 1명이 호흡기 질환을 앓고 있다. 2012년에 시속 60여 킬로미터 강풍이 불어 악취가 로스앤젤레스까지 퍼지기도 했다.

여전히 호수 주변에는 주민 수천 명이 흩어져 살고 있다. 은퇴한 노인이나 가난한 이민자다. 사람이 사는 집보다 빈집이 더 많아 을씨년스럽다.

하얀 모래처럼 깔린 조개더미가 파도처럼 너울져 있다.

호수 동쪽 봄베이비치에서 20대 청년 말레이를 만났다. 집집마다 철조망이 쳐 있고 한 집 건너 한 집에서 사나운 개가 짖어댔다. 말레이는 두 시간 거리에 있는 대학에 다니고 있는데 부모님 일을 돕기 위해 잠시 왔다고 한다. 마른 몸에 붉은 낯빛이다. 그리고 오른쪽 눈이 없었다. 차마, 나는 "이런 악취에 어떻게 사람이 살 수 있냐"고 묻지 못했다.

"나는 차로 한 시간 떨어진 식당이나 바에서 일하면서 학비를 벌고 있어. 부모님이 수십 년 전에 은퇴하고 이곳에 왔는데 도시는 집값이 너무 올라 다른 곳으로 이사도 못 가. 여기 있는 사람들도 우리처럼 가난해 이사를 못 하고 있지."

폐허가 된 솔턴호 주변 마을이다. 빈집 담장에 낙서가 어지럽게 그려져 있다.

야자수 아래 숨겨진 오아시스 온천

버려진 호텔, 부서진 주유소, 텅 빈 요트 대여소 등 동네 불량배가 어슬렁거리며 나타나 해코지를 할 것만 같다. 작은 인기척에도 괜히 털이 곤두섰다. 빨리 솔턴호를 벗어나자. 차에 타자마자 오디오 볼륨을 높였다. 목적지는 남쪽으로 96킬로미터 떨어진 브롤리(Brawly)의 '파이브팜스 온천(5 Palms Hot Springs)'이다.

내비게이션에 의지해 도로를 달렸다. 78번 벤헐스(Ben Hulse) 고속도로를 달리다 우회전 길을 놓쳤다. 사막으로 이어진 비포장도로가 나타났다. 척박한 땅에 키 작은 덤불만 듬성듬성 자라고 있었다. 길을 달리다 차량 하부가 긁히는 소리가 나자 차를 세워 확인했다. 별일 없지 싶어 다시 차에 타 가속 페달을 밟았다. 그런데 바퀴가 헛돈다! 우우윙. 식은땀이 등짝에서 쭉 올라왔다.

지난여름 한 커플이 사막에서 도보 여행을 하다가 조난 당해 총으로 동반 자살했다는 뉴스가 떠올랐다. 사막에서 차를 세우면 모래에 빠지기 십상이다. 운전대를 왼쪽 오른쪽 돌리며 페달을 '조심히, 마구' 밟았다. 차량이 힘을 받는 것 같더니 '으랏차차' 모래 구덩이를 겨우 넘었다. 그때부터는 논스톱 주행이다. 차가 황소처럼 덜커덩거려도 멈추지 않았다. 그렇게 2.5킬로미터를 달리자 내비게이션이 목적지 도착했다고 알렸다.

사막 한복판, 아파트 4층 높이 야자수 십여 그루가 둥그렇게 모여 있다. 온천은 보이지 않는다. 가까이 걸어가자 나무 둥치 사이로 물이 슬쩍 보인다. 더 가까이 가자 야자수가 품고 있는 오아시스가 보이고 그 아래로 물이 분수대처럼 뿜어져 나온다. 파이브팜스 온천이다. 다른 이름은 '팜

파이브팜스 온천 입구다. 거대한 야자수가 온천을 감싸고 있다.

스오아시스(Palms Oasis)'다.

솔턴호가 생기기 110여 년 전, 이곳에도 콜로라도강이 홍수로 범람하면서 사막이 한순간에 옥토가 되었다. 채소와 과일 농장이 생기고 새와 들짐승도 찾아왔다. 그러다 콜로라도강 상류에 댐이 건설되고 주변 농장으로 이어지는 인공 수로가 만들어지면서 수량이 줄어 다시 사막이 되었다. 몇 년 전에는 불까지 나 야자수가 많이 불탔다. 살아남은 야자수 둘레에는 여전히 그을음이 남아 있다.

온천탕은 하나다. 테니스 코트 3분의 2 크기로 주변에 앉아 쉴 수 있게 벤치도 설치되어 있다. 야자수가 그늘을 만들어 여름 한낮에도 목욕하기 좋다. 온도는 목욕탕 온탕 정도다. 물속에서 지치지 않고 오래 놀기에 제격이다. 수위가 최대 1미터로 아이들도 걱정 없이 놀 수 있다. 물가에는 손톱만 한 사막개구리가 자주 찾아온다.

열매 던져 야자수 번식시키는 '온천 지킴이'

머리가 벗겨지고 배가 불룩한 할아버지 엘런(76세)이 온천을 지키고 있었다. 히스패닉계 이민자로 솔턴호와 명운을 함께했다. 청년 시절, 솔턴호의 관광산업이 급성장하자 그는 트럭을 몰고 물류 배송일을 하며 가족을

← 온천 중간에 있는 파이프에서 온천이 솟아 나오고 있다.

↓ 온천 지킴이 엘런이 목욕을 하고 있다. 이 시간만큼은 세상에서 가장 행복한 사람이다.

캐나다에서 온 4인 가족이 온천을 찾아왔다. 엘런이 벗었던 옷을 급하게 입었다.

부양했다. 아내는 이미 세상을 떠났고 이제 혼자 남았다.

"어렸을 때부터 여기 자주 왔어. 이곳은 이 지역 사람들보다 북부 오리건주나 캐나다 사람들에게 더 유명해. 겨울을 나러 많이 오지. 주말이 되면 맥주판이 벌어지고 빈 위스키병이 굴러다녀. 시끄럽기는 한데 재밌지, 뭐."

이런저런 이야기를 하다, 엘런은 "나 옷 벗어도 되지?" 하고 묻더니 헐렁한 반바지를 벗어 던졌다. 알몸이었다. 미국 캘리포니아 노천 온천에서는 대부분 나체 목욕이 가능하다. 주법상 공공장소에서는 외설적인 행위를 하면 안 된다. 하지만 알몸 목욕을 외설적인 행위로 해석하지 않는다.

다만 일부 지역에선 알몸 목욕을 조례로 금지하기도 한다.

엘런이 온천 가운데에 있는 온천수 파이프로 우리 부부를 부르더니 손바닥으로 관 입구를 막았다. 그런데 갑자기 온천 바닥이 모래 수렁처럼 푹 꺼져 들어갔다. 압력 차가 발생하면서 모래가 파인 것이다. 온천수보다 더 뜨거운 모래가 온몸을 단단히 붙잡았다. 아늑하기도, 아득하기도 했다.

아내는 신기하다며 깍깍거리고 몸을 꼬며 오두방정을 떨었다. 순식간에 허벅지가 모래 속으로 잠겼다. 엘런은 "나는 양다리를 이렇게 모래에 꽂아두고 윗몸일으키기 하지"라며 장난기 어린 표정으로 윗몸일으키기를 했다. 나도 모래에 다리를 꽂아두고 물에 누웠다. 하늘을 덮고 있는 초록의 야자수 이파리가 보였다.

엘런은 아들이 사는 다른 도시는 집값이 비싸 이사를 할 수도 없어 혼자 산다고 했다. 의료비 부담도 만만치 않아 온천을 병원 삼아 다닌다고 했다. 그는 매일 이곳에 와 여행객들이 버린 쓰레기를 치우고, 인근 농장으로 빼낸 온천수 파이프를 다시 온천으로 끌고 온다. 그러고는 온천에 한가롭게 누워 물에 떨어진 야자수 씨앗을 흙에다 톡톡 던진다. 그가 뿌린 씨앗이 어느새 손바닥만 한 야자수로 자라 있다.

미국에서 전복 잡던 일본인들, 스파이 취급

05
로스앤젤레스 카운티의
옛 화이트포인트 온천 호텔

아시아인이 수영장에서 헤엄치면 물이 노래지나? 1900년대 초중반 캘리포니아 남부 공립 수영장에 아시아인은 입장 불가였다. 혹여 일주일 중 하루가 허용되더라도, 수영장 관리인은 아시아인이 사용한 물을 다 갈아버렸다. 백인을 위해서 말이다. 오, 주여…….

화이트포인트 온천 터다. 화려했던 형체는 다 스러지고 그 밑둥만 남았다.

'한인 다이빙 영웅' 새미 리(1948년 런던 올림픽, 1952년 헬싱키 올림픽 2연패)는 이런 차별 때문에 수영장에서 훈련하지 못했다. 백인 코치의 지도도 받지 못했다. 로스앤젤레스 인근 패서디나에서 자란 그는, 집 뒤뜰에 모래 구덩이를 파서 다이빙 보드를 설치해 훈련했다. 그런 그가 아시아계 미국인 최초로 올림픽에서 금메달을 땄다. 1948년 런던 올림픽과 1952년 헬싱키 올림픽에서 두 번이나 말이다.

캘리포니아 남부 샌피드로의 화이트포인트 비치에 아시아인에게 허락된 올림픽 경기장 규모의 수영장이 있었다. 뜨거운 온천수가 흘러, 농사일로 지친 농부와, 차별과 멸시를 당하던 아시아계 철도 노동자, 쉬는 날 없이 가게 문을 열어야 했던 식당 노동자들이 고단한 몸을 치유하던 온천호텔이었다. 이제 그곳은 터만 묘비처럼 남아 있다.

파도를 막아주는 해변 암벽 안으로 건물이 지어졌다. 현재 보이는 터는 수영장이었다.

전복잡이, 장거리 수송까지 한 원주민

100년 전 유명 휴양지였던 옛 화이트포인트 온천 호텔(White Point Hot Springs Hotel)은 캘리포니아 남부 항구도시인 샌피드로(San Pedro)의 작은 만에 있다. 이곳은 5000년 전부터 통바(Tongva) 원주민이 거주하던 땅이다. 그들은 물고기와 조개류, 도토리와 과일 등을 채집해 먹으며 살았다.

무역이 발달해 잡은 전복을 배에 실어 미국 동부 미시시피강 유역까지 운송했다. 이후, 에스파냐 군대가 침략해 이곳에 산가브리엘 아르칸젤(Mission San Gabriel Arcangel)이라는 미션을 세우고, 원주민을 가브리엘리노스(Gabrielinos)라고 불렀다. 현재 원주민은 거의 살지 않는다.

해변의 이름은 바다를 둘러싼 절벽에서 백각(white quartz)이라는 광물이

지역 박물관에서 찾은 옛 온천의 모습이다. 화려했던 그 시절을 상상하게끔 한다.

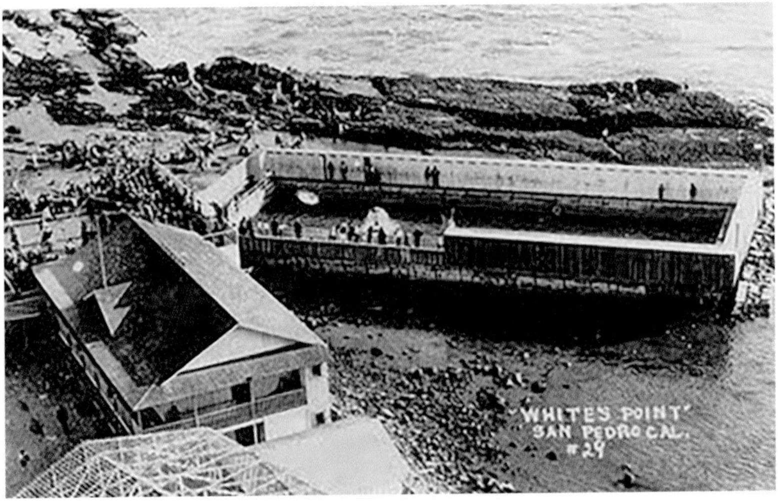

발견되어 '화이트 포인트'라고 이름 지어졌다는 설과 화이트라는 영국 선원이 배에서 뛰어내려 이곳까지 헤엄쳐 와 은둔하며 살았다고 해 '화이트'라고 이름 붙였다는 이야기가 있다. 그러다 1900년대 초, 호세 세풀베다라는 목축업자가 땅을 사 목장을 운영하면서 이곳을 화이트포인트라고 이름을 지었다.

캘리포니아 남부 어업을 장악한 일본인

캘리포니아를 개척한 주역에 일본계 이민자가 있었다. 그들의 역사는 사무라이 22명과 여성 1명이 메이지 정부와 막부 간 내전이었던 보신전쟁(1868~1869) 때 샌프란시스코로 이주하는 것에서 시작한다. 이후 값싼 노동력을 기반으로 한 기업형 농장인 하와이 설탕 플랜테이션을 통해 이민이 본격화했고, 이어 철도 건설 노동자로 채용돼 캘리포니아 북부에 모여 살았다.

일본계 이민자들이 캘리포니아 남부로 이동한 것은 1882년 통과된 「중국인 배척법」 때문이다. 중국인들은 대륙횡단 철도 공사와 금광 개발 등에 투입돼 피 터지게 일을 했다. 하지만 대륙횡단 철도 공사 완공 후, 중국인이 백인들의 일자리를 빼앗는다는 인식이 퍼졌고 급기야 성문화된 최초의 이민 제한법인 「중국인 배척법」이 통과되었다.

하지만 미국은 사회기반시설을 닦는 데 여전히 '값싼' 노동력이 필요했다. 이때 하와이와 캘리포니아 북부에 살던 일본인이 철도 건설을 위해 로스앤젤레스로 이주했다. 이후 이 지역이 성장하면서 많은 일본인이 전기회사 등 기반시설 산업에 취업해 산업 인프라를 구축했다.(나중에 일본인의 인건비도 비싸지자 미국이 이민을 허락한 나라가 조선이었다.)

1904년 기준, 로스앤젤레스에는 일본인 2,800여 명이 일본인 거주촌인 리틀도쿄를 중심으로 모여 살았다. 이들은 요식업과 농업, 어업, 공예품 제작 등 다양한 산업으로 뻗어나갔다. 1910년이 되자 유학생까지 입국하면서 일본인 수가 8,000명 가까이 되었다.

인종 혐오에 스파이 누명까지

그사이 1898년 화이트포인트 비치에 일본계 어촌 마을이 형성되었다. 어부 출신 이민자들이 공장 노동자로 취업해 일하다가 일정 적응 기간을 거친 뒤 본업으로 돌아온 것이다. 이 중 12명이 화이트포인트 비치에서 전복을 잡으며 터전을 닦았다.

배를 타고 바다 멀리 나아가지 않아도 얕은 물에 큼지막한 전복이 자라고 있었다. 일본 바다보다 수온이 높아 일하기도 수월했다. 일본 어부들은 다이빙을 해 금속 막대로 능수능란하게 전복을 땄다. 어부들은 그날 잡은 전복을 껍데기와 분리한 뒤 끓여서 건조하거나 통조림을 만들었다. 부패가 빨리 되어 당일 잡은 전복은 바로 가공해야 했다. 일본인들은 주머니에 말린 전복을 가지고 다니며 칼로 썰어 먹는 풍습이 있을 정도로 전복 채집과 가공에 능했다. 매년 전복 수천 톤을 수확해 미국 서부와 아시아에 수출했다. 건조 전복은 1파운드(453그램)에 20센트, 전복 껍데기는 2톤당 4달러에 팔았다. 10년 동안 꽤 많은 수익을 거두었다.

유색인종이 솔찬히 부를 모으자 백인들의 시기가 일기 시작했다. 급기야 로스앤젤레스 지역신문들은 일본 이민자들을 스파이라고 보도했다.

캘리포니아 남부 해안선을 측량한 뒤 일본 정부에 몰래 넘긴다는 것이었다. 인종 혐오 정서는 법제화되었다. 캘리포니아주는 1905년 일본인이 어업을 못 하도록 하는 법안을 통과시켰다. 어처구니없는 일이었다. 제임스 메디슨 대학교의 프랭크 A. 보지크 3세(Frank A. Bozich III)는 논문 「원하지 않는 이민자The Unwanted Immigrant」에서 "인종차별이 미국 정체성의 일부인가?"라고 자조하기도 했다. 미국이 남북전쟁 이후 영국으로부터 독립하면서 자문화보호주의(nativism)가 더 확산했다는 것이다. 겉보기에는 독립이라는 거창한 결과물을 얻었는데, 그 속은 가진 것을 빼앗길까 봐 전전긍긍하는 쫄뱅이였던 것이다.

아무튼 일본인들은 화이트포인트 비치를 떠나 남쪽으로 약 8킬로미터쯤 떨어진 터미널 아일랜드(Terminal Island)와 윌밍턴(Wilmington)으로 터전을

일본 어부들이다. 뜨거운 햇볕에 얼굴이 새까맣게 탔지만 눈에서 강인함이 느껴진다.

옮겼다. 북쪽으로는 채널 아일랜드(Channel Island)까지 이동했다.

터미널 아일랜드에는 곧 캘리포니아 남부에서 두 번째로 큰 일본인 마을이 형성되었다. 비결은 어획 기술이었다. 당시 이탈리아 어부들은 정어리를 잡는 촘촘한 그물로 흰날개다랑어(Albacore tuna)를 잡았다. 하지만 다랑어가 그물에서 몸부림을 쳐 상처가 너무 심했다.

반면, 일본인들은 살아 있는 멸치를 뿌려 다랑어 떼를 유인한 뒤, 비늘이 없는 낚싯바늘로 덩치 큰 물고기를 찍어 갑판으로 던졌다. 수면을 두드려 물고기 떼를 유인하기도 했다. 물고기에 상처가 덜 나 상품성이 높았다. 상업적으로 큰 성공을 거뒀다. 1910년대 이 지역 일본인 인구는 3,000명 정도가 되었다. 어부들은 영어와 일본어, 낚시 용어가 섞인 '터미널 아일랜드' 방언을 썼다.

한편, 화이트포인트 비치에서는 법적으로 어업활동을 막아 전복 채취

터미널 아일랜드의 역사 유적지인 '일본 어촌 기념관'이다. 어부 두 명이 그물 던질 채비를 하고 있다.

를 할 수 없었다. 일본인들은 다른 곳으로 눈을 돌렸다. 해안가에서 뿜어져 나오는 유황 온천이었다. 농부였던 다가미 도주로 형제는 고된 농사로 악화된 류머티즘을 치료하러 1910년 이곳에 왔다. 그때 형제는 이곳의 상업적 가치를 발견했다.

오락시설 분리주의

다가미 형제는 리틀도쿄 상인의 후원을 받아 1917년 세풀베다 집안의 땅을 임대했다. 땅을 파 온천수를 더 확보했다. 1925년에는 2층짜리 호텔과 올림픽 경기장 크기의 바닷물 수영장, 무도장, 도박장을 만들었다. 새와 원숭이를 구경할 수 있는 작은 동물원도 만들었다. 야외에는 돌로 의자를 만들고 화로를 설치했다. 또 다른 일본인 엔도 미쓰오는 해안가에서

그 당시 온천에서 축조한 것으로 보이는 화로와 돌의자다. 소풍 장소로 사람들이 많이 찾는다.

1.5킬로미터 떨어진 지점에 바지선을 설치해 낚시터를 만들었다.

이곳은 지역 대표 관광지가 되었다. 일본인 거주촌인 로스앤젤레스 리틀도쿄에서 무료 셔틀버스가 오갔다. 일본인 신혼부부가 신혼여행을 즐겼다. 의사들은 환자를 이곳으로 보내 온천 치료를 하도록 했다. 1932년 로스앤젤레스에서 열린 미국 올림픽 때는 일본 카약 국가 대표팀과 달리기 대표팀이 이곳에 머물며 대회 준비를 했다. 형사물 영화 「딕 트레이Dick Tracy」가 촬영되기도 했다.

이곳은 일본인 이민자의 안식처가 되었다. 당시만 해도 유색인종이 무도장과 공원, 도박장을 이용한다는 것은 가당치 않은 일이었다. 오락시설 분리주의로 유색인종은 놀이시설에 함부로 들어갈 수 없었다. 인종이 섞이면 무질서해진다는 것이 이유였다.

『인종, 봉기 그리고 롤러코스터, 미국 내 오락시설 차별에 대한 투쟁Race, Riots, and Roller Coasters, The Struggle over Segregated Recreation in America』을 쓴 사회과학자 빅토리아 월콧은 책에서 "여러 인종의 젊은 남녀가 한 공간에서 야한 옷을 입고 함께 있는 모습은 인종 간 성관계 같은 끔찍한 상상을 하게 하고, 무질서 속 젊은 백인 여성이 위험해질 수 있다고 백인들은 생각했다"고 했다. 이런 차별은 1964년 민권운동이 일어난 뒤 지역에 따라 법적으로 금지되었다. 하지만 현재까지도 백인 문화 깊숙한 곳에 '망령'처럼 남아 있다.

바다에 떠 있는 팔로스버디스 반도

온천이 있는 이 일대를 팔로스버디스 반도라고 한다. SBS 드라마 「상속

드론으로 촬영한 팔로스버디스 반도다. 해변도로는 영화 촬영지로 유명하다. 세계에서 가장 경치가 예쁘다는 스타벅스도 있다.

자들」과 이병헌 주연의 드라마 「올인」을 촬영했던 곳이다. 드라마 주인공이 바다를 옆에 두고 직각 절벽 위를 차로 달리는 장면이 전형적인 구도다.

이곳은 지구의 시선으로 봤을 때 육지가 아니라 섬이다. 지하 수천 미터 아래에 바닷물이 흐른다. 200만 년 전부터 태평양 해양판이 오른쪽으로 이동하면서 해저산맥이 북미 대륙판과 만나 충돌했다. 이때 해저산맥이 대륙판과 밀착하면서 땅이 휘고 균열이 생겼다. 마그마와 함께 가까이 카브릴로 단층도 형성되었다.

이 때문에 이곳 해안가 15미터 아래 수백 곳에서 온천수가 흐른다. 이 영향으로 바다 수온도 따뜻해 다양한 어류와 바다 생명체가 살고 있다. 다이빙 명소로도 인기가 있다. 간조 때가 되면 짙은 색의 화산암이 해변가에 모습을 드러낸다.

배제당하던 아시안들, 태평양전쟁에 결국 수용소로

다시 온천으로 돌아오자. 온천은 1928년 폭풍이 덮치면서 야외 수영장이 부서졌다. 1933년에는 120여 명의 사상자를 낸 롱비치 대지진이 온천수 줄기를 막았다. 대공황(1929~1939)의 충격도 잇따르면서 호텔 운영에 차질이 생겼다.

땅을 임대하고 있던 다가미 형제는 온천을 계속 운영하고 싶었다. 땅 주인도 형제에게 땅을 팔 의향이 있었다. 하지만 현행법상 토지 거래가 안 되었다. 1913년 시행된 외국인 토지법에 따라 시민권이 없는 이민자는 땅을 살 수 없었던 것이다.

온천은 결국 1930년대 말 폐쇄되었다. 해당 토지법은 1952년 위헌판결이 났다.(앞서 소개한 한인 스포츠 영웅 새미 리도 1950년대 땅을 사려고 했지만 부동산 업자들이 여러 핑계를 대며 땅을 팔지 않았다. 그 당시에 그는 의사였고 입증된 스포츠 스타였는데도 말이다.)

제2차 세계대전 당시 설치되었던 포트 맥아더 군사지역이다. 방공포와 초소가 폐허로 남아 있다.

화이트포인트 비치 전경이다. 물이 상대적으로 따뜻하다. 돌 틈으로는 바다 생물이 많이 서식하고 있어 아이들과 즐기기 좋다.

그러다가 진주만 공습(1941년 12월 7일)이 터지자 일본인들은 사실상 스파이로 간주되었다. 미국에서 태어난 2세도 마찬가지였다. 그해, 검은색 자동차와 챙이 짧은 중절모를 쓴 FBI 요원이 국가 안전을 이유로 다가미 가족과 낚시터를 운영하던 엔도를 체포했다. 이듬해 4월까지 어촌 마을에서 살던 일본인이 줄줄이 붙잡혀 강제수용소로 보내졌다.

연방정부는 일본인 거주지를 빼앗아 가까운 포트 맥아더 군사보호 단지에 통합시켰다. 호텔 건물도 박살냈다. 언덕과 해변가에는 미사일 포대와 방벽, 방공호를 만들었다. 포문은 일본을 향했다. 제2차 세계대전이 끝나자 일본인 이민자들은 수용소에서 풀려났고, 일부만 이곳으로 되돌아왔다.

이후 1960년대 캘리포니아주가 이 해변을 샀다가 1995년 로스앤젤레스 카운티에 팔았다. 로스앤젤레스 카운티는 1997년 200만 달러를 투자해 놀이터와 화장실을 설치하는 재건공사를 했다. 개관식 때 다가미 가족 후손이 초대되었다. 차별받았던 이민자 역사는 해변 언덕 위 화이트포인트 자연보호구역에 설치된 빛바랜 안내판에만 몇 줄 소개되어 있다. 무연고 묘지처럼 말이다.

즐길 거리

로스앤젤레스에서 멕시코 국경까지

슬래브시티 Slab city

이스트 지저스 : East Jesus Rd, Niland, CA, 92257, USA

슬래브시티 오아시스 클럽 : Low Rd, Calipatria, CA, 92233, USA

더 레인지 : The range, Calipatria, CA, 92233, USA

슬래브시티는 히피 마을이다. 슬래브시티 온천(Slab City Hot Springs)에서 동쪽으로 3.2킬로미터쯤 떨어져 있다. 예술 작품이 가득한 이스트 지저스(East Jesus)를 추천한다. 이스트 지저스는 찰리 러셀(Charlie Russell)이 2007년에 세운 비영리재단 더 체스테러스 파운데이션(The Chasterus Foundation)이 운영하는 예술 공간이다. 버린 옷과 액자, 소파 등을 재활용해 작품으로 만들었다. 슬래브시티 오아시스 클럽(Slab City Oasis Club)에서는 아침 9시에 5달러짜리 샌드위치를 판다. 해가 지면 히피들은 나이트클럽 더 레인지(The Range)로 모여든다. 밴드 공연을 무료로 관람할 수 있다.

인터내셔널 바나나 뮤지엄

위치 : 98775 CA-111, Mecca, CA, 92254, USA

프레드 가벗이 바나나 관련 수집품을 모아놓고 바나나 셰이크를 파는 곳이다. 입장료는 1달러. 제품을 사면 입장료는 무료다. 신선한 바나나 셰이크를 2~3달러에 마실 수 있다. 한국 과자 바나나킥과 바나나 모양의 지우개 등, 바나나 관련 제품들이 전시되어 있다. 금요일부터 월요일까지 오후 1시부터 네 시간 동안 문을 연다.

갈레타메도스Galleta Meadows

위치 : Galleta Meadows, CA, 92004, USA

갈레타메도스에는 조각가 리카르도 브레세다(Ricardo Breceda)의 금속공예품 130여 점이 전시되어 있다. 작가 리카르도는 금속으로 공룡과 전갈, 용 등을 만들어 사막에 분산 배치했다. 106미터 길이의 용이 가장 유명하다. 밤에 별과 함께 사진을 찍으면 신비한 느낌이 든다.

안자보레고 사막 주립공원Anza-Borrego Desert State Park

위치 : 200 Palm Canyon Dr, Borrego Springs, CA, 92004, USA

1774년 에스파냐 탐험가인 '후안 바우티스타 데 안자'가 이곳을 지나갔다 해서 탐험가의 성(姓)인 '안자'와 이 지역에 서식하는 빅혼십(big horn sheep)을 뜻하는 에스파냐어 '보레고'를 합친 이름이다. 전체 면적 24억 제곱미터로 캘리포니아 주립공원 중 가장 크다. 침식과 홍수 등 지질학적 변화가 늘 일어나고 있다. 사륜구동차를 타고 다녀야 한다.

임피리얼 샌드듄스Imperial Sand Dunes

위치 : 5777 CA-78, Brawley, CA, 92227, USA

캘리포니아주에서 가장 큰 모래언덕이다. 공식 명칭은 알고돈스 듄(Algodones Dunes)이다. 영화 「스콜피온킹」과 「스타게이트」 등이 촬영되었다. 성수기인 겨울철에는 한 주에 15만 명 이상이 찾는다. 관광객들은 듄버기(Dune buggy, 모래 위를 다니는 사륜구동차)를 타고 모래 언덕을 달린다. 오즈번 전망대(Osborne Lookout View Point)에 가면 전체 풍경을 조망할 수 있다.

온천 가는 길
캘리포니아 남부 해안

비키니 입고 오르는 산, 뭐가 있기에

06 샌타바버라의 몬테시토 온천

1846년, 미국 군대 수송선이 뉴욕을 출발해 라틴아메리카 최남단 케이프 혼(Cape Horn)을 지나 이듬해 캘리포니아 중부 샌타바버라에 도착했다. 1845년 텍사스공화국(1836년 미국 이주민이 멕시코 연방공화국이던 코아우일라이테하스 준주에서 세운 독립국)이 미국의 28번째 주로 합병되자, 텍사스 소유권을 주장하던 멕시코와 서부 영토 확장을 노리던 미국이 현재 캘리포니아주인 알타 캘리포니아에서 전쟁을 벌였다.

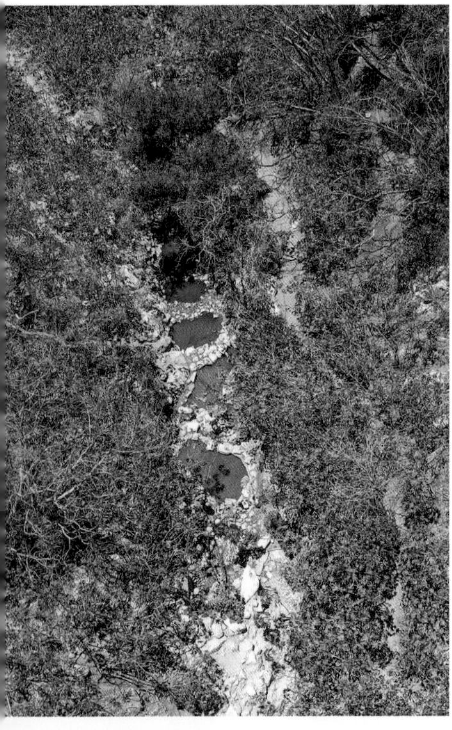

뉴욕 출신 월터 머레이가 자원병으로 참전했다. 당시 군은 결혼을 하지 않은 병사들에게 거주할 땅을 주겠다며 모병을 했다. 월터는 샌타바버라에 주둔하며 유황 온천수가 흐르는 이곳을 이렇게 문서에 기록했다.

> 이런 그림 같은 곳을 이제까지 본 적이 없고 앞으로도 보게 될 거라고 기대할 수 없다.

몬테시토 온천이다. 깊은 산속에 계단식으로 만들어져 있다. 이곳에서는 진흙 마사지를 꼭 해야 한다.

이번에 소개할 온천은 로스파드레스 국유림에 있는 몬테시토 온천(Montecito Hot Springs)이다. 몬테시토는 에스파냐어로 '작은 산'을 뜻한다. 핫스프링스 캐니언(Hot Springs Canyon)이라고도 불린다. 로스앤젤레스에서 산행로 입구까지 차로 한 시간 40분 거리다.

불치병도 치료한다는 신비한 온천수

몬테시토 온천은 토착민인 추마시 원주민이 병을 치료하고 하늘에 제사를 지내던 곳이다. 원주민들은 산에서 캘리포니아 월계수를 채취해 온천수에 담그고 목욕을 했다. 50~60년 전까지만 해도 원주민들이 이곳에 모여 전통 의례를 하며 곰 춤을 추었다.

아메리카 원주민이 사라진 것은 18세기부터다. 에스파냐 군대와 선교사들이 이곳을 차지하기 위해 살육했고, 강제적인 종교 행사와 하루 열두 시간 이상의 고된 노동이 이어졌다. 장티푸스와 매독 등 지독한 질병이 퍼졌다. 원주민 수는 급감했다.

온천이 대중에게 알려지기 시작한 것은 윌버 커티스라는 인물에서 비롯되었다. 그는 난치병을 앓고 있었다. 주치의는 그에게 6개월 정도 살 수 있을 거라고 말했다. 1950년대 즈음, 그는 병을 치료하기 위해 이 마을에 도착했고 우연히 110세 된 아메리카 원주민을 만난다. 원주민은 장수 비결을 이 몬테시토 온천 때문이라고 말했다. 윌버는 수개월 간 온천수를 마시고 목욕을 한 끝에 병을 완전히 치료했다.

쇠 파이프를 통해 온천수가 떨어지고 있다.
하류로 갈수록 수온이 낮아지지만, 중간에 다른
원천수가 합류해 수온을 따뜻하게 유지한다.

백만장자만 이용하던 독점적 온천

하지만 그 뒤 행적이 수상쩍다. 어느 자료에서는 그가 정부에서 공여하는 농지를 받아 온천에 호텔을 만들었다고 설명하지만, 이 온천을 아끼는 커뮤니티의 자료에는 그가 특허권을 주장하며 사실상 사기를 쳐서 원주민의 땅을 강탈했다고 전한다.

이 때문에 온천은 골칫거리가 되기도 한다. 이은주는 저서 『온천, 천탕천색의 매력에 몸을 담그다』에서 민중이 온천 때문에 고달팠다는 사연을 소개한다. 『세종실록』에 따르면, 세종 21년인 1439년 2월 백성이 온천을 발견해 관청에 알리면 상을 주고, 은폐하면 엄한 벌을 내린다고 했다. 하지만 부평 사람들은 마을에 온천이 있는 것을 알고도 은폐했다고 한다. 세상에 알려지면 양반들이 오가고, 그들의 시중을 전부 민중이 져야 했기 때문이다.

어쨌든, 윌버 커티스는 1860년대 후반 가파른 산길에 3층짜리 목조 온천 호텔을 지었다. 도서관과 와인바, 산책로를 만들고 하루 숙박비 2달러를 받았다. 그는 20년 만에 큰 부자가 되었다. 미국에 관광업이라는 개념이 생긴 것이 그즈음이다. 골드러시로 전 세계 이민자들이 캘리포니아에 몰려들자 관광산업이 움트기 시작했다. 특히 샌타바버라는 사시사철 날씨가 온화하고 바다 수온이 따뜻해 방문객이 많았다. 여기다 미네랄 온천이 있다는 소문이 퍼지자, 스파 명소로 주목받았다.

노인과 청년이 와인을 마시고 있다. 산에는 플라스틱 잔을 가지고 가야 한다.

당시 유럽 출신의 미국인들은 지저분한 유럽인과 차별화하기 위해 청결과 위생을 더욱 강조했다. 학교에서도 세면기 사용법과 비누 사용법을 가르쳤다. 목욕은 가장 미국적인 것으로 여겼다. 덩달아 몬테시토 온천은 신장염과 간, 방광, 통풍, 류머티즘, 피부병 치료에 좋다고 알려지면서 전국에서 손님이 몰렸다. 1887년 철도까지 생기면서 방문자 수는 더욱 증가했다.

온천 호텔의 주인은 계속 바뀌다가 1910년 화재로 건물이 모두 불탔다. 4년 뒤 그 자리에 백만 달러 이상의 자산을 보유한 부자만 입장할 수 있는 클럽하우스가 생겼다. 부동산 갑부들로 클럽 참가비만 5,000달러였다.

당시 17명 정도가 몬테시토 온천을 이용했다. 부자들은 관리인에게 목욕물을 받아 놓으라고 지시한 뒤 리무진을 타고 온천 호텔에 갔다. 그 뒤 1964년 코요테 화재(Coyote Fire)로 모두 불탔다. 그렇게 산악 온천 호텔의 시대는 막을 내렸다.

비키니와 수영복 반바지 입고 산 타기

이곳은 최고의 수질과 편리한 접근성을 자랑하지만 사람들에게 많이 노출되어 있지 않다. 3년 전 대형 화재와 홍수로 이 일대가 폐쇄되었기 때문이다. 이에 더해 최상위급 수준의 부자인 마을 주민들이 외부인의 접근을 탐탁지 않아 하기 때문이다.

이곳에 가려면 구글 지도에 핫스프링스 캐니언 트레일헤드(Hot Springs Canyon Trailhead)라고 검색하면 된다. 주차장은 차량 5~6대를 세울 정도로 작다. 갓길을 찾아 눈치껏 차를 세워야 한다. 주민의 민원이 많아 주정차 단속을 수시로 하니 딱지를 떼이지 않도록 조심해야 한다.

이 마을에는 영국 해리 왕자와 여배우 매건 마클 부부가 산다. 1465만 달러(180억 원 상당) 호화 주택에 거주하고 있다. 2008년 제작된 영화 「아이언맨Iron Man」에서 로버트 다우니 주니어의 맞상대로 출연했던 영화배우 제프 브리지스도 이곳에 산다.

산행은 어렵지 않다. 출발지에서 정상까지 3킬로미터다. 걷다 보면, 비키니를 입고 있는 여성과 수영복 반바지를 입고 있는 청년을 만날 수 있다. 옷차림만 보면 길 너머에 백사장이 있는가 하는 착각을 불러일으킨다. 걷다가 바로 온천수에 들어가기 위함이다.

산을 오르다 보면 옛 온천 호텔의 흔적이 곳곳에 남아 있다. 물길을 막아 놓은 작은 댐과 그 시절에 심었던 대나무와 아보카도, 바나나 나무 등이 있다. 산 능선을 꽤 오르면 서쪽 너머로 태평양이 보인다. 그 위로 산타크루즈와 아나카파, 산타로사 등 5개 섬으로 이뤄진 군도, 채널 아일랜드

여성들이 몬테시토 온천을 가기 위해 산을 타고 있다. 비키니를 입거나 수영복 반바지를 입고 있다. 온천욕으로 젖은 옷은 하산하면서 말리면 된다.

국립공원(Channel Island National Park)이 있다. 이곳은 수천 년 동안 육지와 격리되어 미국의 갈라파고스라고 불린다. 멸종위기종인 섬여우 등 150종의 토착종이 서식하고 있다.

사실 이 일대는 법적으로 시끄러운 곳이다. 부자들이 땅을 소유하고 있고 주인도 계속 바뀌면서 각종 소송이 이어졌다. 특히 수도 사업권을 가진 업체가 산에서 흘러나온 물을 파이프로 연결해 부자들의 저택으로 계약을 초과한 양의 물을 공급해 지역정부와 주민 사이 법적 소송이 오가고 있다.

흥미로운 것은 미국 저택에는 화장실이 터무니없이 많다는 것이다. 2020년 6월 영국 해리 왕자가 구매한 집에는 침실 9개에 화장실이 16개다. 파티용 욕실이라고 해도 많다. 미시간대학 인류학자 호러스 마이너 교수는 1956년 논문에서 「나시레마족의 신체 의례Body ritual among the Nacirema」에서 이런 사치스러운 미국 문화를 꼬집었다.

교수는 논문에서 미국인(American)의 알파벳 철자를 거꾸로 뒤집어 '나시레마(Nacirema)'라고 표현한 뒤 1950년대의 미국인을 원시부족처럼 묘사해 큰 파장을 일으켰다. 그는 "나시레마 부족은 집안의 욕실 개수로 부유함을 과시한다"고 미국인을 조롱했다. 욕실이 미국인의 쾌락과 이기심, 사치를 상징하며 "이들에게는 상앗빛 치아를 넘어서 완전한 미백에 몰두하는 세균 혐오 문화가 있다"고 지적했다.

그나마 다행인 것은 비영리단체인 랜드트러스트(The Land Trust For Santa Barbara County)가 펀드를 조성해 온천을 포함한 주변 땅을 매입해 2013년 미연방 산림청에 넘겼다. 원주민이 신성하게 여기던 장소가 160여 년만에 일반인에게로 돌아간 것이다. 랜드트러스트와 몬테시토 트레일스 파운데이션(www.montecitotrailsfoundation.info)은 꾸준히 생태 보전 활동을 하고 있다.

기타 치고 춤추고 발가벗고 마시고

1950~1960년대 이곳 분위기를 흠뻑 느끼기 위한 좋은 자료가 있다. 유튜브에 영어로 'Seconds'와 'Rock Hudson'을 함께 검색해 보면 알고리즘이 뽑아 올린 흑백 영상으로 영화감독 존 프랑켄하이머의 공포영화 「세컨즈」(1966년)가 뜬다. 주인공 아서 해밀턴이 은행원이라는 직업을 버리고 자유로운 영혼들을 만나면서 겪는 사건을 그린 영화다.

영화 속 남녀 주인공이 파티를 즐기는 장소가 바로 몬테시토 온천 일대다. 그곳에는 보헤미안 커뮤니티인 '마운틴 드라이브'가 활동했던 장소다. 영화는 두 인물이 포도 밟기 행사에 참여한 모습을 담았다. 그해 선정된 와인 퀸이 홀딱 벗은 상태에서 황금색으로 칠한 포도잎 화관을 쓰고 통에 들어가 포도를 밟는다. 이어 주민들이 발가벗고 통에 들어가 포도주를 마시며 포도를 밟는다. 얼싸안고 춤추고 키스한다. 영화 장면은 실제 마운틴 드라이브 커뮤니티의 축제 장면으로 영화사는 촬영 대가로 커뮤니티에 5,000달러를 냈다.

마운틴 드라이브는 예술가 집안에서 자란 유럽계 정착민인 바비 하이드와 플로피 부부가 일군 보헤미안 커뮤니티다. 이들은 1940년대 이 일대의 땅을 산 뒤 자유롭게 살고 싶은 영혼들에게 저렴한 가격으로 땅을 나눠주었다. 20여 년 만에 마을은 40가구로 늘어났다. 작가 엘리아스 치아코스는 저서 『마운틴 드라이브, 샌타바버라의 선구적인 보헤미안 커뮤니티』에서 "사람들은 일하지 않고 여자들은 옷을 거의 걸치지 않았다. 남자들은 포도주를 만들며 시간을 보냈다. 텔레비전도 없어 기타와 탬버린, 아코디언을 연주하며 시간을 즐겼다"고 썼다. 마을은 1964년 화재가 나면서 터줏대감인 하이드의 집 등 14채가 소실되면서 서서히 역사의 뒤안길로 사라졌다.

믿거나 말거나 천연 화장품, 온천 진흙팩

한 시간쯤 산을 오르다 보면 대나무 군락지가 나온다. 온천에 거의 도착했다는 증거다. 온천탕은 6개다. 두꺼운 쇠 파이프를 따라 뜨거운 유황 온천수가 콸콸 흘러 아래 탕으로 이어진다. 계단식 논처럼 층층이 만들어져 있다. 가장 높이 있는 탕은 대중목욕탕의 열탕 수준으로 아주 뜨겁다. '아재력(아저씨의 힘)'을 발휘해 꾹 참고 있으면 견딜 만한 온도다. 나는 오빠이고 싶기에, 종아리까지만 담갔다.

온천수는 중간에 또 다른 파이프로 물이 들어온다. 우리가 갔던 온천 중에서도 손에 꼽을 만큼 수질이 깨끗하다. 진흙도 유명하다. 한 중년 여성은 작은 화장품 통을 가져와 온천 진흙을 담아 갔다. 어느 라티노 남성은 온천 바닥에 있는 작은 돌을 채취해 바윗돌에 갈아 고운 가루를 만들었다. 그렇게 만든 미세가루를 얼굴에 정성껏 펴 발랐다. 나에게 능청스럽게 말을 걸었다.

"어디 얼굴에 (마사지 진흙이) 빠진 데 없어?"

그의 아내도 가까이 와 고운 가루를 얼굴에 발랐다. 돌은 흙과 녹조가 오랜 시간 꾹꾹 뭉쳐진 덩어리였다. 머리 긴 여자가 진흙팩을 하니 뮤지컬 「위키드Wicked」의 녹색 마녀 엘파바 같았다.

남성이 온천 바닥에 있던 돌을 갈아 진흙팩을 만들어 얼굴에 골고루 펴 바르고 있다. 온천욕에 피부 청소까지 일석이조다.

수해를 극복하고 재탄생한 계단식 온천

마른 체형의 백인 남성이 혼자서 온천을 정비하고 있었다. 온천탕 바닥에 있는 진흙과 돌을 파내 바닥을 깊게 하고 주변 바위 돌을 굴려 온천탕 둘레를 단단히 했다. 그의 이름은 데렉. 4년 전 이 온천에 처음 와 깨끗한 물과 편안한 자연환경에 반했다고 했다.

"그때는 온천탕이 2개인가 3개였어. 지금처럼 정비되어 있지는 않았지."

그러다 2년 뒤인 2019년 1월 몬테시토 홍수가 터지면서 이 일대가 초토화되었다. 한 해 전, 토머스 화재가 발생해 민둥산이 되었고, 그 위에 비가 내리자 대형 산사태가 된 것이다. 바윗돌과 토사가 민가를 뒤덮었다. 이 재해로 2세 아이를 포함해 23명이 목숨을 잃었다. 당시 실종되었던 17세 소년은 3년 반 만에 시신으로 발견되기도 했다.

재난 이후, 데렉은 혼자 이곳에 와서 온천을 재건했다. 맨손으로 바윗돌을 옮기고 진흙을 발라서 탕을 만들었다. 탕은 6개가 되었다.

"맨손으로 돌을 굴려서 세운 뒤 진흙으로 발라서 탕을 만들었어. 보름에 한 번씩 오는데 올 때마다 일곱 시간에서 열 시간쯤 일해. 그렇게 일하고 집에 가면 녹초가 돼 잠에 곯아떨어지지."

데렉은 지금까지 만든 것이 머릿속 구상의 75퍼센트라고 했다. 현재까지 만든 것도 만족스럽지만, 온천의 두 번째 파이프 주변에 아치형 구조물을 세워 그늘을 만들 거라고 했다.

"어떻게 만들까 구상하고 방법을 찾아가는 것이 꽤 재밌어. 나는, 온천이 스스로 지속 가능할 수 있도록 만들 거야. 더 이상 무너지지 않도록 말이야."

데렉이 온천 바닥을 파서 수위를 높이고 있다. 아무런 이득 없이 오로지 이곳을 아름답게 만들기 위해 일하고 있다.

이곳에서는 50~60년 단위로 대형 산불이 난다. 크고 작은 산사태로 홍역을 앓는다. 재난재해가 반복되는 사이, 몬테시토의 시지프스 데렉은 맨손으로 무너진 땅을 재건하고 있다.

산행길이 어렵지 않아 어린아이가 있는 가족도 몬테시토 온천을 많이 찾는다. 수온도 적당해 전 연령대가 온천을 즐길 수 있다.

갈매기의 꿈,
이주노동자의 꿈

07
샌타바버라 카운티의
가비오타 온천

중대한 결정은 여러 사람과 상의하지 않는다. 원래 그래야 했던 것처럼, 탁, 정한다. 그에 따른 손실, 이래저래 연결된 인연은, 툭, 잘라 버린다. 결정장애란 없다. 인연이라는 것이 엿가락 같아서 입 안에서 씹고 돌리다 보면 그 끈적함에서 벗어나지 못한다. 툭, 끊어내야 한다.

나의 미국행은 보통의 아메리칸 드림과는 거리가 멀다. 미국 대학에 진학하는 것도 아니고 실리콘밸리에 취업하러 온 것도 아니다. 어쩌면 경력

가비오타 온천이다. 유황으로 물이 우윳빛이다. 1930년대 루스벨트 대통령이 편 뉴딜정책의 하나로 이곳도 재정비되었다.

이 깎일 수 있는 로스앤젤레스의 한인 신문사에 기자로 일하러 온 것이다. 인생 청사진에 한번도 그려보지 않았던 일이었다. 여차하면 2~3년 '미국물' 좀 먹다가 귀국할 요량이었다.

그런데 두 가지 '물'이 내 발목을 잡았다. 첫 번째, 바다다. 이곳에서 서핑을 만났다. 집에서 30분 차를 몰고 나가면 서핑 명소인 맨해튼 비치에 닿는다. 긴 보드를 허리춤에 끼고 파도를 향해 성큼성큼 걸어갈 때면 찌릿한 긴장감이 온몸으로 밀려든다. 살갗에 서서히 닿는 차가운 바닷물, 짙게 깔린 새벽 바다 안개, 어쩌다 정오가 다가오면 미끈한 돌고래들이 넘실거리는 파도를 따라 내 앞으로 잠영한다. 서핑은 자연에 대한 도전이자 순응이었다.

두 번째 물은 온천이다. 나는 거주지를 옮길 때면 꼭 그 지역에 관한 책을 써야겠다고 결심한다. 내가 거주하고 있는 지역에 대한 예우이자 내 삶을 밀도 있게 살기 위한 기획이었다. 이때 선택한 것이 캘리포니아 자연온천이었다. 레저로서 온천이든, 온천 캠핑법이든 뭐든 파면 나오지 않을까 생각했다. 그 기획이 이야기가 될지 안 될지는 이곳, 두 번째 온천 여행에 달려 있었다. 2018년 9월 가비오타 온천으로 향했다.

의구심 반 호기심 반, 온천 기행

가비오타 온천(Gaviota Hot Springs)은 캘리포니아주 샌타바버라 카운티의 샌타이네즈산맥(Santa Ynez Mountains)에 있다. 로스앤젤레스에서 북쪽으로 차로 두 시간 거리다. 가비오타 주립공원에 속해 있다. 구글 지도에 가비오타 피크 트레일헤드(Gaviota Peak Trailhead)를 검색하면 되는데 목적지에 가까이 오면 오른쪽 비포장 길로 빠져야 한다. 도로명은 가비오타 파크 바운더리 로드(Gaviota Park Boundary Road, Goleta, CA 93117)다. 길이 헷갈리면 좌표(34.504598, -120.2259)를 찍고 가는 것을 추천한다.

높은 산맥이 바다를 마주 보고 있다. 이곳은 원주민 추마시족이 살던 곳이다. 원주민들은 깊은 계곡에 길을 내고 마을을 이루며 살았다. 개발되기 전, 이곳은 육로로 접근하기 어려웠다. 유럽 정착민들은 19세기가 끝날 때까지 증기선을 이용해 이곳을 오갔다.

에스파냐 원정대가 이곳을 개척했다. 그들은 샌디에이고를 지나 북쪽으로 계속 미션을 세우기 위해 좁고 가파른 이 길을 뚫어야 했다. 1769년, 에스파냐 포르톨라 원정대(Portola Expedition) 기록 담당이었던 후안 크레스피(Juan Crespi) 신부는 이곳을 프랑스 왕 이름을 따 '산루이스(San Luis)'라고 불렀다. 그러다 원정대 군인이 인근에서 갈매기를 총으로 사냥해 죽였고, 이들은 그때부터 이 지역을 '가비오타'라고 부르기 시작했다. 가비오타는 에스파냐어로 갈매기란 뜻이다.

왕복 11킬로미터, 해안가 고봉을 오르다

트레일 입구에 간이 주차장이 있다. 차량 열 대 정도 세울 수 있다. 무인함에 주차비 2달러와 비치된 메모장에 연락처를 적어 넣어두면 된다.

오전 8시 샌타이네즈산맥은 안개로 뒤덮여 있었다. 바닷바람에 왈츠를 추듯 공기 방울 입자가 내 뺨을 스치고 산을 타고 올랐다. 손을 뻗어 휘두르면 구름이 잡힐 것만 같았다. 안개비가 내렸다.

아침 산행길은 습했다. 키 큰 나무들이 길게 뻗은 이끼를 목도리처럼

산행길이 온통 구름으로 뒤덮여 있다. 바다에서 형성된 구름이 대륙으로 이동하다 산맥에 걸린 것이다. 걷기는 참 좋다. 뜨겁지 않고 시원하게 산행할 수 있다.

치렁치렁 휘두르고 있었다. 구불구불 꺾인 굵은 나뭇가지에는 노인의 검버섯 같은 이끼가 내려앉았다. 산신령이 살 것만 같은 원시림이었다. 가비오타 피크 트레일헤드에서 조금 걸어 올라가면 길이 양 갈래로 나뉜다. 왼쪽으로 꺾어 500미터쯤 더 올라가면 목적지인 가비오타 온천이 나온다. 이쪽 길을 '가비오타 피크 파이어 로드(Gaviota Peak Fire Road)'라고 한다. 정상까지 4.8킬로미터 걸어 올라갔다가 다시 같은 방향으로 내려오면서 온천을 즐기면 된다.

또 다른 길로는 '가비오타 피크(Gaviota Peak)'가 있다. 산맥 협곡과 해안을 보며 걸을 수 있다. 출발지에서 반시계 방향으로 원을 그리며 걷는 길이다. 높이는 최대 735미터이고 구간은 총 11킬로미터다. 서너 시간쯤 걸으면 된다. 그늘이 없으니 자외선 차단제를 듬뿍 바르고 모자를 쓰고 걷는 것을 추천한다. 피부 발진을 일으키는 식물인 포이즌오크(Poison oak)가 자라고 있으니 긴 옷을 입고 걷는 것이 좋다.

이끼류 식물들이 나뭇가지에 목도리처럼 치렁치렁 걸려 있다. 영화 속 한 장면으로 걸어 들어온 듯했다.

나는 해안가를 보며 가비오타 피크를 걸었다. 관목지대가 나를 반겼다. 산행을 하는 사람이 거의 없어 발 닿는 곳마다 도마뱀과 산토끼가 줄행랑이다. 좀 더 가니 오크 숲이다. 거무데데한 나뭇가지가 혈관처럼 구부러져 자란다. 밤이면 그 혈관이 꿈틀거리며 숲의 정령이 되어 깰 것만 같았다. 높은 하늘과 전망 좋은 협곡, 고요한 풍경이 산행객을 충분히 만족시킨다. 그 덕분인지 노래 「테이크 잇 이지Take It Easy」로 알려진 싱어송라이터이자 반핵 운동가 클라이드 잭슨 브라운(Clyde Jackson Browne)이 근처 마을에서 농장을 일구며 살고 있다.

경사를 타며 걷느라 몸에 열기가 후끈 달아오른다. 그때마다 바닷바람이 체온을 식힌다. 한 시간쯤 걸었을까, 서쪽 너머 해안선이 보인다. 파도가 절벽 아래 부서진다. 소설가 리처드 바크의 「갈매기의 꿈Jonathan

같이 산행을 한 디자이너 로버트 오다. 그가 산행로 최고봉에 있는 방명록에 그림을 그리고 있다. 험한 산행길에 늘 함께 해줬다.

Livingston Seagull」 첫 문장이 스친다. "아침이었다. 그리고 떠오르는 태양이 부드러운 바다의 잔물결 위에 금빛 광택을 그으며 번쩍였다." 미국 중부 일리노이주 출신인 리처드 바크는 청년기를 로스앤젤레스에서 가까운 바다 도시인 롱비치에서 보냈다. 그는 조종사이기도 했는데 아마도 이 바다를 보며 그 문장을 쓴 것 아닐까 상상해 본다.

선택의 메타포 '가비오타 터널'

산맥 아래로 협곡 터널이 보인다. 101번 고속도로를 지나는 이 터널의 이름은 가비오타 협곡 터널(Gaviota Gorge Tunnel)이다. 흔히 가비오타 패스나 가비오타 터널이라고 한다. 원주민이 지나던 길을 에스파냐 탐험대가

넓혀 쓰다가 미국이 1953년 다이너마이트로 뚫어 완공한 터널이다. 높이 600미터, 길이 130미터로 캘리포니아 역사 랜드마크 248호로 지정되어 있다. 깊고 좁은 협곡 아래 터널이 만들어져 지금도 비가 많이 내리면 토사와 암석이 터널 입구를 막는다.

이 터널에는 '선택'이라는 메타포가 녹아 있다. 미국-멕시코 전쟁 당시, 미국의 존 프리몬트 부대가 이곳에 멕시코 부대가 매복해 협곡에서 돌을 떨어뜨릴 것이라는 첩보를 듣고, 이 길을 우회하면서 전쟁을 승리로 이끌었다는 설이 있다. 훗날 프리몬트 부대 관계자가 사실이 아니라고 증언했지만 오랫동안 미국의 대표적인 전쟁사로 전해졌다.

영화사적으로도 의미 있는 곳이다. 더스틴 호프만이 주연한 1967년 작,

영화 촬영지로 사용되곤 하는 가비오타 터널이다. 비가 많이 내리면 토사가 쏟아져 터널이 막힌다. 유통업자들은 이곳이 개발되기 전 바닷길을 이용해야 했다.

「졸업The Graduate」을 촬영한 곳이다. 영화는 대학을 졸업한 벤저민(더스틴 호프만 역)이 사랑하던 여인을 그녀의 결혼식장에서 데리고 나와 진정한 사랑을 이룬다는 이야기다. 영화 마지막 장면에서 벤저민은 커다란 십자가로 결혼식장이 열린 교회당 문을 잠그고, 사랑하는 여인의 손을 잡아끌고 그곳을 탈출한다. 이 영화는 1960~1970년대 청년세대의 저항과 반문화를 상징했다. 이 영화에서 주인공 벤저민은 남쪽으로 간다며 가비오타 터널을 지난다. 하지만 가비오타 터널은 오직 북쪽으로만 길이 나 있다. 가비오타 터널이 좌충우돌하는 청년들의 마음을 표현하는 메타포로 사용된 것이다.

팜트리 아래 우윳빛 유황 온천

다시 트레킹. 터널을 볼 수 있는 전망 포인트를 지나면 가파른 오르막길이 다시 기다리고 있다. 이번 코스의 정상으로 향하는 길이다. 출발점에서 5.7킬로미터 지점에 공룡 머리뼈 같은 기암괴석이 있다. 우리말로 '바람 동굴'이라는 뜻의 가비오타 윈드 케이브(Gaviota Wind Cave, 좌표:34.504598, -120.2259)다. 수 세기 동안 바람이 깎아 만든 자연 조형물이다. 바위 구멍에 들어가 간식을 먹는 것도 재미있다.

정상을 찍고 반시계 방향으로 한 시간쯤 내려가면 초원이 나온다. 어느 지점에서 왼쪽으로 꺾어 온천으로 가야 한다. 하지만 이정표가 없다. 차라리 임도를 따라 차를 세워둔 주차장까지 내려간 뒤, 다시 출발지에서 '가비오타 피크 파이어 로드'를 따라 올라가는 것도 괜찮다. 얼마 걷지 않아 물 흐르는 소리가 들리고 유황 냄새가 코를 자극할 것이다.

가비오타 온천이다. 아이들이 어머니와 온천욕을 하고 있다. 모두 밝게 웃고 있다. 물이 뜨겁지 않아 어린아이도 놀기 좋다. 어른들에게는 살짝 미지근한 편이다.

이곳은 짙은 유황 온천이다. 우윳빛 온천수가 기포를 터뜨리며 올라온다. 온천 가운데에는 야자수인 팜트리가 자리하고 있다. 나무는 썩 괜찮은 그늘을 만들어준다. 바로 아래 콘크리트 벽돌로 축조한 탕이 하나 더 있다. 하지만 정비가 제대로 되어 있지 않아 들어가기가 꺼려진다. 지역 언론은 온천의 콘크리트 구조물이 1930년대 뉴딜 정책의 하나로 만들어졌다고 한다.

가비오타 온천은 인근 마을 이름을 따 '십자군'이라는 뜻의 라스크루세스(Las Cruces) 온천이라고도 한다. 수온은 섭씨 36도로 미지근한 편이며 여덟 명 정도 들어갈 수 있다.

유황 온천수가 우유처럼 흐른다. 살아 움직이는 물이다. 산행을 마친 여행자에게는 피로 해소제다.

이날 테미야라는 히스패닉 여성이 온천욕을 즐기고 있었다. 테미야는 어릴 때부터 이 근처에 살다가 몇 년 전 플로리다에 직장을 얻어 그곳에 산다고 했다. 그러다 허리케인이 분다는 소식을 듣고 고향집에 왔다고 했다. 그녀는 "어릴 때 가족이랑 많이 왔지. 고향 온 김에 여기부터 들른 거야"라고 말했다. 그녀는 온천에 몸을 담그고 화상 통화로 친구와 가족에게 귀향 소식을 알렸다.

그녀가 떠나고 인근 도시인 샌타바버라에 사는 가족 세 명이 올라왔다. 제일 나이가 많아 보이는 할머니가 청소용 솔을 꺼내 온천 바닥을 닦았다. 물이 제법 맑아졌다. "하~" 할머니는 탄식을 뱉으며 몸을 녹였다. 온천 바닥의 진흙을 손으로 퍼 얼굴에 발랐다.

"어떤 사람은 여기에 일주일에 네다섯 번 와. 돈도 안 들고 자연도 즐기고 좋지. 온천수가 뼈에 좋다잖아."

이날 미국 온천 탐험을 하기로 결심했다. 어떤 결과물이 나올까? 어느 순간, 지쳐 포기하지 않을까? 리처드 바크의 갈매기, 조너선 리빙스턴처럼 한계를 뛰어넘는 고속비행은 하지 못하더라도, 죽임을 당한 가비오타 갈매기 신세는 면해야지.

인터넷 때문에 '개판' 된 온천을 살려낸 가족

08
벤투라 카운티의 에코토피아 온천

'프로즌 컬처(Frozen Culture).' 미국 정신건강 카운슬러 욜라 가마시(Yola Ghammashi)가 창안한 정신분석 개념이다. 새로운 땅에 정착한 이민자들이 현지 문화를 배우는 것을 거부한 채 과거 습성에 머물러 있으면서, 동시에 발전하는 모국의 문화조차 따라가지 못하는 정체 현상을 말한다. 냉정하게 말하자면 정신적 냉동 인간 상태다.

미국에 거주하는 한국 태생 한인 이민자 수는 약 104만 명(이민연구센터 CIS 2018년도 통계)이다. 각기 다른 사연을 안고 한국인 수천 명이 해마다 미국으로 이민을 하고 있다. 하지만 미국 내 한인사회는 마블 영화에 등장하는 절대적 힘 '타임스톤'이 작동한 것처럼, 과거가 현재에 소환되어 있다. 로스앤젤레스 한인타운 내 맥도날드에서는 태극기 부대 할아버지가 정견을 쏟아내고, 40대 청년은, 이제는 한국에서조차 거론되지 않고 있는 단어, 한국인의 '냄비 근성'을 논하고 있다. 그뿐인가. 미국 내 일부 한인 회사에서는 군대식 위계 서열 문화가 생동한다.

그날도 회사에서 여러모로 '정신적 조인트'를 까여 주말 내내 집에서 누워 있고 싶었다. 한국에서조차 경험하지 못한 터무니없고 억울한 일들 때문이었다. 집 안으로 들어오는 빛을 모두 차단하고, 그래도 새는 빛이 있

아내 우세린이 에코토피아 온천에 몸을 담그고 있다. 화산재 같은 검은 흙이 온천 바닥에 깔려 있다. 물이 검게 보인다. 바로 앞은 얼음장처럼 차가운 강이다.

다면 검은색 셀로판지로 틈새를 다 발라 버리고 싶었다. 스트레스 강도가 높아져 나를 비난하기 시작했다. 그러다 미쳐 버릴 것 같았다. 그래, 여행이나 떠나자. 로스앤젤레스에서 북쪽으로 130킬로미터, 캘리포니아 벤투라 카운티 조용한 도시 오하이(Ojai)로 향했다.

파머스마켓에서 '오렌지 소믈리에'가 되어 보자

오하이는 북쪽으로는 로스파드레스 국유림이, 서쪽으로는 태평양과 24킬로미터 떨어져 있는 휴양 마을이다. 영화배우이자 캘리포니아 주지사를 지낸 아널드 슈워제네거의 집 등 유명인이나 사업가의 별장이 많다. 한 지역 언론은 오하이를 "할리우드 스타들이 선글라스를 끼지 않고도 편하게 다닐 수 있는 '느리고 졸린 마을'"이라고 평가하기도 했다. 2022년 기준 주택 중간 가격이 우리 돈 20억 원대다. 총인구는 7,400명, 거주민 열의 아홉(87.5퍼센트)이 백인이다.

오하이는 아메리카 원주민 추마시족(Chumash) 언어로 '달(awhay)' 또는 '둥지', '보금자리'라는 뜻이다. 자기장인 볼텍스(boltex)가 강하게 흘러 전국에서 사람들이 요가와 명상을 하러 모인다. 대표적인 명소는 '메디테이션 마운트'다. 해발 440미터에 있는 명상 센터다. 동양식 정원인 '국제 평화의 정원'이 유명하다. 2017년 12월 토머스 산불로 인근 산림 11만 4000헥타르(ha)가 불타면서 화재 피해를 당하기도 했다.

마을 곳곳에서는 크고 작은 명상, 요가 모임이 열리고 있다. 다운타운에 있는 마트 게시판에는 영적 축제, 인도 명상, 걷기 명상, 요가 모임을 한다는 광고지가 촘촘히 붙어 있다. 태극 문양에 기공(Qi Gong)이라고 쓴 광고지도 눈에 들어왔다. 자세히 보니, 누군가 광고지 우측 상단에 한글로 '오후 3시'라는 글씨를 써뒀다. 여기도 한국인이 살고 있나 보다.

돌이 많아 제주도와 같은 인상을 풍긴다. 제주도의 구멍 숭숭 뚫린 검은 현무암 대신, 이곳에서는 누런빛의 크고 단단한 사암이 많다. 이곳 사암은 해변가 방파제 용도나 주택 외벽용으로 팔려 나간다. 무엇보다 농장에 쌓아 올린 사암 돌담이 정겹다. 우리 부부가 이곳을 방문했던 것은 3월 말이었다. 느닷없는 꽃향기가 콧등을 스치더니 아침 커피의 카페인처럼 맥박을 바르르 뛰게 했다. 순간 정신이 아찔해질 만큼. 오렌지꽃이었다.

제주도에 가면 신선한 회, 전주에 가면 비빔밥을 먹어야 하는 사람이라면 오하이에서는 농산물 직거래 장터인 파머스마켓을 꼭 가야 한다. 매주 일요일 오하이 다운타운의 디 아케이드 플라자 뒤편 공터에서 열린다. 시장은 왁자지껄하다. 젊은 여성 농부들이 천연 염색한 고운 두건을 쓰고 직접 재배한 당근과 토마토, 브로콜리를 좌판에 올려놓고 판다. 한켠에서는 거리의 악사가 기타와 바이올린을 꺼내 연주한다. 아침 이슬과 흙이 묻은 채소는 마르지 않은 물감처럼 오하이의 푸른 하늘에 반사된다. 갓 잡아올린 바닷물고기처럼 제 빛깔을 생생하게 뿜어낸다.

이곳에서 '오렌지 소믈리에'가 되어 보자. 좌판에 다종다양한 오렌지가 판매된다. 껍질이 잘 벗겨지는 작은 오렌지인 탱고탄제린(Tango Tangerine)부터 귤의 한 종류인 골든너기츠만다린(Golden Nuggets Mandarin), 대표적인 오렌지종인 워싱턴오렌지(Washington Navel)가 있다. 또 카라카라오렌지(Cara Cara Navel)와 자몽인 스타루비그레이프프루트(Star Ruby Grapefruit) 등이 시

오하이의 파머스마켓이다. 다양한 품종의 오렌지를 시식할 수 있다. 겉보기에는 다 같은 오렌지처럼 보이지만 서로 다른 향을 품고 있다.

오하이의 파머스마켓에서 아이가 마음에 드는 달걀을 직접 고르고 있다. 들판에서 자라는 닭이 낳은 건강한 달걀이다. 생명은 이렇게 다양한 색을 지니고 있다.

식 코너에서 여러분을 기다리고 있다.

오하이의 별명은 '미국의 샹그릴라(Shangri-La)'다. 샹그릴라는 1933년 영국 작가 제임스 힐튼이 자신의 소설 『잃어버린 지평선Lost Horizon』에서 라마교 승려들이 사는 쿤룬산의 깊은 계곡에 지은 이름이다. 4년 뒤 같은 내용의 미국판 영화가 오하이에서 촬영되었다.

프랜차이즈 가게가 없는 마을

오하이는 1837년 농부 페르난도 티코가 당시 이곳을 통치하던 멕시코 정부로부터 땅을 공여받아 농장과 가축을 기르면서 개발되기 시작했다. 미국이 멕시코와 전쟁에서 승리한 뒤에는, 독일계 이민자이자 부동산 개발업자 서댐(R.G. Surdam)이 1874년 이곳으로 이주했다. 그는 1917년 자신이 좋아하던 독일 태생 미국 작가 찰스 노드호프의 이름을 따와 이곳을 '노드호프(Nordhoff)'라 불렀다. 하지만 제2차 세계대전 이후 미국 내 반(反) 독일 감정이 격화하자 독일식 이름이 퇴출되고 원주민 언어였던 '오하이'로 바뀌었다. 현재는 노드호프 고등학교가 예전 도시 이름을 간직하고 있다.

오하이가 전국에서 주목받게 된 건 유리 가공업체 '리비 글래스 컴퍼니(Libbey Glass Company)' 대표인 에드워드 리비(Edward Libbey)가 찾아오면서부터다. 그는 깊은 계곡에 내리쬐는 햇살과 고즈넉한 시골 풍경을 좋아했다고 한다.

리비는 거액을 투자하며 도시 개발의 청사진을 제시했다. 다운타운을 에스파냐 식민시대의 복고풍 건축 양식으로 재건하고자 한 것이다. 둥근 아치형 기둥에 높이 선 종탑이 특징인 이 건축 양식은 에스파냐 선교사들이 세계를 다니며 유행시켰다. 미국 서부에서는 20세기 초에 붐이 일었다. 리비의 계획에 따라, 오하이의 랜드마크인 '다운타운 아케이드'가 복고풍 스타일로 건설되었다.

흥미로운 점은 오하이에는 프랜차이즈 체인점이 없다는 사실이다. 2007년 시의회가 법적으로 막은 것이다. 일부 프랜차이즈 주유소와 대형 은행의 지사가 있지만 이마저도 185제곱미터 이하로 면적이 제한되어 있다. 처음에는 일부 주민이 자유로운 상업 활동을 방해한다며 해당 법안을 반대했다. 하지만 대다수 주민이 거대 자본으로부터 독립된 커뮤니티를 원했고, 실현되었다.

미국도 대형 체인점 탓에 작은 마을의 사업체들이 사라졌다. 미국은 1~2층 규모의 브랜드 옷 가게와 프랜차이즈 음식점 등이 일정 공간 안에 밀집해 운영하는 일명 '몰'이라는 형태로 지역사회에 들어온다. 한 번은 한인 트럭 운전사와 캘리포니아 시골을 여행하는데 그가 이렇게 말했다.

"화물차를 몰며 캘리포니아 시골 곳곳을 다녀봤어. 참 아름다운 동네지. 개성도 있고 말이야. 그런데 저기 봐봐. 고속도로 옆에 몰이 없는 곳이 없어. 저게 들어오면 순식간에 마을 분위기가 바뀌어. 옛 정취가 다 사라지지."

오하이에서는 즐길 만한 것들이 꽤 있다. 1947년부터 매년 '오하이 뮤직 페스티벌'이 열린다. 러시아 작곡가 이고르 스트라빈스키, 피에르 불레즈 등 세계적인 음악가들이 축제 감독으로 온다. 중고서점 바츠 북스(Bart's Books)는 1964년 무인 판매점으로 시작한 곳이다.

지역사를 한자리에서 파악할 수 있는 오하이 밸리 뮤지엄이 있고 히피들이 좋아할 만한 수공예품 가게도 많다. 하룻밤에 우리 돈 60만 원이 드는 호텔 '오하이 인(Ojai Inn)'은 조용한 마을에 우아하게 자리 잡고 있다. 숙박하지 않아도 호텔을 둘러볼 수 있다. 이곳에서 미국 프로골프 대회가 열리기도 한다.

← 오하이의 다운타운이다. 대형 프렌차이즈가 없다. 이 거리에는 공예품 가게와 지역에서 재배한 채소로 음식을 만드는 식당이 입점해 있다. 지역에 대한 사랑이 느껴지는 골목이다.

↓ 지역 사람들의 사랑을 받는 중고책 서점 바츠 북스다. 거의 모든 장르의 책이 진열되어 있다. 한국어 책도 꽂혀 있다. 마음에 드는 책 한 권 사는 것도 여행의 재미다.

인터넷 탓에 '개판' 된 온천

오하이 다운타운에서 10킬로미터를 이동해 목적지인 마틸리야 온천(Matilija Hot Springs)으로 갔다. 굽은 산길 계곡에 면해 있어 지나치기 쉽다. 급한 마음에 불법 유턴을 하다 큰 사고가 날 수 있다. 마틸리야는 추마시족 언어로 '구역'을 뜻한다.

온천 입구에 도착하니 사무실로 쓰는 캠핑카가 있었다. 그곳에서 여직원 마카가 나왔다. 마카는 바구니에 있던 유기농 귤 두 개를 건네주며 주의사항을 일러주었다. 술과 마리화나, 사진 촬영 금지, 큰 소리로 말하는 것도 주의해 달라고 했다. 보통 온천에서는 물에 푼 달걀처럼 흐트러져 노는 것이 암묵적 전통이지만 이곳은 '정숙'을 강조했다.

이곳은 지역 주민인 거나 러브레이스 가족이 구입하여 비영리단체 에

아내가 온천 바닥에 있는 흙을 들어 보았다. 미세한 검은 모래다. 이 모래가 온천수에 녹아 피부 속으로 스며든다. 광물학자들은 암석 성분에서도 인간의 기원을 찾을 수 있다고 말한다.

코토피아(Ecotopia)라는 이름으로 운영한다. 2000년대 초 인터넷 발달로 대중에게 알려지면서 사람들이 엄청 몰려 들었다. 탕 2개에 20여 명이 복닥복닥 들어가 온천욕을 했다. 여기다 30여 명이 두 줄로 대기했다고 한다. 관리하는 사람이 없어 주변에 쓰레기가 쌓이고 술병이 나뒹굴고 폭력과 교통사고가 난무했다.

이를 보다 못한 러브레이스 가족이 2000년대 초 주변 20에이커 땅을 사들여 관리하기 시작했다. 그들은 지역 언론 〈벤투라 카운티 리포터〉와의 인터뷰에서 "4대에 걸쳐 마틸리아 캐니언을 올랐는데 이 땅이 이렇게 쓰레기로 망가지는 것을 보고 충격을 받았다"며 "영적인 곳으로부터 벗어나 자연이 주는 고결함을 즐기던 곳이 갈기갈기 찢겼다"고 하소연했다.

온천은 2013년 5월 폐쇄됐다가 6개월 동안 휴지기를 거친 뒤 다시 영업을 시작했다. 웹사이트(ojaihotsprings.com)에 들어가 예약해야 한다. 1인당 두 시간 이용에 20달러다.

직원 마카는 온천 자랑을 계속했다.

"이곳은 추마시 부족이 살던 곳이야. 온천은 원래 아메리카 원주민이 신성시하던 공간으로 병을 치료하고 부족 간 물물교환을 하던 곳이었지. 부족 간 다툼이 있더라도 온천에서는 휴전을 해야 했어."

차를 세우고 30미터쯤 계곡을 따라 걸어 내려가니 온천탕 2개가 나왔다. 바로 옆에는 차가운 계곡물이 물거품을 내며 흘렀다. 온천탕 하나는 수온이 40도로 따뜻했고, 다른 하나는 37도로 미지근했다. 주변에는 관목들이 꺾여 있었는데 지난겨울 비가 많이 내려 쓸려 내려간 것이라고 했다. 온천 바닥에는 화산재 같은 검은 모래가 깔려 있었다. 흑과 백, 수묵화 같았다.

에코토피아 입구다. 들어갈 때 주인장이 유기농 오렌지를 무료로 나눠주었다. 각종 허브가 자라는 정원도 마음을 청결하게 해준다.

에코토피아를 찾은 요가 강습팀이다. 명상가들도 자주 찾는다. 이곳은 여느 온천과 달리 정숙해야 한다. 일본 정원 같은 분위기를 자아낸다.

온천에는 오하이와 로스앤젤레스 중간지점인 시미밸리에서 온 요가 강습팀 7명이 온천욕을 하고 있었다. 그들은 요가 강사 준비생들로, 우리 돈 90만 원가량을 내고 2박 3일간 명상과 요가 훈련을 하고 있었다.

세계의 지성 '지두 크리슈나무르티'를 찾아서

온천욕을 끝내고, 21세기 영적 지도자 중 한 명이었던 지두 크리슈나무르티(Jiddu Krishnamurti)의 흔적을 찾아 그의 도서관으로 갔다. 크리슈나무르티(1895~1986)는 인도 출신 영성가로 14세 때 신지학회(神智學會)에 발탁되어 미국에 와서 철학과 종교를 공부했다. 당시 신지학회는 동서양을 아우르는 세계의 교사를 양성한다며 열을 올리고 있었다. 하지만 크리슈나무르티는 1929년 지도자가 되는 것을 거부하고 그의 조직이었던 '별의 교단'도 해체한다.

크리슈나무르티는 "진리는 길이 없는 육지다. 진리를 구할 목적으로 조직이 구성된다면, 그것은 목발이 되고 붕대가 되어 진리를 구하려는 사람을 불구로 만들 것"이라고 전파했다. 또 "나는 추종자들을 원치 않으며 인간을 모든 새장, 공포, 종교로부터 자유롭게 만들고 싶다"고 말했다. 그 뒤 신지학회를 탈퇴해 세계를 돌아다니며 공개 강연을 하며 살았다. 그는 1922년부터 1986년까지 오하이에서 살았다. 가수이자 작곡가였던 존 레넌과 그의 부인 오노 요코와 희극인 찰리 채플린, 화가 잭슨 폴록이 그를 만나러 오하이를 찾아오기도 했다.

우리 부부는 크리슈나무르티가 살던 집을 개조한 페퍼트리 리트리트(Pepper tree retreat)에서 하루를 묵었다. 요가와 명상을 하러 오는 사람이 주

영적 지도자 크리슈나무르티가 살던 페퍼트리 리트리트이다. 푸른 숲에 둘러싸여 있다. 이곳에서는 아침에 유기농 빵과 유기농 커피를 제공한다. 뒷마당은 오렌지밭이다.

로 묵는 곳으로 술과 담배가 금지되어 있었다. 그의 책 『아는 것으로부터의 자유』를 꺼내 읽었다.

> 스스로 '어떻게 갈등으로부터 자유로울 수 있을까'라고 묻는다면, 당신은 또 하나 문제를 만들고 있는 것이며 따라서 갈등은 증가하게 된다. 반면, 당신이 어떤 구체적인 대상을 보듯 그것을 사실로서 분명히, 똑바로 보기만 한다면, 당신은 아무런 갈등도 없는 삶의 진실을 근본적으로 이해하게 될 것이다. (……)

페퍼트리 리트리트에 있는 도서관을 관리하는 아저씨다. 크리슈나무르티의 각종 번역본이 진열되어 있다. 관리자가 한국어 번역본을 들고 손을 흔들고 있다.

우리는 언제나 '그런 우리(있는 우리)'와 '그래야 하는 우리(있어야 하는 우리)'를 비교한다. '그래야 하는 것'은 우리가 이러저러해야 한다고 생각하는 바의 투영이다. 비교가 있으면 갈등이 있다. 아무 비교가 없을 때에만 (중략) 평화롭게 사는 것이다.

피아니스트가 손가락 관절염을 고친 온천

09 샌루이스오비스포 카운티의 패소로블스인

이곳은 엠비티아이(MBTI) 성격 유형으로 따지면 아엔에프피(INFP) 같은 곳이다. 조용해 보이지만 상상력을 불러일으키고 자연과 교감하고 명상하기 좋은 곳이다. 이번 온천 탐방지는 로스앤젤레스에서 차로 북쪽으로 세 시간, 330킬로미터 떨어진 샌루이스오비스포 카운티(San Luis Obispo County)의 휴양마을 패소로블스(Paso Robles)다. 샌루이스오비스포 카운티는 약칭으로 슬로(SLO) 카운티라고 불린다. 마치 '슬로우'하게 살라는 것 같다.

온천장으로 유명한 패소로블스인이다. 아내가 호텔 정원에 있는 흔들의자에 앉아 쉬고 있다. 전직 대통령과 메이저리그 야구팀이 찾는 유명 호텔이다.

인간과 자연, 관계에서 이름 짓다

패소로블스는 에스파냐어로 '오크나무 길(The Pass of the Oaks)'이라는 뜻이다. 오크나무는 캘리포니아에 주로 서식한다. 코끼리처럼 두꺼운 몸통에 가지가 미세혈관처럼 구불구불하다. 멀리서 보면 커다란 버섯 같다. 이 땅의 주인이던 아메리카 원주민 살리난족(Salinan)은 자신들을 살리난어로 '오크나무의 사람(Te'po'ta'ahl People of the Oaks)'이라 했다. 현재 600여 명이 이 일대에 살고 있다.

원주민의 작명법에는 그들의 사상이 녹아 있다. 그들은 한국의 청주(淸州)와 충주(忠州), 상주(尙州)처럼 행정 편의에 따라 도시 이름을 짓지 않는다. 사람과 공간, 그 사이의 관계를 고민해 이름을 짓는다. 패소로블스의 원래 이름은 '엘레웨세(Elewexe)'였다. 황새치(Swordfish)라는 뜻이다. 차로 서쪽으로 30분 나가면 태평양인데, 현재도 우럭(Rockfish)과 은대구(Black cod)뿐만 아니라 황새치가 많이 잡힌다고 한다. 아마도 원주민은 수십 시간 사투를 벌이다 끌어올린 황새치를 보며 자연의 숭고함과 생명체의 강인함을 생각했을 것이다.

2018년 9월, 지역 언론 〈뉴타임스New Times〉에 실린 기사가 흥미롭다. 미국 최고 수준의 공과대학인 캘리포니아주립공대(California Polytechnic State University), 곧 캘폴리대학에서 기숙사 건물을 신축하려고 했다. 그때 건물 이름을 정하는 것을 두고 원주민 단체와 학교 간 마찰이 발생했다. 원주민 단체가 건물 이름을 원주민의 언어 'Elewexe(황새치)'로 지어야 한다고 주장했지만 학교가 반대한 것이다. 결국 원주민 단체의 승리로 끝이 났다. 당시 운동을 주도한 원주민 후손 리야 마라의 인터뷰다.

"서양에서는 (지명을) 사람 이름에서 따오는 경향이 있다. 하지만 우리는 공간을 설명할 때 땅의 목적이 무엇인지, 우리와 어떤 관계가 있는지를 설명해야 한다. 그 방법이야말로 우리와 자연을 더 잘 연결되도록 만든다."

하지만 미국 전역에는 여전히 미국 식민지 개척자들의 시선으로 도시와 랜드마크의 이름을 붙였다. 식민지 개척자들은 자신이 살던 땅의 이름을 가져와 미국 도시 이름으로 정한 것이다. 뉴욕과 뉴잉글랜드, 뉴저지와 보스턴, 포틀랜드 등이 그 예다. 자신들의 종교를 반영해 이름을 지은 곳도 많다. 로스앤젤레스와 샌프란시스코, 샌타바버라, 새크라멘토 등이다. 또는 원주민의 삶을 파괴하거나 학살한 인물의 이름을 따서 산이나 랜드마크의 이름을 지은 곳도 허다하다. 제퍼슨과 커스터, 칼슨, 잭슨 등이다.

UC샌마르코스대학 원주민학 디나 길리오-휘태커 교수는 2022년 〈시에라 클럽 매거진The Magazine of the Sierra Club〉의 기고문에서 "식민주의자들의 시선으로 도시나 랜드마크의 이름을 짓는 것은 실체적, 문화적 박탈입니다. 심지어 우리 고향의 신성한 곳에 식민지 개척자의 이름을 짓는 것은 우리에게 불쾌감을 줍니다"라고 주장하며 법적 조치를 통해서 수정해야 한다고 말했다.

겨자꽃 만발한 곳마다 교회를 짓다

패소로블스는 에스파냐 프란치스코 수도사들이 선교를 하다가 대중에게 알려졌다. 그들은 1796년부터 1833년까지 캘리포니아 남쪽 샌디에이고에서 북쪽 샌프란시스코까지 해안선을 따라 올라가며 선교활동을 했다. 말을 타고 하루, 걸어서 3일 정도 걸리는 거리인 48킬로미터마다 교회를 세웠다. 순례길을 표시하기 위해 선교사들은 길에 겨자씨를 뿌렸다. 교회를 지을 만한 터에는 씨앗을 넓게 뿌렸다. 봄이면 노란색 겨자꽃이 들판에 만발했다.

순례길은 총 966킬로미터이다. 캘리포니아 미션 트레일(California Mission Trail)이라 불리던 그 길은 이제 '엘 카미노 레알(El Camino Real, 왕의 길)'이라고 불린다. 그 길을 따라 녹슨 종이 달린 기둥이 세워져 있다. 지금도 고속도로와 일반 차도에서 어렵지 않게 볼 수 있다. 순례길이 시작되는 샌디에이고에는 야구선수 박찬호가 뛰기도 했던 메이저리그 야구팀 샌디에이고 파드레스(Padres)가 있다. 파드레스는 군부대 목사인 '군목'을 뜻한다.

패소로블스는 이 미션 순례길 중간 지점에 있다. 순례자들이 이곳에 봇짐을 풀어놓고 휴식을 취했다. 이들은 자연스럽게 현지 부족민을 통해 온천을 알게 되었고 그 주변을 개발했다. 1795년에는 미션 샌미겔(Mission San Miguel)을 세웠다.

온천과 기독교는 인연이 꽤 깊다. 설혜심 교수가 쓴 『온천의 문화사』를 보면, 11세기 유럽 기독교인은 천국에 가기 위해 그리스도의 흔적을 따라 유적지 여행을 했다. 그 과정에서 온천을 만났고, 온천을 '성천', '신의 은총', '마술적 선물'이라 여겼다. 사실, 기독교인들이 예수 이외의 것을 숭상하는 것은 금기시되는 일이었다. 하지만 당시 기독교 지도자들은 현지인이던 앵글로색슨족과의 문화적 갈등을 줄이기 위해 그들의 문화를 기독교 안으로 받아들인 것이다. 그것이 기독교 온천 숭배로 이어졌다.

16세기 들어 토머스 크롬웰이 종교개혁에 나서면서 성물 숭배와 성지순례가 금지되었다. '천국의 젖'이라 불리며 아주 특별한 치유 능력이 있다고 성천이라 숭배하던 온천도 부서졌다. 왕이 아닌 성물을 통해 주와 접촉하는 것은 미신이라고 규정했다. 이후 르네상스 시기에 이르러서야 온천이 다시 주목받는다. 종교색은 빠지고 '광천수'라는 기능적 요소가 부각되었다.

골드러시 청년들, 온천에 눈뜨다

패소로블스가 도시로 발돋움한 건 골드러시 붐을 따라온 개척자들 때문이다. 금빛 광풍이 끝나자 외지인들은 새 정착지를 물색했다. 그중 미국 동부 출신인 대니엘 블랙번과 제임스 블랙번 형제가 1849년 이곳에 소를 끌고 와 정착한다.

처음에는 감자와 아몬드, 사과나무를 심는 등 농사에 주력했다. 그 뒤 유황 온천이 있다는 소식을 듣고 대지를 매입해, 1864년 엘패소데로블스 호텔(El Paso de Robles Hotel)을 세웠다. 50명을 수용할 수 있는 온천탕과 숙박 시설을 만들었다. 그들은 세계 유일한 진흙 유황 온천이라며 광고지를 만들어 돌렸다.

블랙번 형제는 이후 패소로블스에 철도가 들어선다는 소식을 듣게 된다. 셈에 밝은 형제는 땅을 대거 사들였다. 그러다 1886년, 진짜로 역사가 들어섰다. 형제는 샌프란시스코 출신의 투자가들의 환심을 사기 위해 그들을 데리고 다니며 융숭한 대접을 했다. 3일 동안 바비큐 파티를 하며 마을 투어를 했다. 그해 형제는 투자가들에게 200여 필지를 팔았다.

온천도 대박 났다. 수질이 좋다는 소문이 퍼지자 오리건주와 네바다주, 아이다호주, 앨라배마주에서 손님이 찾아왔다. 인구 수백 명밖에 안 되던 마을은 개발 붐을 타고 1889년 2월 시로 승격했다. 샌루이스오비스포 카

패소로블스의 다운타운이다. 화재로 불에 탄 뒤 주민들이 힘을 합쳐 현재의 모습으로 재건되었다. 주민들이 기금을 모아 시계탑을 세웠다.

운티의 두 번째 시가 되었다.

온천 호텔은 재건축을 거쳐 1891년 3층짜리 호텔로 다시 문을 열었다. 이때 열차 강도로 악명 높던 제시 제임스의 삼촌, 드루리 제임스가 투자를 한다. 후일 악당 제시 제임스가 경찰의 추적 도중 이 호텔에 은신했다. 당시 호텔의 도덕성을 두고 지역사회에 큰 논란이 되었다.

루스벨트와 메이저리거의 목욕탕

엘패소데로블스 호텔은 전 세계 유명인을 끌어모았다. 30여 개 객실마다 유황 온천수가 들어가고 최고급 마사지 서비스가 제공되었다. 그 전환점은 클래식계의 록스타로 불리던 피아니스트 이그나치 얀 파데레프스키(Ignacy Jan Paderewski, 1860~1941)가 방문하면서부터다.

그는 1893년, 미국 투어 콘서트를 90일 동안 60번이나 할 정도로 바쁜 인물이었다. 손이 멀쩡할 리 없었다. 그런 그가 1914년 1월 손가락 관절염 치료를 위해 이 호텔을 방문했다. 그런데 온천을 한 지 3주 만에 고질병이던 관절염이 치료된 것이다. 세종대왕도 눈병과 피부병을 고치기 위해 청주시 청원구 초정약수에 행궁을 짓고 117일을 기거했다는데, 패소로블스 온천은 한 달도 안 돼 세계 최상급 피아니스트의 손가락을 치료했다. 그 덕에 호텔업계에서 스타덤에 올랐다.

피아니스트 파데레프스키는 제1차 세계대전이 끝나고 폴란드공화국 초대 수상이 되었다. 그는 1년 만에 그만두고 패소로블스로 돌아왔다. 땅 8제곱킬로미터를 사 포도농장 샌이그나시오를 운영하며 여생을 보냈다.

그의 동상은 패소로블스 시립공원 내 패소로블스 역사학회(Paso Robles

패소로블스 다운타운의 공원에 지역 박물관인 패소로블스 역사학회(Paso Robles Historical Society)가 있다. 그 앞에 폴란드 출신 피아니스트 파데레프스키의 동상이 있다. 그는 폴란드 초대 수상이 되었다.

Historical Society) 건물 앞에 서 있다. 1993년부터 매년 10월 파데레프스키 음악 축제가 이 마을에서 열린다.

그 뒤 온천 호텔에는 프랭클린 루스벨트 대통령이 찾아왔고, '주먹의 영웅'이라 불리던 세계 헤비급 복싱 챔피언 잭 댐프시, '미국 코미디 황제' 밥 호프 등이 묵고 갔다. 겨울에는 메이저리그 야구팀 피츠버그 파이어리츠와 시카고 화이트 삭스 등이 스프링캠프로 이용했다. 수억 달러짜리 근육들이 휴양을 하는 곳이 되었다.

호텔은 1940년 12월 화재로 불에 타고 2년 뒤 현재 모습인 '더 패소로블스인(The Paso Robles Inn)'으로 재탄생했다. 현재는 지역 호텔업체 마틴 리조트(Martin Resorts)가 1999년 매입해 운영하고 있다. 〈LA타임스〉는 이 호텔을 꼭 가봐야 할 미국 서부 5대 호텔로 꼽았다.

패소로블스인이다. 테라스에 온천수가 있는 욕조가 있다. 온천욕을 하며 녹색 정원을 바라볼 수 있다. 호텔에서 지역 와인도 판매한다.

예약이 늘 꽉 차 있어 원하는 날짜에 방을 잡기가 쉽지 않다. 하루 숙박비가 보통 200달러가 넘는다. 우리 부부는 비수기에다 주말까지 피해 평일에 160달러로 하룻밤을 묵었다.

호텔 방에는 고가구에서 묵은 시간의 향기가 풍겨 나왔다. 노인의 손바닥 같은 검붉은 철제 미닫이 손잡이와 팔걸이가 굽은 등받이 의자가 오래된 양탄자 위에서 우리를 기다리고 있었다. 정원이 내려다보이는 2층 테라스에 가서 커튼을 반쯤 드리우고 욕조에 뜨거운 온천수를 받았다. 빛 한 줄기가 욕조 끝에 걸렸다.

10
샌루이스오비스포 카운티의
패소로블스 리버옥스 온천

'맥주는 혈액이오' 내가 수혈하러 가는 곳

"나는 치통을 예방하기 위해 매일 밤 스카치위스키를 마신다. 그 때문에 여태껏 치통을 앓아본 적이 없다. 그럴 의향도 없다."

소설가 마크 트웨인은 주당이었다. 그는 심지어 "현명한 사람은 두 부류가 있으니 하나는 자살하는 사람이요, 또 하나는 술로 이성을 마비시키는 사람"이라 했다. 과격한 표현이 아닐 수 없다. 소설 『위대한 개츠비』를 쓴 프랜시스 스콧 피츠제럴드도 알코올 중독자였다. 술주정으로 여기저기 민폐를 끼치다 중년에 금주를 선언한다. 하지만 그가 생각한 금주라는 것은 하루 맥주 30캔을 마시는 것, 그에게 맥주는 술이 아닌 '혈액'이었다. 로스앤젤레스 출신이자 '하층민의 국민 시인'이라 불리던 찰스 부코스키 역시 시 「위대한 작가가 되는 법」에서 "맥주는 한결같은 혈액이다.// 한결같은 연인이다"라며 술을 옹호한다.

내가 정기적으로 수혈을 하러 가는 곳은 샌루이스오비스포 카운티 패소로블스다. 포도밭이 끝없이 펼쳐진 바쿠스의 땅이다. 패소로블스에는 캘리포니아 중부 해안에서 가장 긴 282킬로미터로 샐리나스강(Salinas

패소로블스 3대 온천 중 하나인 리버옥스 온천(River Oaks Hot Springs)이다. 실내탕과 야외탕이 있다. 독립된 공간이다. 돈을 내면 지역 와인과 함께 마사지 서비스가 제공된다.

River)이 흐른다. 강줄기를 따라 아몬드밭과 사과밭, 포도밭이 펼쳐진다. 캘리포니아주는 미국 와인 생산량의 90퍼센트를 차지하는데, 이곳은 북부 캘리포니아의 나파밸리와 소노마밸리에 이어 새롭게 부상하고 있는 와인 생산지다. 독립 와인 브랜드만 250여 개다.

이탈리아 이민자에서부터 스티브 잡스까지

이곳에서 처음 포도밭을 일군 것은 에스파냐 군대와 기독교 수도사들이다. 하지만 당시만 해도 아메리카 원주민은 술을 놀이로 마시지 않았다. 영적인 세계를 만나기 위한 매개체로 생각해, 하늘에 제사를 지낼 때 씨잣과 뿌리, 과일 등을 발효시킨 음료를 마셨다. 그러다 백인 정착민들이 유럽의 독한 증류주인 오드비와 럼 등을 가져오면서 원주민들은 더 쉽게 중독되었다. 이후 원주민 사회가 파괴된 원인이 되기도 한다.

아무튼, 1797년 에스파냐 탐험가 프란시스코 코르테스(Francisco Cortez)는 멕시코 정착민을 독려해 이 지역에 첫 와이너리인 '더 파드레스 오브 더 미션 산 미구엘(The Padres of the Mission San Miguel)'을 만들었다. 프란체스코 수도회 수도사들은 '미션'이라는 품종의 포도나무를 심었다. 기독교인에게 와인은 성찬식 성체였고, 포도가 자라는 곳은 지상이 아닌 천상이라 여겼기 때문이다.

포도밭이 상업적으로 일궈진 것은 1849년 캘리포니아 골드러시가 막을 내리고부터다. 황금 열병이 가라앉자 새로운 먹거리를 찾아다니던 이탈리아 이민자들이 이곳에 정착했다. 그들은 고향에서 키우던 포도를 들여와 가풍으로 내려오던 와인 제조법으로 술을 빚었다.

1882년에는 인디애나 출신 앤드루 욕(Andrew York)이 사과밭을 사들여 캘리포니아 중부에 최초의 상업적 와이너리인 '욕 마운틴 와이너리(York Mountain Winery)'를 만들었다. 2003년 지진이 발생해 시설물이 거의 파괴되었다. 현재 그 자리에 에포크 와이너리(Epock Winery)가 들어섰다.

이곳은 1920년대까지만 해도 아몬드 재배가 주류를 이루는 농촌이었다. 이 때문에 '아몬드 시티(Amond City)'라 불렸다. 와인 산업이 본격화한 건 1960~1970년대 들어서 세계 최고 수준의 양조학과가 있는 캘리포니아대학교 데이비스 캠퍼스 출신들이 이곳에 정착하면서였다. 그들은 기후와 토양 미생물, 온도 등을 과학적으로 분석해 포도를 재배하고 와인을 제조했다. 대표 주자로 미식축구 선수 출신인 개리 이블리가 있다. 그는

지역 와이너리에서 제공하는 와이너리 동굴 투어다. 이 동굴은 스테이크 하우스로도 사용되고 있다. 기념일에 예약해서 특별한 시간을 보내기도 한다.

캘리포니아대학교 데이비스 캠퍼스에서 양조학을 공부하고 패소로블스에서 에벌리 와이너리(Eberle Winery)를 세웠다. 그는 국제 와인 대회에 참가해 좋은 품질의 와인으로 잇따라 수상하고 있다.

포도의 품질을 결정짓는 가장 큰 요소는 토질과 날씨다. 이곳은 낮에는 뜨거운 태양이 내리쬐고 밤에는 태평양에서 불어오는 해풍으로 서늘하다. 새벽에는 차가운 안개가 자욱이 내려앉는다. 땅은 석회질 토양이라 배수가 잘된다. 비도 포도가 다 자란 11월 이후에 내려 포도의 당도를 높게 유지할 수 있다. 여러 품종 중 이곳에서는 분홍빛을 띠는 백포도주 진판델(Zinfandel)이 인기가 가장 많다. 이밖에 카베르네 소비뇽(Cabernet Sauvignon)

과 샤르도네(Chardonnay) 등 와인 40여 종이 생산된다. 우리 부부가 갔던 와이너리 토빈 제임스 셀러스(Tobin James Cellars)의 소믈리에 피제리는 패소로블스 와인을 이렇게 말한다.

“이곳 와인은 (북캘리포니아) 나파 밸리 와인보다는 바디감이 가벼워. 하지만 포도 본연의 맛과 향이 은근히 풍겨 나오지. 그래서 여름철에 마시기 좋아. 물론 많이 마시다 보면 어느새 취해 버리고 말지.”

글로벌 기업 애플의 창업주 스티브 잡스도 이곳의 포도를 극찬했다. 책 『스티브 잡스 무한 혁신의 비밀』에서 그는 “척박한 땅에서 지하수를 힘껏 빨아당겨 높은 당도를 만들어내는 이곳 포도나무의 생명력을 보고 경탄했다”고 말했다.

와이너리 투어는 필수다. 와이너리마다 10달러 정도 내면 대표 와인을 시음할 수 있다. 고풍스러운 건축물과 내부 인테리어도 술맛을 더한다. 금속공예로 만든 대형 물고기와 표범이 전시된 스컬프테라 와이너리

패소로블스의 스컬프테라 와이너리다. 금속 조형물이 인상적이다. 이 지역 와이너리를 돌며 건축물과 조각을 보는 것도 큰 즐거움이다. 원형 극장에서 공연을 볼 수 있는 곳도 있다.

(Sculpterra Winery), 대형 원형극장이 자랑인 비나 로블스(Vina Robles), 무료 와인 동굴 투어와 최고급 동굴 식사 서비스를 제공하는 에벌리 와이너리, 푸른 인공 수로에 둘러싸인 성채, 투스 앤 네일 와이너리(Tooth & Nail Winery) 등이 있다. 와인 한 잔만 시키고 정원에서 시간을 한참 보내도 간섭하는 이가 없다. 나도 모르게 취했다고? 와이너리마다 운전기사인 프라이빗 와인 드라이버 명함이 비치되어 있다. 이들과 함께 와인 투어를 하고 싶으면 시간당 30달러 정도다.

매년 5월 패소로블스 시립공원에서는 패소로블스 와인 축제(Paso Robles Wine Festival)가 사흘간 열린다. 하루 입장권이 70달러다. 축제장 입구에서 와인 잔을 나눠주는데 이 잔을 들고 지역 양조주 40여 개 부스를 돌아다니며 와인을 시음할 수 있다. 우리 부부도 참가했다. 분홍빛 로제 와인만 주야장천 마셨다. 한쪽 무대에서는 밴드 공연이 펼쳐지고 아래서는 춤판이 벌어졌다. 그래도 음주 난동이 일어나지는 않는다.

패소로블스에서 매년 열리는 와인 축제이다. 입장료를 내면 주최측이 와인 잔 하나를 준다. 이 잔을 가지고 지역 와이너리 부스에서 무제한으로 와인을 시음할 수 있다.

준비 운동 끝, 2차는 위스키

와인으로 입가심했으니 이젠 위스키다. 사실 위스키는 와인과 한 몸이다. 포도 부산물을 짜낸 뒤 천연 향신료를 첨가해 증류기로 끓여낸 것이 위스키다. 이 때문에 지역 와이너리에는 증류주를 파는 디스틸러리(Distillery)가 형과 아우처럼 함께 딸려 있다.

이곳 위스키를 가장 쉽고 빠르게 즐기는 방법이 있다. 매년 8월에 열리는 패소로블스 '디스틸러리 트레일(Distillery Trail)'이다. 시간을 초탈한 방랑객처럼 호리병에 술을 담아 마시며 걷는 하이킹이냐고? 지역 바텐더에게 그대로 물었더니, 짧게 대답했다. 어이없는 표정을 지으며. "놉(Nope)!"

디스틸러리 트레일은 패소로블스 지역의 디스틸러리가 연합해 만든 지역 축제다. 참가자가 지역 디스틸러리에서 40달러짜리 동판을 사면 이 축제에 참가한 디스틸러리 십여 곳에서 대표 증류주를 맛볼 수 있다. 오렌지 향이 가득한 브랜디를 파는 펜드레이즈 디스틸러리(Pendray's Distillery), 알싸한 마늘 향과 고추 향이 나는 브랜디의 마누치 스피리츠(Manucci Spirits), 창업주 둘의 성을 따서 이름 지은 크로바 크래프트 디스틸러리(Krobar Craft Distlillery) 등이 있다.

마실수록 사람을 슬프게 만든다는 진, 옆에 있는 여성을 임신시켜 버릴 수 있다는 매혹의 술 데킬라, 부르주아 분위기가 풍기는 코냑 등 세상 '모~든' 증류주가 생산, 판매된다. 가게에서 병술을 구매하면 그 술과 가장 잘 어울리는 칵테일 레시피도 함께 준다. 운 좋으면 디스틸러리에서 갓 증류한 술을 손가락으로 살짝 찍어 맛볼 수 있는 기회도 있다.

위스키 시음과 와인 시음에는 차이가 있다. 와인은 다른 술을 따르기 전, 그 전 술과 향이 섞이는 것을 방지하기 위해 술잔을 물로 헹군다. 이른바 린스(rinse)다. 하지만 위스키 시음에는 린스가 따로 없다. 그 자체로 알코올이 강해 잔향이 바로 날아가기 때문이다. 디스틸러리 와인 샤인(Wine Shine)의 바텐더는 시음을 위해 손님에게 술을 따를 때마다 술잔에 남아 있는 술을 가게 바닥에 척척 던져 버렸다. 집에서 그랬다간 등짝 스매싱감이다.

증류주의 또 다른 이름은 스피리츠(Spirits)다. 술 한 방울을 뽑아내기 위해 양철 증류기에 오랫동안 각종 재료를 넣어 끓여야 하기 때문이다. 그 때문인지 가게마다 증류기에 애칭을 붙인다. '페이션스(Patience, 인내)', '섹시해지자(Be Sexy)' 등 다양하다. 디스틸러리의 개성을 가늠할 수 있다.

술을 마신 뒤, 바텐더에게 디스틸러리 트레일 참가자에게 배포하는 동

↑ 디스틸러리 트레일을 시작한다는 안내판이다. 참여 업체에 가서 참가비를 내면 동판을 준다. 이것을 가지고 다니면 각종 증류주를 시음할 수 있다.

↗ 디스틸러리의 심장과도 같은 증류소다. 운이 좋다면 갓 내린 신선한 증류주를 맛볼 수 있다. 아주 깨끗하고 신선한 '첫 술'이다.

판을 건네주니, 망치로 꽝 찍어 인증 마크를 남긴다. 그렇게 바텐더가 주는 술을 홀짝홀짝 마시다 보면 어느새 술기운이 훅 하고 올라온다. 그럴 때는 차라리 위스키에 혀끝을 살짝 대고 향만 느껴보라. 술에 안개처럼 깔린 허브 향을 느낄 수 있다. 디스틸러리 리파인드(Re:Find) 바텐더 켈리는 "증류주에 들어간 허브는 대부분 인근 지역에서 생산한 유기농 재료야"라며 지역부심을 드러냈다.

"증류주를 만들 때 캘리포니아에서 재배되는 산약초가 들어가. 세이지(Sage), 주니퍼(Juniper), 여바샌타(Yerba Santa), 페넬(Fennel) 등 말이야. 캠프파이어 할 때 이 술을 마시면 그만이지."

와인을 품은 맥주, 그대는 누구인가?

이제 3차다. 술은 자고로 이때를 위해 마시는 것 아닌가? 다음날 최고의 온천욕을 위해 맥주로 마무리를 해야겠다. 이 지역에는 미국 대표 브루어리인 파이어스톤 워커 브루어리(Firestone Walker Brewery)가 있다. 생맥주뿐만 아니라 병맥주, 와인 오크통에서 숙성한 와인 맥주가 판매된다. 피자와 파스타, 타코 등 먹을거리도 다양하다. 이밖에 다운타운에는 수제 맥줏집인 토로 크리크 브루잉 컴퍼니(Toro Creek Brewing Co.)와 실바 브루잉(Silva Brewing), 어스 앤 파이어 브루잉 컴퍼니(Earth and Fire Brewing Co.) 등이 있다.

컨테이너를 쌓아 올린 푸드홀, 틴 시티(Tin City)도 흥미로운 곳이다. '틴(Tin)'이라는 말 자체가 '깡통', '통조림'이란 뜻인데 지역에서 방문객 유치를 위해 만든 기획성 공간이다. 다양한 양조장과 와이너리, 파스타 가게, 아이스크림 가게 등이 여러 컨테이너 안에 배치되어 있다.

온천 리버옥스다. 내부로 들어가면 실내와 실외 온천으로 나뉘어 있다. 친절한 직원들이 기다리고 있을 것이다. 주머니 사정이 좋다면 피부 마사지도 함께!

다음날은 해장 온천이다. 패소로블스 3대 온천 중 하나인 리버옥스 온천(River Oaks Hot Springs)이다. 유료 온천으로 1인당 20달러 정도다. 허브 마사지와 돌 마사지, 피부 미용 서비스도 있다. 개인 욕조 20개가 실내외에 설치되어 있다. 보글보글 끓는 탕에 몸을 녹이고 자연 바람을 맞다 보면 어제 마신 술이 좀 깬다. 온천에서 와인도 판매한다. 뜨거운 온천에 몸을 담그고 차가운 화이트 와인을 마시자. 세상 이렇게 완벽한 페어링은 없다.

금·유전·온천, 파면 팔수록 나오는 화수분

11 샌루이스오비스포 카운티의 패소로블스 프랭클린 온천

캘리포니아 어원을 두고 설왕설래가 있지만 가장 힘 있는 주장은 에스파냐 판타지 소설 『에스플란디아의 여전사들Las Segias de Esplandian』에서 유래했다는 설이다. 작가 가르시아 오르도네즈 데 몬탈보(Garcia Ordonez de Montalvo)가 1510년 쓴 작품으로 소설 속 캘리포니아는 무슬림계 여왕 캘라파(Calafa)가 흑인 여전사 아마존을 이끌고 통치하는 금남의 나라다.

소설 속 캘리포니아는 기후가 따뜻하고 과일과 채소 등 먹을거리가 풍부했다. 보석은 지천으로 널려 있어 군인은 창과 칼에 아무렇게나 보석을 장식하고 다녔다. 여성은 강했다. 남자만 사는 북쪽 마을에 몰래 들어가 남자를 '거시기'해서 아이를 가졌다. 딸이면 직접 키우고, 아들이면 딴 나라에 보내 버렸다고 한다. 소설 속 이상세계가 캘리포니아였던 것이다. 그러다 18세기 들어 에스파냐가 북아메리카 대륙의 이 일대를 점령하면서 이곳을 '캘리포니아'로 부르기 시작했다.

캘리포니아는 징하게 축복받은 땅이다. 지중해성 기후로 여름에는 온난하고 건조하며, 겨울에는 일부 지역을 제외하고 기온이 영하로 떨어지는 법이 없다. 우리 집 베란다에서 자라는 감자와 할라피뇨는 11월에도 새잎이 날 정도다. 태평양에서는 던저니스크랩(Dungeness crab)과 우럭, 연어 등

프랭클린 온천이다. 피부색이 서로 다른 커플이 즐겁게 이야기를 나누고 있다. 뒤로 보이는 곳은 호수다. 낚시를 할 수도 있다.

물고기가 넘쳐나고 육지에는 오렌지와 아보카도, 딸기, 포도 등 각종 과일과 채소가 자란다.

그뿐인가. 19세기 중반에는 황금 노다지가 발견돼 전 세계 이민자들이 새크라멘토 일대에 모였다. 이어 '검은 황금(black gold)'이라고 불리는 유전까지 터졌다. 현재까지도 여러 곳에서 유전공이 운영 중이다. 되는 집안은 가지 나무에 수박이 열린다더니, 그 모양새다.

유전인 줄 알고 팠더니 온천

샌루이스오비스포 카운티 패소로블스에서 가장 대중적이며 인기 있는 온천은 프랭클린 온천(Franklin Hot Springs)이다. 이곳에는 재미있는 역사가 숨어 있다. 1950년대 정유회사 테사코(Texaco)가 원유 개발을 위해 이 일대 땅을 임대해 시추 작업을 했다. 땅 주인인 프랭클린이 채소 농사를 지으려고 산 토지였다. 그런데 정유사가 수십 년간 땅 이곳저곳을 파 봐도 기름이 나오지 않았다.

그러다 온천수가 터진 것이다. 정유사는 계속 유전을 찾았지만 결국 임대기간 내에 돈 될 만한 유전을 발굴하지 못했다. 땅 운영권은 원주인 프랭클린에게 돌아갔다. 프랭클린은 1980년대 들어 그 자리에 온천을 만들었다. 지금은 딸과 손주 등 3대가 지근거리에 살며 온천을 함께 운영하고 있다.

온천은 허름했다. 임시 건물을 세워 운영하고 있었다. 주변에는 낡은 레저 차량이 세워져 있었다. 건물에 슬쩍 들어가 보았다. 배불뚝이 주인장 프랭클린이 동네 노인들과 맥주를 마시며 야구 중계를 보고 있었다. 캠핑장 예약을 했다고 하니 "아내가 예약을 받았을 건데, 아내가 어딨지?" 하며 딴청을 부렸다. 그러고는 자신을 따라오라며 텐트 칠 수 있는 장소로 우리를 안내했다. 이곳에서는 온천욕과 유료 캠핑장도 이용할 수 있다. 그날은 바람이 많이 불고 빗방울도 한두 방울 떨어졌다. 프랭클린은 커다란 나무 아래를 가리켰다.

"저기가 바람 피하기 좋을 거야. 지정된 자리가 없으니까, 적당한 곳을 찾아 알아서 텐트 쳐."

바람이 강하게 불어 텐트를 땅에 고정하기 힘들었다. 땅에 박은 텐트

핀 위에 무거운 돌을 얹었다. 텐트 위에 천막도 덧댔다. 우리는 임시 건물 안쪽에 있는 온천으로 향했다.

대형 펌프에서 콸콸 쏟아지는 온천수

온천은 호젓한 호수와 함께 너른 초원을 거느리고 있었다. 실내 수영장 크기의 큰 탕 하나와 작은 탕 3개가 있었다. 온천수는 높이 뜬 햇빛에 반사되어 에메랄드빛을 띠다가 구름이 깔리면 옅은 녹색으로 옷을 바꿔 입었다. 겨울철 기온이 떨어지면 온천 수증기가 피어올라 고혹한 춤을 춘다.

온천은 시끌벅적하다. 아이와 중년, 노인이 한데 모여 목욕을 했다. 수심이 최대 2미터가 넘는데 아이들은 안전 장비 없이 대형 튜브를 타고 서

아이들이 온천에서 튜브를 타고 있다. 물이 깊지만 아랑곳하지 않고 물놀이를 하고 있다. 아이들의 천국이다.

사람들이 온천수가 솟아 나오는 펌프에서 머리를 적시고 있다. 지하 저편 마그마를 찍고 올라온 첫물이다. 웬만한 스트레스도 저 온천수이면 다 씻어 버릴 수 있을 것 같다.

로 밀고 떨어뜨리며 기마전을 했다. 안전요원이 없는 데도 어른들은 신경 쓰지 않았다.

눈에 띄는 것은 24시간 뜨거운 온천수를 폭포수처럼 쏟아내는 강철 펌프다. 전투에서 전사한 로봇의 심장같이 육중한 장비였다. 노인들은 이 대형 펌프에 연결된 파이프에 머리와 등을 대고 수압 마사지를 했다. 혹여나 명당을 빼앗길까 파이프 아래에서 좀처럼 나오려 하지 않았다.

프랭클린 온천 손님은 대부분 남아메리카 출신이었다. 함께 온 가족이 많았다. 주변 온천지가 고급 호텔로 변할 때 이곳은 그나마 서민의 몫으로 남아 있었다.

페인트공이라는 마틴 곤잘레스는 아들 셋과 딸이 하나 있다고 말했다. 아메리칸 드림을 꿈꾸며 미국으로 이민 와 안 해본 일이 없다고 했다. 대

부럽다. 저 순간만큼 저 남자보다 행복한 사람이 있을까. 그도 그것을 알고 있을까.

학교도 가고 싶었지만 밥벌이를 하느라 정신이 없었다고 말했다. 그는 온천 정기권을 끊어 매일같이 온다고 했다.

"로스앤젤레스, 샌디에이고에서 다 일해 봤지만 여기가 조용하고 좋아. 온천에는 정기권을 끊어 거의 매일같이 와. 사람들은 온천수가 몸에 좋다며 물을 떠서 마시기도 해. 오렌지 주스보다 몸에 좋다니까. 마셔 봐."

샌타바버라에 산다는 젊은 아빠 에디도 자녀가 넷이라고 했다. 바로 옆에서 두 살배기 딸이 발도 닿지 않는 콘크리트 욕조에서 물을 먹어 가며 수영을 했다. 에디는 딸이 걸음을 떼자마자 수영을 배웠다고 자랑했다. 그러고는 딸을 깊은 욕조에 남겨 두고 어디론가 가 버렸다. 손바닥으로 다섯 뼘쯤 되는 아이를 홀로 두고 가 버리다니, 강심장이었다.

이곳은 호텔 온천과는 분위기가 사뭇 다르다. 거적때기 천막이 그늘을 만들고 세월에 삭은 의자가 곳곳에 놓여 있다. 김혜순 시인이 '오래된 호텔'을 '밤이 되면 고양이처럼 웅크린 호텔'이라고 표현했다면, 이곳은 시골 마당에 턱을 땅에 괴고 누워 있는 온순한 강아지 같다. 주인 프랭클린도 시설이 세련되지 않다는 것을 알고 있다. 하지만 현대화할 생각은 없다. 그에게는 국밥집 욕쟁이 할머니스러운 자존심이 있다. 한 지역 방송 인터뷰에서 그는 이렇게 말했다.

"화려하지 않은 것에서도 뭔가 즐길 수 있다는 것을 사람들이 알아야 해요. 그냥 그대로의 모습, 가족적인 분위기 말이에요. 별 다섯 개짜리 리조트가 필요하다면 여기 오면 안 되지."

제주를 닮았습니다만, 모로록입니다

12
샌루이스오비스포 카운티의 시카모어 온천

몸이 며칠째 찌뿌드드하다. 창고 속 먼지 묻은 관절 인형처럼 어깻죽지와 무릎이 삐거덕거린다. 발코니의 블라인드를 젖혀 보니 여지없이 하늘에 짙은 구름이 두꺼운 이불처럼 덮여 있다. 그래, 더 자야 한다. 그때 바람이 슬며시 문틈으로 들어와 뺨을 훔친다. 바람은 바다의 젖은 입김을 품고 있다.

모로베이의 상징인 모로록이다. 드론으로 근접 촬영했다. 바위의 질감이 생생히 전해진다. 아메리카 원주민은 이 바위산에 올라 하늘에 제사를 지냈다.

캘리포니아는 지중해성 기후로 사시사철 온난 건조한 것이 특징이지만 늦봄이면 하늘이 전날 과음한 직장 상사의 낯빛처럼 우중충하다. 이를 5월에는 '메이 그레이(May Grey)', 6월에는 '준 글룸(June Gloom)'이라고 부른다. 한국에서는 늦가을을 만추(晩秋)라 부르며 짙은 그리움으로 표현하지만, 엔젤리노는 늦봄, '만춘(晩春)'을 회색과 우울로 묘사한다.

이 시기에 수평으로 낮게 형성된 구름은 알래스카만에서 내려온 차가운 바닷물 때문이다. 찬 해수가 캘리포니아 해수면의 따뜻한 공기와 만나 해양층(marine layer)을 형성한다. 해양층은 낮에는 해수면 상층의 따뜻한 기온과 내륙의 고온에 막혀 바다에 갇혀 있다가, 해가 지고 지표면 온도가 떨어지면 슬금슬금 내륙으로 들어온다. 구름은 수십 킬로미터를 이동해 내륙 산맥까지 이동하며 결국에는 남부 캘리포니아를 뒤덮는다. 다행히 구름은 낮 기온이 올라가면 언제 그랬냐는 듯이 깔끔하게 사라진다.

추마시족과 살리난족의 성지, 모로록

5월의 어느 주말, 우리 부부는 진한 모카커피를 끓여 마시고 중부 캘리포니아의 보석이라고 불리는 어촌 마을 모로베이(Morro Bay)로 향했다. 인구 1만여 명의 작은 관광도시로 로스앤젤레스에서 북쪽으로 320킬로미터 떨어져 있다.

모로베이는 아메리카 원주민인 북부 추마시족과 살리난족이 거주하던 곳이다. 추마시족은 기원전 6500년 전부터 육지와 바다가 만나는 모로베이 크리크(Morro Bay Creek)에서 집단 거주했다. 바닷물고기와 민물고기, 조개 등을 잡고 베리류와 도토리, 잣 등을 채집해 먹으며 살았다. 주정부와

모로록이다. 200년 전에는 섬이었지만 지금은 육지와 섬 사이 모래와 자갈이 쌓여 길이 만들어졌다. 길 왼쪽 바다에서 해달을 쉽게 볼 수 있다. 오른쪽은 서핑 명소다.

연방정부는 추마시족을 지역 대표 원주민으로 지정하고 그들에게 문화재 발굴 감시 권한과 기타 이권 사업에 참여할 수 있게 하는 등 제한적인 자치권을 주고 있다.

하지만 또 다른 원주민 살리난족은 원주민 사이에서도 약자다. 캘리포니아주는 그들을 원주민으로 공식 인정하고 있지만 연방정부는 명확한 사유 없이 원주민으로 인정하고 있지 않다. 역사적인 근거가 부족하다는 것이다. 이 때문에 살리난족은 토지 사용 등 다양한 일에서 불이익을 당하고 있다.

살리난족은 비싼 돈을 들여 민속학자와 족보학자, 인류학자, 변호사 등을 고용해 2011년 12월 연방정부를 상대로 소송했다. 그들은 1만 년 전부터 이 일대에 살았다는 증거를 모아 법원에 제출했는데 서류 무게만 417킬로그램 이상이었다. 하지만 아직 이 문제가 원만히 해결되지 않고 있다.

'모로베이'라는 명칭의 유래는 에스파냐 선교단으로 거슬러 올라간다. 1542년 에스파냐 탐험대인 후안 로드리게스 카브릴로(Juan Rodriguez Cabrillo)가 외국인으로는 처음 이 땅을 밟았다. 이후 아시안 최초로 필리핀 선원이 에스파냐 대형 범선을 타고 1587년 10월 18일 상륙했다. 이 때문에 아시안의 미국 이민사에서도 역사적인 장소다.

이어 1769년 9월 8일 에스파냐 포톨라 탐험대가 이 지역에서 캠프를 했다. 당시 기록 담당이자 선교사였던 후안 크레스피가 하늘로 솟구쳐 있는 화산암 봉우리를 보고 "만조시 해안가와 분리돼 고립되는 둥근 형태(a round morro)의 거대한 암석(a great rock in the form of a round morro which at high tide is isolated and separated from the coast)"이라고 문서에 기록했다. 여기서 말하는 둥글다는 뜻의 '모로(morro)'가 바로 모로베이의 아이콘이라 말할 수 있는 화산암 봉우리 모로록(Morro Rock)이다. 이후 사람들은 이곳을 모로베이(모로만)라 불렀다.

모로(morro)는 에스파냐어로 푸르스름한 색깔을 가리킨다. 포르투갈과 이탈리아에서는 둥그런 언덕을 모로라 부른다고 한다. 모로록은 높이 약 177미터로 2600만 년 전 마그마가 지표면으로 폭발한 뒤 빠르게 굳은 화산암이다. 석영안산암과 사장석 등으로 구성되어 있다. 모로베이 동쪽 면의 침식이 더 심하다. 그 암석 파편을 모아 섬에 주차장을 만들었다.

생김새는 제주도 산방산과 비슷하다. 제주도 산방산은 높이 395미터로 모로록에 비해 배는 더 크다. 하지만 모로록이 2300만 년 전에 형성되었고, 산방산은 80만 년 전에 생성되었다. 모로록이 제주도 산방산의 '까까마득한' 조상뻘이다.

200년 전, 모로록은 만조 때 육지와 연결된 길이 바다에 잠겼다. 하지만 지금은 모래와 자갈이 쌓여 생긴 퇴적층인 육계사주가 만들어져 언제든지 육지에서 모로록으로 갈 수 있다. 인근이 모두 화산 지대였다. 모로록 인근 로스오소스 밸리(Los Osos Valley)에는 모로록과 같은 화산암 봉우리가 9개 더 있다. 이를 나인 시스터즈(Nine Sisters)라고 부른다.

모로록 남쪽에는 해안선을 따라 모래톱이 6.5킬로미터 정도 쌓여 있다. 연안류가 남동쪽으로 사선으로 흐르면서 모래가 쌓였다. 현재 모로 사구 보호지역(Morro Dunes Natural Preserve)으로 지정되어 있다. 가장 큰 사구의 높이는 9미터가 넘는다.

방문객은 몬타나데오로 주립공원(Montana de Oro State Park)에서 차를 세우고 걸어 들어갈 수 있다. 비치솔트부시(Beach saltbush)와 비치버(Beach bur), 샌드버베나(Sand verbena) 등 해변 식물을 관찰할 수 있다. 해변 사구에는 물이 잘 빠진다. 이 때문에 해변 식물들은 체내에 수분을 많이 저장하기 위해 다육식물처럼 이파리가 도톰하다.

독수리가 너를 창조하노니

추마시족은 모로록을 자신들의 언어로 리사무(Lisamu)라 부르며 신성하게 여겼다. 살리난족은 모로록을 레사모(Lesamo)라고 불렀고 일 년에 두 번 봉우리에 올라가 천도재를 지냈다.

살리난족의 창세기 주인공은 독수리다. 신화에 따르면, 홍수가 날 때마다 이 지역이 모두 물에 잠겼다. 오직 모로베이 북쪽에 있는 샌타루시아 봉우리(Santa lucia peak)만 피해를 모면했다. 그러던 어느 날 아침 하늘에서

별이 떨어졌다. 세상의 모든 질서가 변했다. 그날부터 태양과 달, 별 등 모든 존재가 서로 대화할 수 있게 되었다. 바다가 바람에게 안부를 묻고 코요테가 바위에게 인사를 했다. 이때 독수리가 딱총나무 가지를 꺾어 최초의 인간을 만든 뒤 생명을 불어넣었다.

독수리는 다른 부족에게도 단순한 동물 이상의 존재였다. 북캘리포니아의 유록 부족(Yurok Tribe)은 독수리가 원주민들의 중요한 메시지를 하늘의 전달하는 존재라 여겼다. 이 때문에 천도재를 지낼 때 독수리의 깃털

아메리카 원주민 출신의 화가 주디스 라우리(Judith Lowry)의 작품 '웰가팀의 노래(Welgatim's Song)'는 캘리포니아 원주민들의 신화를 묘사했다. 코요테로 대변하는 남성신 웨폼(Weh-pom)이 사슴 여신과 바람을 피우고, 아내인 개구리 여신(Welgatim)을 죽이려고 하자, 이를 알아챈 개구리 여신이 폭풍과 비를 내려 응징하고 있다. 원주민 사회는 여성이 생명을 창조하고 자연을 다루는 지혜를 가지고 있다고 생각한 모계 중심 사회였다.

을 달고, 독수리 춤을 추며 하늘에 기도했다.

사실, 현대 인간들의 기억에는 완전히 '삭제'되었지만 고대 인간들은 자연과의 관계 속에서 온갖 이야기를 창조했다. 밤하늘 별의 운행을 보며, 또는 앞뜰에 뛰노는 다람쥐와 사슴을 관찰하며 스토리텔링을 했다. 마치 아이돌 그룹 마니아들이 '팬픽'을 쓰는 것처럼 가십을 생산하고 유통한 것이다. 이러한 친밀한 관계는 인간과 자연의 호혜성을 강화했다.

이런 신화와 관념은 비과학적이라고 말할 수 있다. 하지만 과학이 발달하면서 생태계의 촘촘한 관계망의 실체가 서서히 밝혀지고 있다. 그것이 간접적인 근거라고 해도 말이다. 생태작가 페터 볼레벤은 책 『자연의 비밀 네트워크』에서 흥미로운 사례를 제시하고 있다. 그 가운데 우주에서 날아오는 미세한 입자인 우주광선(cosmic ray)이다. 우주광선은 침엽수가 내뿜는 향긋한 향인 테르펜(terpene)의 방출을 10배에서 최대 100배까지 높여준다고 한다. 이 테르펜은 다시 물과 결합하여 대기에서 비를 만든다. 비와 안개는 다시 땅의 습도를 높이며 온갖 것들에게 생명을 불어넣는다. 우주에서 쏘는 보이지 않는 빛이 비를 만들고 땅을 적시는 것이다.

모로록 등반했다가는 패가망신

모로록 등반은 불법이다. 1891년부터 채석 작업이 이뤄져 파괴가 심한데다 샌루이스오비스포 카운티가 1968년 이곳을 캘리포니아 역사 랜드마크(California Historical Landmark)로 지정하고 외부인의 출입을 통제했다. 주원인은 이곳에서 서식하는 송골매(Peregrine falcon)가 독성 살충제인 디클로로디페닐트리클로로에탄(DDT)으로 인해 멸종위기에 놓였기 때문이다. 이에 지역정부가 사람의 접근을 통제했다.

모로록 아래에서 봉우리를 올려다보면 송골매가 옥빛 창공을 미끄러지듯 비행하며 검은 획을 그린다. 무당이 붉은 글씨로 부적에 영험한 기운을 그리듯, 송골매는 활처럼 굽은 날개로 하늘을 읽고 그날의 운명을 날갯짓으로 말한다. 북부 추마시족의 원로인 프레드 콜린스는 2015년 3월 〈로스앤젤레스 타임스〉와의 인터뷰에서 이렇게 말했다.

"이곳은 많은 종류의 철새가 이주하는 경로다. 원주민에게 신성한 곳이라는 점을 제쳐두더라도, 왜 그들을 성가시게 하는가."

모로록 등반을 놓고 흥미로운 법정 다툼이 있었다. 1999년 살리난족의 남성 버치가 낚시수렵국의 특별 허가를 받아 천도재를 지내기 위해 암벽을 올랐다. 그때 탐조객이 그 현장을 목격하고 당국에 신고했다. 산을 오른 버치는 천도재는 전통 풍습이라고 말했지만 이 일대의 토지 사용 권한이 있는 추마시족이 받아들이지 않았다. 마침 주변에 건설 호재도 있어 추마시족은 버치를 의심했다.

추마시족은 2014년 12월 원주민 헤리티지 커미션(Native American Heritage Commission)과 캘리포니아주를 상대로 민사 소송을 제기했다. 이듬해 샌루이스오비스포 고등법원은 추마시족의 손을 들어줬고 살리난 부족의 모로록 등반이 금지되었다.

살리난 부족 입장에서는 억울한 상황이었다. 그들도 조상 대대로 이 땅에 살아왔지만 미연방정부로부터 원주민 부족이라는 점을 '인증'받지 못했기 때문이다. 그 인증을 받으려면 온갖 서류를 제시해야 하는데 시간과 비용이 많이 든다. 이런 원주민 부족이 미국 전역에 40여 족에 이른다.

그 이후 펜실베이니아에서 온 한 남성이 2019년 10월 모로록에 올랐다.

그는 산에서 내려오지 못해 911 구조대에 구조 요청을 했고, 구조대를 부른 비용 2,000달러와 불법 등반을 한 혐의로 벌금이 부과되었다.

모로록에서 특별한 경험을 하고 싶다면, 모로록을 정면에 두고 서쪽 면까지 걸어간다. 2600만 년 된 암석이 부서져 돌무덤을 이루고 있다. 마음에 드는 돌을 집어 돌탑을 쌓는다.

철새 200여 종이 찾는 대규모 하구

모로베이의 자랑거리는 풍부한 수자원과 생태 다양성이다. 로스오소스크리크(Los Osos Creek)와 초로(Chorro)에서 흘러나오는 강물과 지하수, 빗물이 바다에서 만나 2,300에이커 규모의 하구를 형성한다. 캘리포니아주는 이곳을 모로베이 주 해양보호지역(Morro Bay State Marine Reserve)으로 지정했다.

대기 중 이산화탄소를 흡수하는 데 혁혁한 공을 세우고 있는 수초, 장어풀이 이 일대를 뒤덮고 있으며 철새가 해마다 먹이 활동을 하기 위해 방문한다. 가을과 겨울에는 알래스카에서 날아온 철새 수천 마리가 이곳을 찾는다. 물떼새류인 마블드갓위트(Marbled godwit)와 도요새류인 윌렛(Willet), 마도요(Curlew) 등 종류만 200여 종이다. 조류 보호단체인 더내셔널오듀본소사이어티(The National Audubon Society)는 이 지역을 세계에서 가장 중요한 조류 서식지 중 하나로 꼽고 있다. 매년 1월 겨울새 페스티벌(morrobaybirdfestival.org)이 열린다.

우리는 스위트 스프링스 자연보호구역(Sweet Springs Nature Preserve)을 찾아갔다. 공원 입구에 방문객을 위한 두꺼운 철새 도감이 놓여 있었다. 강물은 마을에서 흘러나와 뱀처럼 굽이쳐 바다와 만난다. 키 큰 나무는 서로

스위트 스프링스 자연보호구역이다. 새벽처럼 고요한 곳이다. 강물이 구불구불 흘러 바다와 만난다. 새들의 쉼터다.

어깨를 겯고, 도시와 바다 사이에 우뚝이 서 있다. 나무는 육지를 떠나는 강물이 뒤를 돌아보지 않도록 바리케이드를 쳤다. 떠나온 곳에 미련을 남기지 않도록.

차를 타고 남쪽으로 더 내려가자 산책길인 아티스트 가든(Artist's Garden)이 나왔다. 땅에 붙어 자라는 아기 새끼손톱만 한 유럽단추쑥속(*Cotula coronopifolia*)과 얇고 가는 꽃잎이 촘촘히 달린 카포브로투스 에두리스(*Carpobrotus edulis*)가 고요히 제 빛깔을 내고 있었다. 멀리 하구에는 남녀가 나란히 패들보트를 타고 있었다. 모든 것을 잠시 멈출 수 있는 장소였다. 짧은 시간에 많은 곳을 봐야 하는 달뜬 여행객에게 안정제 같은 곳이었다.

디즈니는 왜 이곳을 선택했을까

모로베이는 1870년대 사업가 프랭클린 릴리(Franklin Riley)가 유제품과 축산물을 수출하면서 성장했다. 당시 부둣가 엠바르카데로(Embarcadero)에 범선이 수시로 드나들며 물건을 싣고 날랐다. 소라게와 해삼, 홍합, 굴 등 수자원이 풍부했다.

1930년대, 머구리가 산소통과 헬멧 등 68킬로그램 정도의 장비를 들고 잠수해 전복과 성게를 채취했다. 1957년까지 전복 산업이 정점을 찍다가 이후 남획과 소비 감소로 내리막길에 접어들었다. 당시 빨간 전복이 일 년에 90만 킬로그램 이상이 채취됐는데 항구에 정박한 선박만 150척 정도였다고 한다. 현재 고깃배는 20여 척으로 넙치(Halibut)와 우럭(Rockfish), 날개다랑어(Albacore) 등을 잡고 있다.

이곳은 애니메이션 「니모를 찾아서」의 후속편인 「도리를 찾아서」(2016년)의 배경이 된 곳이기도 하다. 영화에서 도리가 해양생물연구소에서 빠져나와 모험을 시작하는 장소가 이 바다다. 영화 배경 음악도 「모로베이의 보석The Jewel of Morro Bay, California」이다. 그런데 주인공 도리는 인도, 서태평양 해양에 서식하는 검은쥐치인 블루탱(Bule tang)이다. 실제 이 바다로 방생됐다면, 아마도 수온 차 등으로 살아남지 못했을 것이다.

부둣가 엠바르카데로에는 기념품 가게와 각종 음식점이 줄지어 있다. 제2차 세계대전이 일어나기 전 미국 해군 함대가 주둔하며 훈련했던 장소다. 군인들이 티(T) 자형 부두 두 곳과 모로록으로 가는 둑길 등을 조성했다.

부둣가에는 바다사자와 멸종위기종인 해달이 헤엄치고 있다. 해달을 제대로 보려면 육지와 모로록을 잇는 길인 육계사주 중간쯤 가면 여러 마리를

바다를 헤엄치는 해달이다. 조개를 채취해 껍데기를 깨는 모습을 볼 수 있다. 모로베이 해변은 천연 수족관이다.

관찰할 수 있다. 아침 8시쯤 산책하러 나가니 해달들이 물살에 떠내려가지 않으려고 해초를 붙잡고 서로 팔짱을 끼고 있었다. 한 마리는 깊이 잠수해 조개 하나를 캐와 돌로 타악-탁 소리를 내며 깼다. 해달은 들고양이만 했다. 지역 언론은 이 일대에 해달 40여 마리가 서식한다고 보도했다.

굴을 먹기 전, 메로이어를 기억하라

항구에 있는 식당을 가면 바다와 모로록을 보며 식사를 할 수 있다. 음식 가격은 체감상 로스앤젤레스보다 2~3달러쯤 저렴했다. 우리는 토그나지니스 독사이드 식당(Tognazzini's Dockside Restaurant)을 갔다. 이곳은 직접 잡은 물고기로 피시 타코와 생선 샌드위치 등을 만들어 판매했다. 신선한

굴과 성게도 있다.

식당 안 식탁에는 지역사를 기록한 사진이 붙어 있었다. 지역 사랑이 듬뿍 느껴졌다. 우리는 생굴을 시켰다. 신선한 생굴에 레몬을 가득 짠 뒤 생강 향이 나는 칠리소스를 얹어 먹었다. 물크덩한 것이 입에 쏙 들어오자 달콤하고 향긋한 풍미가 입 안 가득 휘돌았다. 그저 살아 있음에 감사할 따름이었다.

서부 해안의 굴은 동부 해안보다 차가운 환경에서 자란다. 알래스카만의 영향인데, 6월 기준 서부 캘리포니아주 샌프란시스코의 바다 수온이 10도라면 비슷한 위도에 있는 동부 버지니아주의 바다 수온은 23도다. 이런 환경 차이 탓에 동부 굴은 모서리가 깨끗하고 모양이 일정하지만 서부 굴은 껍데기가 불규칙하고 굴곡이 심하며 물결무늬가 많다.

해안마다 자라는 굴도 다양하다. 동부는 토착굴인 크라소스트레아 비지니카스(*Crassostrea virginicas*)가 자라고, 서부 해안은 일명 태평양 굴이라고 부르는 크라소스트레아 기가스(*Crassostrea gigas*)가 생산된다. 원래 아시아에서 자생한 종이지만 지금은 미국에서 양식되고 있다. 일본 태생인 크라소스트레아 시카메아(*Crassostrea sikamea*)도 생산된다. 워싱턴주에서는 토착종인 오스트레아 루리다(*Ostrea lurida*)가 채취된다.

풍미에도 차이가 있다. 서부 굴이 육질이 통통하고 부드러우며 은은한 미네랄 향이 난다면, 동부 굴은 짜고 쫄깃하다. 라파하녹 오이스터사 공동대표인 리안 크로스톤(Ryan Croxton)은 2019년 12월 〈로스앤젤레스 타임스〉와의 인터뷰에서 "서해안 굴은 물에서 발생하는 화학작용으로 수박 맛이 난다"고 말했다.

『굴의 지리A Geography of Oysters』를 쓴 작가 로언 자콥슨(Rowan Jacobsen)은

모로베이 해변 식당가다. 식당 노동자들이 아침 일찍 일을 하고 있다. 이곳에서는 모로록을 보며 각종 해산물을 먹을 수 있다.

'메로이어(merroir)'라는 개념을 소개한다. 와인의 주재료인 포도가 재배지의 지형과 토양, 일조량 등의 영향을 받는 것처럼, 굴도 해조류의 양, 조수, 광물 함량, 강우량 등의 영향을 받는다는 것이다. 와인 애호가들이 지역마다 다른 땅 맛을 '테로이어(terroir)'라고 하는데, 로언 자콥슨은 해안마다 다른 굴의 풍미를 '메로이어'라고 표현한다. 프랑스어로 메(mer)는 바다를 뜻한다.

멸종될 때까지 원주민을 박멸하라

모로록과 함께 모로베이를 대표하는 상징물은 137미터짜리 굴뚝 3개다. 제2차 세계대전 이후, 모로베이 파워플랜트가 일자리 창출과 세수 확대를 외치며 만든 전기 발전소다. 지역 사람들은 이를 지역 랜드마크라고 말하지만, 원주민의 성지인 모로록 바로 앞에 세워진, 이 거대한 콘크리트 구조물은 보기가 영 꼴사납다.

발전소는 2013년 2월 문을 닫았다. 하지만 건설할 당시, 폐기할 때 발생하는 비용을 업체가 부담한다는 약속을 지역정부와 계약하지 않아 폐기물 처리 비용 문제로 흉물로 방치되어 있다. 다행히 한 회사가 몇 년 전 발전소를 구입해 다른 공장으로 전환할지 아니면 폐기할지 고민하고 있다. 〈뉴욕 타임스〉는 2014년 11월 생명 다양성의 보고인 모로베이에서 벌어지는 이 촌극을 보고 이렇게 비판했다.

> 캘리포니아는 에너지 수급에 대한 갈증과 환경에 대한 경의로 둘 다 유명하다. 이 두 가지 열정이 작은 무대에서 펼쳐지고 있다.(California is known for both its thirst for power and its celebration of the environment, and here these two passions have shared a small stage.)

현지인들은 원주민 학살사도 노골적으로 감추고 있다. 캘리포니아 원주민사를 다룬 블로그 자료(https://sites.google.com/site/caiaindianscollab)와 지역 뉴스에 따르면, 에스파냐 선교단인 산 안토니오와 산 미구엘이 1771년과 1797년 각각 이 지역에 미션을 만들었다. 이 미션에서만 짧은 기간에 세례식 수가 각각 440건과 2,400건 있었다. 원주민은 선교단에 의해 세속화된 이후 인구가 급격히 감소했다. 수천 명에 달하던 살리난 부족의 인구는 1831년 700명 이하로 줄었다. 1930년에 살리난 부족은 거의 멸종한 것으로 간주되었다. 현재 20여 명이 이 일대에 거주하고 있는 것으로 전해진다.

그들의 착취는 문명이라는 이름으로 자행되었다. 유럽 정착민은 원주민을 노예화했다. 1849년 골드러시 때는 사냥과 광산으로 그들을 내몰았다. 1851년 피터 버넷 캘리포니아 주지사는 "원주민이 멸종될 때까지 인종 박멸 전쟁은 계속되어야 한다"고 공식 선포하기도 했다. 원주민은 이름을 에스파냐식으로 바꾸고 존재를 숨기며 살아야 했다.

굶주림과 폭력, 식생활 변화로 원주민 인구는 계속 감소했다. 또 법은 유럽 정착민들의 무기였다. 어느 날 유럽 정착민이 원주민의 집에 찾아와서 정부로부터 땅을 배당받았다고 말하면 원주민은 별 힘도 못 쓰고 쫓겨나야 했다. 소명해 봐야 왜 땅을 정부에 사전 등록하지 않았냐는 등, 이미 그들에게 유리한 조항을 들이댔기 때문이다.

학교에서도 원주민의 역사를 가르치지 않았다. 로저 캐슬(Roger Castle) 등이 쓴 모로베이 대중 역사서 『모로베이Morro bay』에는 원주민 역사가 거의 없다.

모로베이에서 만날 수 있는 두 온천

모로베이에서 20분가량 남쪽으로 내려오면 온천 두 곳이 나온다. 아빌라 온천(Avila Hot Springs)과 시카모어 미네랄 온천(Sycamore Mineral Springs Resort & Spa)이다.

아빌라 온천은 살리난 원주민이 부상과 질병 치료를 위해 이용했던 곳이다. 그러다 1907년 석유 개발 중 대규모 온천수가 발굴되어 리조트가 들어섰다. 아빌라 온천은 예약 없이 선착순으로 입장할 수 있다. 성인 기준 하루 요금이 12달러(2021년 기준)다. 5,000제곱미터의 온수 수영장과 미끄럼틀 등이 있어 가족 단위 방문객이 물놀이하기 좋다.

우리는 시카모어 온천 리조트를 갔다. 시카모어 온천도 원유 개발자들이 발굴한 곳이다. 1886년이다. 샌프란시스코와 로스앤젤레스 중간 지점에 있어 두 도시를 오가는 사람들의 중간 기착지 역할을 했다. 1930년대에는 유명 인사들이 언론 재벌인 랜돌프 허스트의 허스트 캐슬(Hearst Castle)에 가기 전 온천욕을 했던 곳이었다. 허스트 캐슬은 이곳에서 북쪽으로 차로 한 시간 거리에 있다. 1, 2차 세계대전 후 신문업으로 대부호가 된 허스트가 지인들을 초대해 로비를 하던 대저택이다. 입장료를 내고 투

시카모어 온천 리조트다. 가족끼리 가면 독립된 공간에서 편안하게 온천욕을 할 수 있다. 숲이 상쾌한 녹음과 쾌적한 그늘을 제공한다.

어를 할 수 있다.

온천탕은 산비탈 경사면에 새집처럼 터를 잡고 있다. 격자무늬 나무 울타리가 탕을 둘러싸고 있다. 그 위로 시카모어 나무가 시원한 그늘을 드리운다. 보글보글 끓는 탕에 누워, 준비한 간식과 와인을 마신다. 여행의 피로가 쫙 풀린다. 입장료(2021년 기준)는 평일 기준 시간당 19달러, 금토일과 공휴일은 24달러였다. 홈페이지를 통해 예약해야 한다. 주변에 잘 가꾼 산책로가 있어 몸을 식히기 좋다.

나와 아내와 아들 하라다. 아기가 100일이 지나자마자 다시 여행을 시작했다. 하라에게는 인생 첫 온천이었다.

즐길 거리

패소로블스

허스트 캐슬Hearst Castle

위치 : 750 Hearst Castle Rd, San Simeon CA, 93452, USA

허스트 캐슬은 건축가 줄리아 모건(Julia Morgan)이 캘리포니아주 중부 해안가 언덕에 지은 성이다. 1919년에 공사를 시작해 1947년에 완성했다. 유럽 고대 건축물을 해체해 얻은 건축자재로 이곳을 지었다. 언론 재벌 윌리엄 랜돌프 허스트의 개인 저택이었다. 그는 이곳에 유명 인사를 초대해 각종 로비를 했다. 1957년 이곳을 운영하던 허스트 코퍼레이션(Hearst Corporation)이 캘리포니아주에 건물을 기부했다. 현재는 캘리포니아주가 직접 관리한다. 1920~1930년대 영화배우 찰리 채플린과 프랭클린 루스벨트 미국 전 대통령, 윈스턴 처칠 전 영국 수상 등이 묵고 갔다.

패소로블스 역사학회Paso Robles Historical Society

위치 : 800, 12th St, Paso Robles, CA, 93446, USA

패소로블스 시립공원에 있는 도서관으로 카네기 도서관이라고도 한다. 1800년부터 이어진 패소로블스의 역사와 그와 관련한 기록물이 전시되어 있다. 화요일부터 일요일까지 운영한다. 세부 일정과 행사는 홈페이지(www.pasorobleshistorymuseum.org)를 방문해서 확인할 수 있다.

파이어스톤 워커 브루잉 컴퍼니Firestone Walker Brewing Company

위치 : 1400 Ramada Dr #3993, Paso Robles, CA, 93446, USA

파이어스톤 워커 브루잉 컴퍼니는 캘리포니아에서 네 번째로 큰 수제 맥주 양조장이다. 브룩스 파이어스톤의 아들인 데이비드 워커와 아담 파이어스톤 등이 샌타바버라에서 양조장 운영을 시작했고, 2001년 패소로블스로 이전했다. 2004년과 2006년, 2010년, 2012년 등 세계맥주대회(World Beer Cup)에서 수차례 우승을 차지했다. IPA 맥주가 유명하고 피자와 타코, 소시지 등 식사 메뉴도 괜찮다.

패소로블스 와인 축제

5월이면 와인 애호가들이 패소로블스를 찾는다. 패소로블스 와인 축제가 5월 셋째 주에 4일 동안 열린다. 지역 와이너리 70여 개가 한자리에 모여 300여 가지의 와인을 내놓는다. 치즈와 타코 등 음식을 무료로 나눠주는 와이너리도 있다. 축제장에 입장할 때 주최 측이 패소로블스 마크가 새겨진 와인잔을 참가자에게 준다. 참가자들은 와인잔을 들고 다니면서 와인 시음을 한다. 하루 입장료는 성인 기준 1인당 70달러다. 21세 이상이면 누구나 참여할 수 있다. 자세한 사항은 홈페이지(pasowine.com/events/winefest/)를 참조하면 된다.

패소로블스 위스키 트레일

위스키 트레일이 매년 8월 셋째 주에 3일 동안 패소로블스에서 열린다. 동네 위스키 가게를 찾아다니며 각종 위스키를 맛볼 수 있다. 지역에서 자생한 허브를 이용한 위스키 등 다양한 술이 준비되어 있다. 현장에서 위스키를 구매하면 가게에서 칵테일 제조법을 주는 곳도 있다. 입장료는 2018년 기준 1인당 40달러다. 자세한 사항은 홈페이지(www.pasoroblesdistillerytrail.com)를 참조하면 된다.

온천 가는 길
캘리포니아 중부 1
NEW YORK
USA

13
벤투라 카운티의 윌렛/세스피 온천

신들의 목욕탕에 몰래 들어온 듯 겁이 나다

거대한 뱀들이 인간이 사는 중간계를 떠받치고 있다. 독수리들은 두 날개를 펴 천상계를 이고 있다. 그곳은 태양과 달, 북극성 등 강력한 존재들이 사는 곳이다. 지하세계는 추악하게 생긴 생명체 누나시스(Nunasis)가 우글거린다. 누나시스는 밤이 되면 지상계로 슬며시 올라와 인간을 겁주고 병들게 한다. 그럴 때면 올빼미들이 날아올라 중간계를 살피며 인간의 병을 치유한다. 아메리카 원주민 추마시 부족은 세상이 세 구역으로 나뉘어 있다고 믿었다.

지난 5월 우리 부부는 추마시의 옛 땅, 미국 캘리포니아 남부 세스피 윌더니스(Sespe Wilderness)를 다녀왔다. 세스피 리버트레일(River Trail)과 존스톤 리지 트레일(Johnstone Ridge Trail) 52킬로미터를 1박 2일 걸었다.

세스피 윌더니스는 캘리포니아 벤투라 카운티 오하이 북쪽 지역으로 로스파드레스 국유림(Los Padres National Park)에 속해 있다. 세스피는 추마시 말로 'cepsey', 'sek-pe'라고 표기하는데, 무릎 앞 뼈인 슬개골(kneecap)을 뜻한다. 인간이 슬개골이 없다고 걷지 못하는 건 아니다. 다만 인대의 지렛대 역할을 하는 밤알만 한 슬개골이 없으면, 종아리뼈를 쉽게 들어 올릴 수 없다. 기동성의 축이다. 세스피는 해안을 따라 남북으로 길게 뻗은 산

윌렛 온천이다. 한 남성이 헬리콥터로 금속 탱크를 실어 이곳에 온천탕을 만들었다. 산비탈에서 내려오는 온천수가 파이프를 타고 탕으로 떨어지고 있다.

맥에 툭 솟아 있다. 원주민들은 이곳이 생태계 보존의 중요한 축이어서 이름을 이렇게 붙인 것 아닐까.

세스피 윌더니스는 면적 889제곱킬로미터로 지리산 국립공원(438.9km²) 두 배다. 낚시꾼과 사냥꾼이 많이 찾는 아구아 블랭카 트레일(Agua Blanca Trail)과 멸종위기동물인 콘도르(Condor)가 사는 앨더 크리크 트레일(Alder Creek Trail) 등 18개 트레일이 있다. 모두 합하면 219킬로미터다.

우리가 향한 곳은 강을 여러 번 건너야 하는 세스피 리버 트레일과 존스톤 리지 트레일 일부 구간이다. 이곳에는 윌렛 온천(Willette Hot Springs)

과 세스피 온천(Sespe Hot Springs)이 있다. 로스앤젤레스에서 오전 8시에 출발해 157킬로미터를 달려 트레일 출발점인 피에드라 블랭카 트레일헤드(Piedra Blanca Trailhead)에 오전 10시쯤 도착했다. 일반 도로를 달리다 산악지대로 들어서면 목가적 풍경이 펼쳐진다. 몸매가 탄탄한 말들이 울타리 안에서 풀을 뜯고 작은 호수에서는 들짐승들이 물을 마신다. 이어 너럭바위가 멀리 보이면 제대로 찾아온 것이다. 부지런한 하이커들은 이미 주차를 하고 트레일에 오르고 있었다.

서핑 동호회원인 오법, 오예린 부부와 함께 하이킹을 했다. 무릎까지 차오르는 계곡물을 서너 차례 건너야 했다.

그런데 뭔가 기분이 찜찜하더라니! 국유림 입장권인 어드벤처 패스(adventure pass)를 사지 않았다. 남부 캘리포니아 로스파드레스 국유림과 앤젤레스 국유림(Angeles National Forest), 클리블랜드 국유림(Cleveland National Forest)과 샌버너디노 국유림(San Bernardino National Forest)에서는 산림청이 발급하는 어드벤처 패스가 있어야 주차와 산행을 할 수 있다.

패스를 사러 도시로 다시 나가야 하나……. 당황하고 있는 사이, 다른 여성 하이커가 여분의 패스가 있다고 알려주었다. 다행히 현금을 주고 남은 패스를 현장에서 샀다. 어드벤처 패스는 아웃도어 가게 빅파이브(Big5)나 낚시 도구점 등에서 1일권 5달러, 1년권 30달러에 살 수 있다.

멸종위기종 '콘도르'의 땅 세스피 월더니스

걷기는 어렵지 않다. 고도 936미터에서 출발해 중간지점인 고도 764미터까지 내려가다 다시 목적지 고도 947미터까지 천천히 올라간다. 무더운 여름을 피해 봄과 가을에 산행하면 좋다. 우리가 간 날은 야생화가 흐드러지게 피어 있었다. 하늘거리는 한복 치마 같은 노오란 양귀비꽃 '트리포피(Tree poppie)'와 주홍빛 호리병 모양의 꽃이 줄줄이 달린 '스칼릿버글러(Scarlet bugler)', 기다란 꽃대에 보라색 꽃이 촘촘히 달린 '루핀(Lupines)' 등이 제 빛깔을 뽐어내고 있었다. 척박한 사암지대에도 꽃은 꽃의 일을 하고 있었다. 작은 야생화를 보는 것도 정말 '꿀재미'다. 큰 배낭을 메고 혼자 걷던 샌타바버라 출신 여성 하이커 세라가 나에게 다가왔다.

"그 꽃 이름 알아? 이름이 블루딕스(Blue dicks)야. 꽃은 보라색인데 이름은 파란색이지. 왜 색깔과 이름이 다른지 몰라, 하하하. 원주민이 탄수화물 공급원으로 꽃의 알뿌리를 캐 먹었대."

세스피는 환경보호운동으로 처음 조명을 받았다. 그 주인공은 날개 밑에 흰 점이 있는 대형 대머리독수리인 콘도르다. 미국은 1950년대 들어 자동차와 기차, 비행기 등 대중교통이 급격히 발달하고 자연스레 레저 문화도 성장했다. 사람들은 산악 오토바이를 타거나 배낭을 메고 깊은 산속까지 들어가 바비큐 파티를 하고 술판을 벌였다. 사냥꾼은 납탄으로 짐승을 잡고 카우보이들은 소와 말 등 가축을 끌고 와 풀을 먹였다.

피해는 고스란히 야생동물의 몫이었다. 사냥꾼들은 납탄으로 동물을 사냥하고, 콘도르는 납에 중독된 동물 사체를 먹고 중독되었다. 또 다른 동물은 살충제에 노출되었으며 가축이 옮겨온 질병에 전염되었다. 서식지도 점차 줄었다. 원주민 신화 속의 주인공 콘도르는 백 마리 이하로 급감했다.

작은 납탄이 해봐야 얼마나 위험하겠냐고? 납은 야생 콘도르에게 가장

아메리카 원주민 출신 화가 프랭크 라페나(Frank Lapena, 원주민 이름 Nomtipom Wintu)의 작품 '북쪽 산(North Mountain)'이다. 거대한 새의 영혼이 눈으로 덮인 샤스타산(Mount Shasta)을 휘감고 있다. 노래와 의식 행위를 통해 원주민들은 세대를 넘어 산과 그 생명체들과 교감하고 있다.

강력한 독성물질이다. 사냥꾼들은 여러 파편으로 튀는 납탄을 사용해 사슴이나 엘크를 잡는다. 이어 동물의 내장 더미를 숲에 버린다. 이때 납에 중독된 동물의 사체가 콘도르의 중요한 식량 공급원이 되는 것이다. 콘도르는 작은 납 조각으로도 심각한 병에 걸릴 수 있다. 매년 야생 콘도르 20퍼센트에서 고농도의 납이 관찰된다고 한다. 환경운동가들은 사냥이 불가피할 때 무독성 탄약을 사용해야 한다고 주장하기도 한다.

지역정부는 1947년 콘도르 보호를 위해 214제곱킬로미터 면적을 세스피 보호구역(Sespe Sanctuary)으로 지정했다. 하지만 환경파괴는 계속되었다. 환경단체 세스피 자연보호 유지위원회(Keep the Sespe Wild Committee)가 더 넓은 지역을 자연보호구역으로 만들기 위해 연방 상·하원 의원을 압박했다. 법안을 두고 이해단체 간 갑론을박이 벌어졌다. 결국 1992년, 41대 대통령 조지 허버트 워커 부시가 새 법안에 서명해 현재의 모습이 되었다. 이때 세스피 계곡 50.6킬로미터도 함께 지정되었다.

이곳에는 작은 댐도 없다. 그것 자체로도 캘리포니아에서는 귀중한 곳이다. 〈로스앤젤레스 타임스〉는 1994년 12월 이곳을 '영원함이 보호된 지역(Protected Forever)'이라고 표현했다. 현재 캘리포니아 전역에서 서식하는 콘도르 172마리 중 절반인 80여 마리가 이곳에 살고 있다고 한다.

트레일에서 출발해 두 시간 30분쯤 걸어 베어크리크 트레일 캠프(Bear Creek Trail Camp)에 도착했다. 하이커들은 보통 이곳에 텐트를 치고 하룻밤을 쉰 뒤 윌렛 온천에 간다. 낮에는 계곡에서 수영을 하고 밤에는 별을 본다. 우리는 커다란 너럭바위에 앉아 준비해 온 도시락을 먹었다. 꽃 이름을 알려주었던 하이커 세라는, 곧이어 오더니 수영복을 갈아입고 물에 첨벙 뛰어들었다.

월렛 온천으로 향하는 길. 70리터 용량의 대형 배낭이 무거워지기 시작했다. 정오가 지나자 해가 머리와 어깨를 달구기 시작했다. 발에 물집이 잡혔다. 우리는 9킬로미터를 더 걸어 오후 5시 30분쯤 윌렛 캠핑장(Willet camp)에 도착했다. 최종 목적지인 세스피 온천까지의 중간 지점이다. 집에서 얼려온 고추장 양념불고기를 꺼내 구웠다.

이곳에서 불을 피우려면 '불 사용 허가증(california fire permit)'이 있어야 한다. 비영리단체인 캘리포니아 화재방지협회 홈페이지(www.preventwildfireca.org)에 들어가면 무료로 내려받을 수 있다. 위반하면 우리 돈 1100만 원 상당의 벌금과 6개월의 실형을 살 수 있다.

아내가 초원에 누웠다. 털 달린 풀들이 카펫처럼 폭신했다.

깊은 산 속에 설치된 고무 튜브

이른 저녁을 먹고 윌렛 온천으로 향했다. 텐트에서 600미터쯤 언덕을 올라갔다. 막다른 길에 거대한 암벽 가까이 가자 유황 냄새가 서서히 풍겨왔다. 습기가 느껴졌다. 도착한 곳에는 검정 대형 고무 튜브가 있었다. 그 안에 남자 둘과 남녀 두 커플이 탕을 가득 채우고 있었다. 온천수는 암벽을 따라 내려오다, 누군가 설치한 플라스틱 관을 타고 고무 튜브로 흘렀다. 탕은 이끼와 주변 나뭇잎에 비쳐 맑은 초록빛을 띠었다. 자리가 없어 우물쭈물하고 있는데 먼저 탕에 들어가 있던 사람들이 어서 들어오라며 우리를 반겼다.

오하이에 거주한다는 히스패닉계 남성 론은 스테인리스 컵에 콜라와 위스키, 얼음을 섞어 칵테일을 마셨다. 산속에서 웬 얼음? 놀란 눈으로 술을 빤히 보자, 한 모금 먹어 보라며 마시던 컵을 건넸다. 독한 술이 목구멍을 타고 흘렀다. 달콤하고 찌릿한 것이, 빨리 하산해 얼큰하게 취하고 싶었다. 론은 여러 이야기를 해주었다.

"나는 오하이에서 살아. 이곳에는 나귀와 말에게 풀을 먹이러 온 거야. 음료와 술을 가득 넣은 아이스박스를 말 등에 매달고 왔지. 정확히는 모르겠는데, 이곳은 20년 전쯤 오하이에 사는 남자가 헬리콥터를 이용해 튜브를 설치했어. 그때부터 사람들이 많이 찾기 시작했지."

온천욕을 하던 한 하이커는 온천수를 '신성한 물(holy water)'이라며 손으로 떠서 곱게 어깨에 흘려보냈다. 얼마쯤 시간이 지나자 하이커 세라가 뒤따라 올라왔다. 세라는 이곳이 네 번째라고 했다. 예전에는 탕에 물이 들어오는 온천의 파이프 끝에 그물망이 없어 탕에 허연 부유물이 많았다고 했다.

아내가 온천탕을 둘러보고 있다. 한 여성은 상의를 벗고 있었지만 모두 신경 쓰지 않았다.

"여기까지 걸어오기 힘들지만 여기 오면 진짜 캘리포니아를 만끽할 수 있어. 개발되기 전 그대로의 모습 말이야. 초록빛 온천을 봐봐. 내가 이곳을 좋아하는 이유지. 운 좋으면 걷다가 뿔이 큰 빅혼십(Big horn sheep) 무리를 볼 수 있어."

지역 언론은 생태계 파괴로 빅혼십의 개체수가 계속 줄어든다고 했다. 이 때문에 과학자들이 빅혼십에 GPS 장치를 달고 계속 개체수를 추적하고 있다. 이날 우리는 세스피 온천에 가기 위해 중간 지점인 대처 캠프그라운드(Thacher campground)에서 하루를 묵었다.

새벽길에서 시원의 세계를 보다

새벽 4시에 일어났다. 간밤에 정체 모를 짐승이 텐트 가까이 접근했다. 날짐승의 거친 숨소리에 밤잠을 설쳤다. 우리는 칠흑 같은 어둠을 헤치며 걷기 시작했다. 길은 점점 덤불 속으로 이어졌다. 휴대전화 배터리도 거의 떨어져 가, 전화기를 껐다 켰다 반복하며 GPS로 트레일 위치를 확인했다. 몇 번이나 걸어온 길을 되돌아가 다시 방향을 찾아야 했다. 대처 캠프그라운드에서 세스피 온천까지 9킬로미터. 트레일에는 이정표가 없었다. 사람과 말이 밟은 자리를 보고 걸어야 했다. 그곳에만 풀이 누워 있었다. 말똥도 길 찾기의 기가 막힌 단서가 된다. 말똥이 있는 곳은 사람이 다닌다는 의미다. 실종 사고가 잦은 곳이니 혼자 걷는 것은 삼가야 한다.

오전 8시가 되자, 어둠이 걷히고 새벽이 열렸다. 세스피가 눈 뜨기 시작했다. 언덕을 넘고 넘자 시원(始原)의 세계가 펼쳐졌다. 연둣빛 너른 초원에 키 큰 나무가 외로이 서 있다. 바람을 따라, 가느다란 연녹색 풀이 물결쳤다. 아침 해마저 잠든 숲을 깨우기가 미안했던지 조용히 어르고 달랬다. 새소리마저 없다. 말없이 초원의 고요를 걸었다. 나무들이 검을 들어 예를 표하듯 길 양쪽에 우뚝 서 이방인을 반겼다.

한켠에는 돌무더기가 수백 미터 솟아 있었다. 신생대 2기인 기원전 4000만 년 전 에오세(Eocene epoch)와 2400만 년 전인 신생대 3기 올리고세(Oligocene epoch) 사이에 형성된 사암지층이다. 수천만 년 동안 풍화작용으로 암벽은 붉은색과 밤색, 녹색과 핑크빛이 돌았다. 사암은 단단해 침식이 되면 쩍쩍 갈라지는 극적인 장면을 연출한다.

세스피 온천 상류다. 절벽에서 팔팔 끓는 온천수가 흘러내린다. 가까이에 선인장이 자라고 있다. 피부에 화상을 입었을 때, 선인장을 잘라 바르면 피부가 빨리 안정된다.

뜨거운 온천 수증기가 품은 고대 자연 속 온천

서너 시간쯤 걷자 계곡물에서 온기가 느껴졌다. 캠핑족도 보이기 시작했다. 아, 다 왔구나! 발걸음을 재촉했다. 야자수 군락이 보인다. 멀리 황톳빛 암벽 주변에서 수증기가 뭉게뭉게 피어오른다. 오른편에는 잿빛 화강암을 따라 온천수가 계단처럼 휘어 내려온다. 세상에 용이 산다면 저곳이다. 영생할 수 있는 약초가 저 끝에 있겠다.

세스피 온천수는 너무 뜨겁다. 차가운 계곡물과 만나는 지점에 들어가야 사람이 견딜 만한 수준이다.

세스피 온천은 높은 암벽을 따라 수직 낙하한다. 수온이 80도 이상으로 아주 뜨겁다. 멋모르고 손을 담갔다간 화상을 입을 수 있다. 온천은 아래로 흘러 차가운 물과 만났다. 하이커들은 돌로 뜨거운 물과 찬물을 적절히 막아 가며 수온을 조절했다. 유리알처럼 맑고 투명한 물, 신들의 목욕탕에 몰래 들어온 것 같아 겁이 났다.

'굿 버닝' 내 마음에 불을 지르라

14 툴레어 카운티의 조던 온천

여름 야청빛 저녁이면, 들길을 가거라, / 밀 잎에 찔리고 잔풀을 밟으며, / 몽상가, 나는 내 발에 그 차가움을 느끼게 하네. / 바람은 나의 헐벗은 머리를 씻겨 주겠지. / 말도 않고, 생각도 않으리. / 그러나 무한한 사랑은 내 넋 속에 피어오르리니, 나는 가리라, 멀리, 저 멀리, 보헤미안처럼, / 여인과 함께하듯 행복하게, 자연 속으로

아르튀르 랭보의 시 「감각Sensation」이다. 검고 푸른 밤의 시각과 발아래, 머리 위의 촉감, 공허 속의 충만함, 타자를 향한 그리움과 홀로서기. 나로서는 범접하기 어려운 감각이다. 미국 자연 온천을 다닌 지 일 년이 넘자 주변에서 좋은 곳을 추천해 달라고 많이 요청한다. 사실, 그리 내키지 않는다. 그곳에는 당신이 상상하는 하늘빛 욕조와 키 큰 야자수, 부드러운 목욕 가운 같은 것은 없기 때문이다. 대신 죽은 이끼가 떠다니고 쿰쿰한 유황 냄새가 나며, 덤불 속에서 옷을 갈아입어야 한다. 다만, 랭보의 길을 가는 사람이라면 기꺼이 함께하겠다.

조던 온천에서 본 석양이다. 깊은 산은 짐승 울음소리 하나 없이 고요했다.

금광 개발을 위한 지름길

캘리포니아 인요 카운티 세콰이어 국유림에 있는 조던 온천(Jordan Hot Springs)은 두 번째 시도 만에 갈 수 있었다. 국유림 홈페이지에서 눈이 그쳐 출입구가 열렸다는 공지를 읽고, 전년도 6월 중순에 갔지만 차가 눈길에 빠져 포기해야 했다. 캠핑용 프라이팬과 냄비를 꺼내 눈을 파내다 애꿎은 조리 기구만 부러뜨렸다. 군 전역 10년 만에 제설 작업이었다.

같은 해 8월에 다시 찾아갔다. 이번에는 두 달 전에 갔던 반대 방향인

14번 고속도로를 타고 올라가, 동쪽에서 서쪽으로 접근했다. 눈은 없었고 길도 깨끗했다. 배낭에는 팩 소주 하나와 한식당에서 포장한 오징어볶음을 넣었다. 말 없는 산에서 진한 마늘 향과 피 토하듯 진붉은 고춧가루가 덮인 매운 음식을 먹다 보면 새내기 이민자의 답답함이 풀릴 것 같았다. 또 오징어를 씹다 '오징어 문딩이 같은 그놈'도 함께 씹어 삼키며 눈물을 팍 쏟고 싶었다. 그즈음 나는 그런 날들을 보내고 있었다.

조던 온천에 가기 위해 트레일 입구에 있는 레인저 사무실을 찾아갔다. 출입 허가증을 받아야 했다. 까다로운 절차는 없었다. 입장료도 없고 예약도 필요 없었다. 다만, 인적 드문 곳이라 실종 사고를 막기 위한 조치 같았다. 차종과 차량 색깔, 출고 연도까지 직원에게 말해야 한다. 백발 할머니인 앤 애덤스가 사무실을 지키고 있었다.

"오늘 두 번째 방문자네. 산에는 지금 한 가족밖에 없어. 고요하겠는걸. 곰이 자주 나오니까 냄새나는 음식은 텐트 가까이 두지 말고, 처리할 수 없으면 줄에 묶어 나무에 높이 걸어둬."

향이 강한 오징어볶음이 마음에 걸렸다. 레인저 사무실을 나가자 게시판에는 경고 포스터가 붙어 있었다. 이곳은 '곰 카운티'라고 불렸다.

출발점인 블랙록 트레일헤드(Blackrock Trailhead)에서 조던 온천까지 편도 5.6킬로미터다. 내리막길 코스다. 얼린 한식을 배낭에 가득 넣었다. 벌써부터 먹을 생각에 발걸음이 가벼웠다. 소나무 길을 따라 내려가자 푸른 초원이 펼쳐졌다. 곧 청량한 계곡물이 흐르는 개울이 나왔다. 부러진 통나무를 밟고 계곡을 건넜다. 일부 구간에는 징검다리가 없어 신발을 벗고 건너야 했다. 맨발이 물에 닿는 순간, 온몸이 오그라드는 극한의 한기가 느껴졌다. 8월 한여름이었지만 수온은 살을 도려내는 듯 차가웠다. 실제로 이 구간을 걷는 장거리 하이커들은 몸이 더러운데도 물이 워낙 차가워 목욕할 엄두를 못 낸다고 한다. 겨울에는 눈이 많이 내려 11월부터 이듬해 5월까지 출입이 금지된다.

1860년대 초 세쿼이아 국유림 동쪽 코소 레인지(Coso Range)에 금과 은이 발견되었다는 풍문이 캘리포니아 일대에 퍼졌다. 국유림 서쪽 지역인 비살리아(Visalia)의 광산업자들은 세쿼이아 국유림을 가로지르는 길을 찾아야 했다. 일반 경로로 가면 시에라네바다산맥을 빙 둘러 가야 하기 때문에 비용이 많이 들었다. 광산업자 존 조던은 1861년 아메리카 원주민을 고용해 그들의 조언을 들으며 길을 뚫었다. 대부분 원주민이 오랫동안 사용하던 길이었다.

아내가 야생화가 핀 길을 지나고 있다. 양옆으로 키 큰 소나무들이 탐방객들을 환영하고 있다.

조던은 금광 남쪽 길인 조던 온천 루트를 일부 개척하고 그 길을 지나는 사람들에게 통행료를 받기 위한 회사를 만들었다. 하지만 그는 1862년 5월 뗏목을 타고 컨강을 건너다 암석에 부딪히면서 익사하고 만다. 그 후

와너라는 인물이 후원금을 모아 1863년 조던 온천 루트를 완성했다. 금광 개발이 끝난 1800년대 말에는 하이킹 명소가 되었다. 여름마다 텐트 20~30개가 쳐졌다. 온천 리조트도 세워졌다. 산중 깊은 곳에 전화선이 연결되고 우편배달부도 왔다. 그러다 1978년 미연방의회가 이 일대를 '골든트라우트 윌더니스(Golden Trout Wilderness)'라는 원생(原生) 보전지역으로 지정하면서 자연화되었다. 골든트라우트는 이곳에 서식하는 캘리포니아 토종 송어로, 배가 황금빛인 것이 특징이다.

굿 버닝, 그때그때 태워야 산다

한 시간쯤 걷다 보면 2002년에 발생한 맥날리 산불 피해 지역이 나온다. 폭격을 맞은 듯, 빌딩만 한 거목 수십 그루가 검게 탄 채로 우뚝 서 있다. 일부는 꺾여 무덤처럼 쌓여 있다. 겉은 완전히 잿더미이지만, 속에는 기적같이 살아남아 이파리를 틔운 나무도 있다.

당시 산불은 캘리포니아 최대 화재로 기록되었다. 주택 수십 채와 산림 610제곱킬로미터가 불에 타 재산 피해액만 4570만 달러(약 530억 원)에 이르렀다. 지리산 국립공원 면적(440.4제곱킬로미터)의 1.4배가 잿더미가 되었다. 원인은 캠프파이어였다.

산불은 캘리포니아의 큰 골칫거리다. 매년 산불이 끊이지 않아 천문학적인 재산 피해가 발생한다. 건조 기후인 캘리포니아에서는 산불이 나면 불이 붙은 덤불이 강풍을 따라 여기저기로 날아다닌다. 그러다 일부는 목조 주택 지붕에 폭탄처럼 떨어진다. 인가는 순식간에 불바다가 된다. 목숨을 잃는 건 대부분 노인이다. 상황 판단이 더디고 움직임도 느려 화마의 먹잇감이 된다.

환경보호론자는 산불 원인을 기후 온난화로 지목하고 있다. 고온 건조한 날씨가 평균 이상으로 늘어나면서 산불이 잦아졌다는 것이다. 생태학자들은 빨리 마르는 외래 식물이 대거 유입되면서 불쏘시개 역할을 한다고 지적하고 있다.

재미있는 분석이 있다. '스모키 효과(Smokey effect)'다. 스모키는 지리산 반달곰처럼 생긴 미연방 산림청의 마스코트다. 미국이 산불에 경각심을 가지게 된 건 제2차 세계대전부터다. 1942년 일본군 잠수함이 캘리포니아 샌타바버라의 외곽 유전을 폭격하면서 산불이 나서 민가가 불타는 일이 발생했다. 그때 산림청과 전쟁광고위원회가 역사상 처음으로 화재 예방 캠페인을 시작한다. 그렇게 1944년 탄생한 캐릭터가 스모키다.

아이들은 캐릭터가 귀엽다며 스모키에게 팬레터를 보냈다. 가수들은 스모키를 위한 노래를 만들었다. 스모키는 자기만의 우편번호도 생겼다. 정부 조사에 따르면 성인 96퍼센트가 스모키를 안다고 응답했다. 디즈니의 미키마우스에 견줄 만한 인지도다.

덕분에 산불도 크게 줄었다. 1944년 8만 제곱킬로미터였던 산불 피해 면적이 2011년 2만 6000제곱킬로미터로 3분의 1 넘게 감소했다. 스모키는 페이스북과 인스타그램 계정도 생겼다.

하지만 과학자들은 지나친 산불 예방이 대형 산불의 원인이라고 지목하고 있다. 산에 적당히 불이 나야 쌓여 있던 낙엽과 가지가 타는데, 정부가 지나치게 산불 예방을 강조하면서 화재의 연료가 되는 솔방울과 이파리가 쌓여 대형 화재로 이어진다는 것이다. 이것이 '스모키 효과'다.

상황이 이렇자 미국 정부는 원주민들이 숲을 다루던 방식을 쓰기 시작

몸통 80퍼센트가 화재로 불탄 나무다. 하지만 끝까지 살아남아 새잎을 틔우고 있다. 기적은 도처에 있다.

했다. 아메리카 원주민들은 인위적으로 숲의 식생을 태우는 방법으로 대형 화재를 예방하는 한편, 숲을 인간에게 더 이로운 방식으로 사용했기 때문이다. 니콜렛 한 니먼(Nicolette Hahn Niman)은 저서 『소고기를 위한 변론Defending Beef』에서 여러 학자들의 의견을 인용해 원주민들의 숲의 이용법을 옹호했다.

원주민들은 숲에서 제공하는 자원을 그저 얻는 것이 아니라 숲을 태움으로써 인간에게 유리한 방법으로 이용했다는 것이다. 그런데 서구 유럽인이 북아메리카 대륙에 정착한 뒤 원주민을 학살하고 보호지역으로 대거 몰아내면서 숲의 관리자가 사라지게 되었다. 이어서 미국 정부는 소각행위를 미개한 행위로 치부하면서 법적으로 금지했다. 이에 대해 스캇 스테펜스 캘리포니아주립대학교 버클리캠퍼스 소방학 교수 등은 2022년 7월 〈로스앤젤레스 타임스〉 칼럼에서 "불은 어떤 형태로든 나게 되어 있다. 이제 화재의 발화 원인에 대해 신경 쓰는 것보다 숲의 상태, 회복력에 초점을 맞출 필요가 있다"고 말했다. 이어 "법과 제도를 수정해, 원주민이 숲 공유지를 공동관리할 수 있도록 해야 한다"며 원주민들의 전통적인 숲 관리법을 도입해야 한다고 주장했다.

온천 족욕탕에서 즐기는 캠프파이어

두 시간쯤 걸으니 버려진 오두막이 나왔다. 배낭 여러 개가 놓여 있었다. 계곡 가까이 걸어가 보니 부러진 나무로 둘러쳐 만든 야생 수영장에서 누군가 물놀이를 하고 있었다. 아버지와 어린 두 아들이었다. 이정표가 없어 온천으로 가는 길을 물었다.

"저쪽이야. 여기 계곡을 건너 10분 정도 걷다 보면 초원이 나와. 그때 왼쪽으로 꺾으면 돼. 하얀 암벽이 보이는데 그 계곡 건너편에 있어."

목적지에 다다르자 길이 헷갈렸다. 이정표가 가리킨 방향도 모호했다. 아이 아버지가 알려준 대로 걸었다. 초원이 보였지만 하얀 암벽이 없었다. 아내를 쉬게 하고 혼자 길을 찾았다. 초원 끝에 가서야 아이 아버지가 말한 하얀 암벽이 언덕 아래 보였다. 김이 올라오는 온천이 계곡 옆 풀숲에 있었다.

조던 온천은 유황 성분과 이끼가 뭉쳐 지저분했다. 물에 들어가기 전 온천 물꼬를 터서 새 온천수로 교체하고, 주변에 있던 뜰채로 부유물을 건져냈다. 온천 바닥에 있던 흙이 가라앉자 물이 제법 깨끗해졌다. 온천은 몸 전체를 담그기에는 수위가 낮았다. 하이킹으로 피로한 발을 담그기가 제격인

하얀색 꽃은 여바맨사다. 캠핑에 동행한 오법 씨와 나의 아내 우세린이 조던 온천에서 도란도란 이야기를 나누고 있다.

족욕탕이었다. 10명 정도 발을 담글 수 있다. 수온은 38도로 뜨거웠다.

온천 주위에는 도마뱀 꼬리라 불리는 다년생 수변 식물인 여바맨사가 활짝 피어 있었다. 북미 자생식물인데 에스파냐어로 여바(yerba)는 허브, 맨사(mansa)는 차분하다는 뜻이라고 한다. 조던 온천으로 오던 길에 여행객이라고는 한 가족만 있었는데, 주변의 고요한 환경과 잘 어울리는 꽃이었다.

우리는 온천 위 낡은 오두막이 있는 언덕에 텐트를 쳤다. 오두막은 1992년 국가 역사 보전지역(National Historic Landmark)으로 지정되었다. 한때 성업했던 온천 리조트다. 당시 이곳에서는 송어 플라잉 낚시와 온천을 즐기러 전국에서 사람들이 찾아왔다. 오두막 문을 열자 부식된 침대 매트리스와 먼지 더께가 쌓인 책상, 이가 나간 찻잔이 남아 있었다. 어딘가에 좀비가 숨어 있는 건 아닐까, 으스스했다.

그때부터는 시간을 죽이는 게 일이다. 딱히 할 일이 없었다. 탐험용 넓적 칼로 나무를 깎아 이쑤시개를 만들고, 시간이 남으면 땔감을 주워 모았다. 그러다 지겨워 낮잠을 잤다. 인터넷은 안 된다. 약간의 손 떨림이 왔다. 인터넷 금단 증상이다. 그걸 알면서도 괜히 전화기를 건드려 인터넷을 켜본다.

그러고는 냄비를 올려 오징어볶음을 데웠다. 소주병을 열어 미지근한 소주를 한 모금씩 귀하게 마셨다. 불쑥불쑥 오징어 같은 직장 상사 생각이 떠올랐다. 괴로움은 내 가슴에 똬리를 틀고 앉아 때때로 온 기운을 빼놓는다. 얄궂은 직장 상사는 붓다와 예수, 알라보다 강력하다. 안 좋은 쪽으로.

우리 부부가 석양을 보고 있다. 삶의 모든 날이 오늘처럼 고요했으면 좋겠다. 아무 걱정 없이.

밤의 장막이 쳐지자 새로운 세상이 열린다. 공포스러울 것 같던 오두막도 절대적인 어둠에 정체를 감춘다. 오두막 양철 지붕에 솔방울이 '탕' 하고 떨어진다. 온몸에 털이 곤두선다. 지천에 땔감이다. 바짝 마른 나무를 모아 불에 던진다. 부지깽이를 들고 불을 이렇게 뒤집었다 저렇게 뒤집었다 헤쳐 놓는다. 불을 바라보며 괴로운 마음을 불구덩이에 던져 넣는다. 아무에게도 온전히 설명하기 힘든 디아스포라(Diaspora)의 번뇌를 뚝뚝 끊어 넣는다. 굿 버닝.

15
컨 카운티의
델로네가 온천

온천수로 데운
세계 유일의 '온돌 캠핑장'

캘리포니아 중남부 자연 온천을 샅샅이 뒤지겠다는 각오로 인터넷 바다의 밑바닥을 긁다 보니 온천 정보 하나가 걸려 나왔다. 아내가 찾았다. 한인 라디오 방송국 홈페이지의 애청자 게시판에 올라온 사연이었는데, 컨강(Kern River) 하류에 한인 노부부가 운영하는 친정집 같은 온천이 있다는 것이었다. 수질도 끝내준다고 쓰여 있었다.

하지만 정확한 장소 설명이 없었다. 구글 지도에 대충 점 하나가 찍혀 있고, 온천 입구에 스누피 그림이 그려 있다는 말뿐이었다. 스누피

한인 노부부가 운영하는 델로네가 온천이다. 부부는 '선녀탕'이라고 부른다. 여사장님의 바지런함 덕분에 온천수가 아주 깨끗하다. 바닥이 유리처럼 비친다.

라……. 이번엔 내가 찾은 정보로 조각을 맞춰 보았다. 컨강을 따라 여러 유명 온천이 있는데 아무리 구글로 검색해도 최근 소식을 찾을 수 없는 온천이 있었다. 왕년에 이름 짜했던 델로네가 온천(Delonegha Hot Springs)이었다. 설마, 거기가 거긴가?

혹시나 하는 마음에 구글 지도에 델로네가를 찍고 달렸다. 로스앤젤레스에서 북쪽으로 330킬로미터, 차로 세 시간 거리다. 목적지가 가까워지자 차는 협곡의 목젖을 파고들었다. 커다란 암벽 위로 마천루 수직 절벽이 이어졌다. 차량 지붕에 바위 덩어리가 언제든 떨어져도 이상하지 않을 곳이었다. 아메리카 원주민들은 저 둥근 바위를 보며 돌고 도는 삶, 윤회를 생각했다던데 나는 거대한 자연의 풍채에 압도될 뿐이었다. 먼 산언덕에는 캘리포니아주 상징 꽃인 주황색 파피꽃이 융단처럼 깔려 있었다.

목적지가 가까워져 왔다. 178번 캘리포니아주 도로를 따라 오른쪽으로 수력발전소가 보이고 아래는 컨강이 쉬지 않고 흘렀다. 구글이 점지한 곳에 도착. 하지만 아무것도 없었다. 온천으로 갈 만한 차선도 인도도 안내판도 없었다. 도시에서는 구글이 신이지만 오지 협곡에서는 아직 멀었다. 일반 고속도로라 뒤따라오는 차량 때문에 정차해 있기도 위험했다. 결국 차를 돌렸다. 가까이에 있는 레밍턴 온천과 미라클 온천을 가기로 했다.

산속에서 찾은 스누피와 태극기

온천에서 목욕을 하고 다시 집으로 핸들을 돌렸다. 그렇게 20분 달리다 문득 전두엽에서 장면 하나가 반짝 떠올랐다. 빔프로젝트처럼 말이다. 스누피? 아니, 스누피 친구인 노란 병아리, 우드스톡!

델로네가 온천에는 간판이 따로 없다. 주인 아들이 온천 입구의 커다란 돌에 스누피 그림을 그려놨다.
이곳을 따라 언덕 아래로 내려가면 온천이 나온다.

산길인 컨캐니언 로드(Kern Canyon Rd.)를 지나 레밍턴 온천으로 가는 길, 어디에선가 노란색 병아리 우드스톡이 그려 있었던 것 같았다. 추측이었다. 진짜 봤는지, 내가 상상을 한 건지 헷갈렸다. 차를 돌려 컨캐니언 로드를 수색했다. 그렇게 십여 분 살피다, '그래, 내가 뭘 잘못 본 거지'라고 푸념할 때쯤, 스누피와 우드스톡을 발견했다! 황톳빛 바위에 페인트로 그려져 있었다. 바로 옆, 녹슨 철문 아래에는 손바닥만 한 태극기가 꽂혀 있었다.

이 오지에서 방탄소년단 팬이 아니고서야 타 인종이 대문에 태극기를 꽂아둘 일은 없다. 갓길에 차를 세우고 가파른 언덕을 걸어 내려갔다. 조금 지나자, 언덕 중간에 레저 차량 한 대가 세워져 있었다. 개 두 마리가 사납게 짖었다. 스누피 같은 비글이 아니라 전형적인 한국형 '시고르자브종' 똥개였다. 더 걸어 내려가니 한글로 '온천'이라고 쓰인 안내판이 길에 꽂혀 있었다. 옳다구나!

컨강 너머 간이 시설물이 보였다. 각각 다른 천막이 조각보처럼 지붕을 뒤덮고 있었다. 어릴 적 계곡에서 닭백숙과 파전을 팔던 가든식당의 모습이었다. 그 너머에서 붉은 개가 우리를 멀뚱히 바라보았다. 개 짖는 소리에 여사장님이 나왔다.

"거기 나룻배 타고 건너오면 돼요!"

배에 몸을 실었다. 컨강은 봄가을에는 잔잔하지만 눈 녹는 6월이 되면 물이 그야말로 미친× 날뛰듯 요동친다. 매년 방문객들이 익사한다. 우리는 배에 올라탄 뒤 출발지와 목적지를 이어놓은 쇠줄을 잡아당겨 강을 건

강 건너에 온천이 있다. 배를 타고 건너가야 한다. 외부와 차단된 채 고즈넉한 밤을 보낼 수 있다. 낚시도 할 수 있다.

넜다. 맞은편에는 머리가 하얗게 센 주인장, 윤선 사장님이 우리를 반겨주었다. 분홍색 꽃무늬의 파자마 바지를 입고서 말이다.

마약과 섹스로 오염된 온천

이곳 온천장의 이름은 '선녀탕.' 사연은 이렇다. 윤선 씨와 남편 윤완모 씨가 이곳에 눈독을 들인 건 1990년대 초반이었다. 로스앤젤레스에서 건축업을 하던 완모 씨는 지인의 추천으로 이곳에 자주 놀러 왔다. 고요한 공간에 뜨끈한 온천수도 있으니 이보다 더 좋은 곳은 없었다. 시간만 나면 아내를 꾀어 놀러 왔다. 그러던 어느 날 완모 씨는 말끔한 옷차림을 한 남성 셋이 언덕 위에서 심각한 이야기를 나누는 것을 보았다.

1977년 미국으로 이민하기 전 입시 영어 강사였던 완모 씨는 그들의 대화를 엿들었다. 내용인즉, 사람들이 온천에 와서 마약을 하고 섹스를 해 골치라는 것이었다. 민원도 끊이지 않는다고 했다. 그들은 컨 카운티의 공무원들이었다. 완모 씨는 온천이 사유지라는 사실도 알아냈다. 완모 씨는 온천을 사서 직접 관리하겠다며 공무원을 설득해 땅 주인의 연락처를 받아냈다. 그게 1994년도쯤이었다. 땅 주인은 말리부 대저택에 살고 있는 90대 할머니였다. 외부와 차단된 대저택에서 개인 경비원을 두고 살고 있는 부자였다.

윤씨 부부는 할머니 집을 무작정 찾아가 초인종을 누르고 온천을 팔라고 설득했다. 할머니는 어렵게 일해서 모은 돈으로 산 것이라며 거절했다. 고생했던 시절의 추억이 묻어 있는 장소였던 것이다. 윤씨 부부는 집요하게 할머니 댁을 찾아갔다. 결국 임대 계약이 성사되었다.

아내 윤선 씨는 “영감이 할머니를 살살 꼬드겼지. 그래서 결국 임대 계약을 했어. 남편이 서류 작업을 다 해가지고 할머니가 사인만 할 수 있도록 했지”라며 말했다.

부부는 매월 초 주인에게 임대료를 직접 줬다. 날짜를 꼭 지켰다. 그렇게 1년 동안 임대료를 내면서, 온천을 팔라고 할머니를 설득했다. 1996년 6월 말리부 할머니는 윤씨 부부에게 온천을 양도했다.

우격다짐으로 개발한 온천

부부는 10년 동안 이곳을 갈고 닦았다. 당시 방문객들이 온천을 마구 사용해 쓰레기가 여기저기 나뒹굴고 있었고 사람 분변도 지뢰처럼 돌무더기 사이에 감춰져 있었다. 윤씨 부부는 먼저 외부인을 통제했다. 한 사람당 5달러씩 받기 시작했다. 그러면서 동시에 온천 공사를 시작했다. 당시 온천에는 탕이 두 개 정도였다. 온천 용천수 주변을 모래주머니나 바위로 대강 막아둔 상태였다. 탕도 유황 성분과 바닥 모래가 뒤섞여 늘 탁하고 이상한 냄새가 났다.

건설업을 했던 완모 씨가 솜씨를 발휘했다. 아내와 두 아들, 남미 출신 일꾼을 데리고 시간 날 때마다 이곳에 왔다. 타일 공장에서 얻은 깨진 타일을 바닥에 깔고 콘크리트로 주변을 구획해 탕 개수를 늘렸다. 강 수위가 높아져도 온천이 물에 쓸려 나가지 않도록 강변에 흙과 바위를 쌓아 옹벽을 세웠다.

완모 씨는 “내가 건설업을 해서 알아. 온천 만드는 것도 그냥 하면 돼. 들이닥치면 하게 된다니까”라고 말했다. 굴삭기도 경매로 사와 직접 몰면서 산악도로를 넓혔다. 마차가 다니던 좁은 길이었다. 그러다 굴삭기와 함께 산등성이 아래로 몇 번이고 굴러떨어졌다.

몇 년 전에는 지역정부에서 온천 쪽에 나 있던 178번 도로 쪽 출입구를 차단했다. 출입구 쪽으로 나 있던 도로에서 차량들이 불법 유턴해 사고가 잇따라 난 것이었다. 완모 씨는 자구책으로 강에 나룻배를 띄웠다. 쇠줄을 연결해 반대편 출입로에서 손님이 배를 타고 줄을 당기면 건너올 수 있도록 했다. 한여름에 햇볕을 피하기 위해 배에 지붕도 만들었다.

전 세계 유일의 온돌 캠핑장

온천에는 탕이 5개다. 수온이 38도에서 49도로 다양하다. 윤선 씨는 자주 물을 빼고 솔로 바닥을 청소한다. 이 때문에 유황 온천이어도 달걀 썩는 냄새가 덜하다. 탕은 늘 옥빛이다. 이곳은 무엇보다 유서가 깊은 곳이다. 아메리카 원주민 체로키 부족민들이 신성하게 여기던 공간으로 황금을 뜻하는 '타우로니카(Taulonica)'라고 불렀다. 그러다 1850년대 이 일대에 2차 골드러시가 일어나면서 광산업자들이 몰려들었다. 한 개발업자는 이곳에 숙박 시설과 마시지 시설을 세우면서 체로키어 발음에 따라 '델로네가(Delonegha)'라고 불렀다. 그 후, 골드러시가 끝난 뒤 사람들이 떠나면서 많은 시설물이 자연화했다. 이 때문에 온천수를 자세히 보면 사금이 떠다니는 것이 보인다.

윤선 씨는 특히 선녀탕의 효능에 자부심이 있다.

"걸어 다니면 발바닥에 사금이 묻어. 이게 바로 황금물이야. 물도 얼마나 좋은데. 아토피 환자, 소화 안 되는 사람, 두통 환자들이 여기 와서 많이 치료했어. 물을 떠 가서 집에서 마시기도 해. 내가 4년 전에 교통사고가 크게 나서 목을 많이 다쳤거든. 그래도 온천을 많이 해서 그런지 정형외과에 가니까 의사가 내 목 건강 상태가 20대래."

온천수는 성분에 따라 각기 다른 약리 효과가 있다. 유황은 만성피부염이나 기관지염, 부인병과 성병, 신경통, 동맥경화, 당뇨병을 완화하는 데 좋다. 중탄산나트륨은 약물중독증, 화상, 위산과다에 좋고, 규소는 뼈나 손톱, 모발을 형성하는 데 도움을 준다.

이뿐만 아니다. 아직 온천수에 있는 미생물은 연구조차 덜 되었다. 2016년 인도 미생물학자 기리시 마하잔과 락슈미 발라찬드란이 학회지 〈엘세비어ELSEVIER〉에 보고한 논문 「항생제의 원료: 온천Sources of antibiotics: Hot springs」에서 "(미국 최대 국립공원인) 옐로스톤의 뜨거운 온천에서도 미생물이 서식한다"며 "온천수에 서식하는 미생물은 각기 다른 환경과 조건에서 다양한 방식으로 생존하고 있다"고 항생제 재료로서의 미래 가치를 분석하기도 했다. 즉, 다양한 광물을 품고 극한의 온도를 견뎌낸 온천 미생물은 미개척 영역이라는 것이다. 심지어 인도 학자들은 온천수에 원시세포인 화학영양성 박테리아(chemotrophic sulfur bacteria)와 생명체 최초로 햇빛을 이용해 산소를 만든 시아노박테리아(cyanobacteria), 산소발생 광영양균(anoxygenic phototrophic bacteria) 등이 있다고 말했다.

남편은 80대, 아내는 70대로 띠동갑이다. 로스앤젤레스 건설업계에 불경기가 닥치자 십여 년 살던 집을 팔고 아예 이곳으로 이주했다. 부부는 온천 옆에 커다란 텐트를 치고 산다. 냉장고도 선풍기도 없다. 간단한 전기는 태양열 전지판으로 공수한다. 통신이 잘 안 돼 윤선 씨는 예약 문자나 음성 메일이 들어온 것 같으면 178번 도로 가까이 걸어 올라간다. 그곳에서만 통신 안테나가 열린다.

백미는 캠핑이다. 돈을 얼마간 더 주면 온천에 설치된 온돌 텐트에서 묵을 수 있다. 완모 씨가 온천수를 파이프로 연결해 텐트 아래로 지나가도록 만들었다. 온천수의 열기를 품은 바닥이 기분마저 노곤히 녹인다. 봄 가을에도 얇은 이불만 덮으면 춥지 않게 산골에서 하루를 보낼 수 있다.

온천장에 식기류도 다 있어 먹을 것만 가져가면 된다. 윤선 씨는 "밤에는 온천에 몸을 담근 상태에서 건강에 낚싯줄을 던져 물고기도 잡을 수 있어"라고 웃으며 말했다. 살굿빛 잇몸이 보였다. 전 세계 유일의 '온돌 캠핑장'이다.

찾아가는 길은 간단하지 않다. 내비게이션에 '델로네가(Delonegha)'로 검색해서 가면 178번 도로 위로 안내가 멈춘다. 대신, 내비게이션에 좌표

델로네가 온천 윤선 사장님이다. 온천에 텐트를 쳐놓고 지내신다. 요즘은 로스앤젤레스에 있는 자녀 집에 자주 가신다고 한다. 온천을 이용하려면 윤 사장님에게 연락해 예약해야 한다.

아침이다. 온천에서 하얀 김이 올라온다. 온천수는 오른쪽 바위틈에서 흘러나온다. 원천수는 살갗이 델 정도로 뜨겁다. 온천에 냄비와 각종 식기가 있어 요리를 할 수도 있다.

(35°33′24.5″N 118°36′43.0″W)를 찍거나, 밀 크리크 트레일 헤드(Mill Creek Trail Head)를 검색해서 간 뒤, 컨캐니언 로드를 따라 동쪽으로 십여 분 가면 왼쪽에 스누피와 우드스톡이 그려진 바위가 보인다. 그곳에 차를 세우거나, 차를 끌고 언덕을 내려가면 온천이 나온다.

해마다 다르지만 눈이 녹기 시작하는 6~8월은 강물이 넘쳐 온천이 문을 닫는다. 또 산불이 나면 이 일대가 차단된다. 인터넷은 안 된다.

뜨거운 온천수가 강가로 떨어진다. 눈이 녹는 초여름이면 강 수위가 높아져 온천탕이 잠긴다. 그 시기를 제외하면 사시사철 온천을 즐길 수 있다. 탕에서 낚싯대를 던져 송어를 잡을 수도 있다.

온천 바닥에 사금이? 손으로 잡으려 했더니…

16
컨 카운티의
레밍턴/미라클 온천

보리밭을 스치는 바람이 입 안에서 분다. 보리 수염 하나하나가 하늘거리는 듯하다. 아하, 맥주 맛이 이래도 되는가. 가벼우면서 고소하고 향긋한, 그러면서도 미끈한 여운이 오래 남는다. 뜻하지 않은 선물에 웃음마저 픽 난다. 미국 여행을 하며 로컬 맥줏집을 꼭 찾아가지만 이런 풍미는 처음이다. 아, 엄마 생각이 난다. 맛있는 것 먹을 때 엄마가 떠오르면 십중팔구 맛집이다. 우연히 찾은 맥줏집은 '컨리버 브루잉(Kern River Brewing)'이다.

지난해 이곳은 미국 최고 맥주를 가리는 '그레이트 아메리칸 맥주 축제

아내가 레밍턴 온천에 들어가 눈을 감고 있다. 5분만 몸을 담가도 여독이 사르르 풀린다. 소음도 없다. 자연이 선사한 아름다움만 온전히 느끼면 된다.

(Great American Beer Festival)'에서 브라운 포터(Brown Porter) 부문 은상을 차지했다. 브라운 포터는 중간 쓴맛 홉에 초콜릿과 캐러멜 향이 나는 맥주로 19세기 초 저소득층인 영국 짐꾼에게서 유행했다. 인디아 페일 에일(India pale ale) 부문 금상, 그래비티 체크(Gravity check) 부문 금상 등 여러 종목에서 수상했다.

컨리버 브루잉은 캘리포니아 중부 샌호아킨밸리(San Joaquin Valley) 배꼽 지점으로 컨강 하류 마을 컨빌(Kernville)에 있다. 컨강은 270킬로미터로 미국에서 열 번째로 긴 강이다. 시에라네바다산맥의 수많은 봉우리와 미국 최고봉 휘트니산에서 눈 녹은 물이 이 강으로 합류한다. 여름이 되면 황소 같은 계곡물이 집채만 한 바위를 허옇게 할퀴며 내려온다.

4월부터 주말이면 2만~4만 명이 찾아와 래프팅과 카야킹, 산악자전거, 클라이밍, 수상스키 등을 즐긴다. 겨울에는 산악스키와 크로스컨트리를 하러 많은 사람이 몰려온다. 거친 스포츠를 즐기지 않는 사람들은 산행과 낚시, 캠핑, 새 구경을 하고 골동품 가게를 둘러본다. 컨리버 브루잉 주인도 카야킹 마니아다. 아내 레베카 기든슨은 2004년 아테네 올림픽 급류 카약 경기인 카누 슬라럼 종목에서 은메달을 차지했다.

수천 년 터전에서 학살당한 원주민

컨강은 1845년 지질학자 에드워드 컨의 이름에서 따왔다. 이 일대를 개척했던 탐험 대장이자 훗날 공화당 소속 미국 초대 대통령 후보인 존 찰스 프리몬트(John C. Frémont)는 친구이자 학자이며 예술가였던 에드워드 컨이 탐험 과정에서 급류에 휩쓸려 익사할 뻔한 것을 보고 그의 노고를 기

컨강이 흙탕물을 일으키며 흐르고 있다. 물살이 강해 해마다 익사자가 발생한다. 이 때문에 별명이 '킬러 컨'이다. 카야킹과 래프팅 명소로 잘 알려져 있다.

려 이곳을 컨강이라 불렀다. 강 초입에 대형 경고 표지판이 세워져 있다. '1968년 이후 294명 사망.' 거친 강물에 해마다 방문객이 익사한다. 그래서 붙은 별명이 '킬러 컨(Killer Kern)'이다.

우토-아즈텍(Uto-Aztecan)계 언어를 쓰는 아메리카 원주민 요쿠츠족(Yokuts)과 카와이수(Kawaiisu), 튜바투라발(Tübatulabal) 부족이 수천 년 동안 이곳에 살았다. 그들은 작은 마을을 이루며 반(半)유목 생활을 했다. 사냥철에는 들과 산을 유랑하며 살다가 농작물 수확 철이면 마을로 돌아와 정착 생활을 했다. 남부 캘리포니아 고고정보센터가 몇 년 전 원주민이 사용한 흑요석을 발견했는데 기원전 3654년 것으로 추정하고 있다.

외세 침략은 18세기에 시작되었다. 에스파냐 선교사이자 탐험가 프란시스코 가르시아스가 서부 개척을 하다 1776년 이곳에서 튜바투라발 부족

애리조나주 그랜드캐니언에 보존된 아메리카 원주민 터다. 이곳은 원주민들이 식량 저장 창고 또는 기도를 하던 공간이다.

을 처음 만났다. 가르시아스는 컨강을 '성 펠리페의 강(Rio de San Felipe)'이라 불렀다. 그 뒤 에스파냐가 이 땅을 점령하기 위해 1834년과 1843년 두 차례 급습했다. 1850년대에는 2차 골드러시 행렬이 있었다. 1851년 컨강 하류 그린혼 계곡(Greenhorn Creek)에서 사금이 발견된 것이다. 골드러시 중심지였던 캘리포니아 북부 새크라멘토의 금광 채굴량이 줄어들자 사람들은 이곳으로 눈을 돌렸다.

서구 정착민에게 아메리카 원주민은 눈엣가시였다. 이들을 쫓아내야 땅을 마음대로 개발할 수 있었다. 1863년 4월 캘리포니아주 기병대는 꼼수를 썼다. 서구 출신 이주민을 사주해, 아메리카 원주민에게 소와 말을 도난당했다고 자신들에게 가짜 신고를 하도록 한 것이다.(1773년 있었던 보스턴 차 사건이 떠오른다.) 이는 서구 정착민을 보호해야 한다는 구실을 주 기병대에게 주기 위한 것이었다. 결국 기병대는 이 가짜 신고를 빌미로 원주민을 공격했다. 수개월째 이어진 극심한 가뭄으로 기근에 시달리고 있던 원주민은 며칠 버티지 못하고 항복했다.

비극은 이것으로 끝이 아니었다. 전쟁이 끝난 뒤 캘리포니아 기병대장 말라우그린(Malaughlin)은 백기를 든 원주민들을 컨강에 모았다. 원주민과 대화를 하겠다는 것이었다. 그런데 기병대장은 비무장 상태였던 원주민 35명을 총으로 학살했다.

원주민들은 칼과 막대, 돌 등 잡히는 대로 휘두르고 던졌지만 모두 숨졌다. 이는 또 다른 원주민 부족에 대한 사전 경고이자 앞으로 개발을 방해할 경우 폭력으로 대응하겠다는 겁박이었다. 역사학자 벤저민 마드리(Benjamin Madley)는 1846년부터 1873년 사이, 서구 정착민이 캘리포니아에 거주하던 아메리카 원주민을 9,400명에서 1만 6000명 정도 살해한 것으로 보고 있다. 하루 1~2명꼴이다. 학살 사건은 370건 이상으로 추정된다.

차별과 사기, 유언비어에 망가져 버린 원주민

원주민들은 이후 컨강과 직선거리로 50킬로미터 떨어진 투레강 원주민 보호구역(Tule River Indian Reservation)으로 이주했다. 하지만 아이들은 보호구역에서 제대로 된 학교 교육을 받지 못했다. 자급자족하던 시스템도 파괴되어 성인들은 자본주의 속 값싼 노동자로 팔려 나갔다. 금융 지식이 부족해 빚에 허덕였다. 그리고 술에 중독되었다.

일부 원주민 과부들은 마을에 남아 있던 백인 농장주와 결혼했다. 원주민의 쓰라린 삶은 테일러 셰리던 감독의 영화 「윈드 리버Wind River」에서 엿

애리조나주에 있는 원주민 보호구역이다. 관광객을 이끌던 원주민 청년이 쉬는 시간에 동굴 아래에서 피리를 불고 있다.

볼 수 있다. 백인 노동자들에게 집단 강간을 당한 뒤 살해된 젊은 원주민 여성과, 대학을 나왔지만 일자리를 구하지 못해 루저가 된 원주민 출신 청년의 이야기가 나온다. 영화의 부제는 '살인보다 발견이 어려운 그곳'이다.

개발 열풍이 수그러든 1890년대 초 캘리포니아 주정부는 원주민을 다시 불러들이기 시작했다. 빈 땅으로 돌아와 농사를 지으면 땅을 주겠다고 약속했다. 고향에 돌아온 원주민들은 공여받은 땅을 개간해 농사를 짓고 가축을 길렀다.

수익이 나기 시작할 때쯤인 1950년대에 땅 투기꾼들이 유언비어를 퍼뜨렸다. 정부가 원주민에게 배당한 땅에 많은 세금을 물릴 것이란 이야기였다.

그 말에 속은 원주민들은 개간한 땅을 헐값에 투기꾼에게 팔았다. 동시에, 또 다른 투기꾼들은 비싼 값에 이자를 붙여 원주민에게 되팔았다. 서구 정착민에게 원주민들은 그야말로 가지고 놀기 쉬운 '호구'였던 셈이다.

황금 열병이 온천 광풍으로

1860년대 말, 금광 개발이 사양길로 접어들고 사금을 캐던 곳은 온천으로 개발되었다. 당시 금맥을 찾던 광산업자들이 컨강 일대에 있던 온천을 찾아 리조트를 만들어 입장료를 받았다. 이 지역 유황 온천들은 피부병과 소화불량에 좋다며 전국으로 입소문이 퍼졌다. 건강 관리에 관심이 많은 여행자가 줄지어 찾아왔다.

우리가 찾아간 곳은 무료 노천 온천인 '레밍턴 온천(Remington Hot Springs)'이다. 로스앤젤레스에서 새벽 4시 30분에 출발해 오전 7시 30분쯤 도착했다. 산사태로 일부 도로가 막혀 30분이 더 걸렸다. 구글 지도로 검색해 도착한 곳은 비포장 주차장이었다. 차에서 내려 가파른 언덕 내리막길을 따라 강가로 갔다. 경사가 심한 곳에는 밧줄이 설치되어 있었다. 몇 달 간 많은 비가 내려 숲은 원시림 같았다. 이끼가 바위를 뒤덮고 나뭇가지가 사방으로 뻗어 있었다.

300미터쯤 내려갔을까. 계곡 옆에 온천탕 서너 개가 보였다. 뽀얀 김이 모락모락 올라오고 있었다. 온천은 계단 형태로 높은 탕에서 낮은 탕으로 물이 흘렀다. 위쪽 탕은 41도, 중간 탕은 38도, 아래 탕은 36도 정도였다. 위쪽 탕 배수로를 막았다 열었다 하며 아래 탕의 수온을 조절했다. 온천수는 분당 13리터가 솟구친다고 한다.

온천수는 신선함이 가장 중요하다고 한다. 공기 중에 노출되는 순간부터 산화하기 시작하는데 일본에서는 온천수 용출공에서 바로 솟아나는 온천을 극상으로 친다고 한다. 아무래도 온천 목욕탕이나 리조트에서는 관리하기 쉽게 온천수를 보관해서 각 방으로 내보내는데 이 과정에서 유용한 물질들이 사라지거나 퇴색하는 것이다.

책『온천, 천탕천색의 매력에 몸을 담그다』에서 저자 이은주는 "신선한 온천에는 (핵과 전자의 상호작용과 결합 등) 화학반응에 가담하려는 전자가 풍부하다. 쉽게 말해서 신선한 온천에는 아직도 화학반응을 일으키지 않은

강바닥을 보면 반짝거리는 사금이 보인다. 손으로 잡으려고 하면 빠져나간다. 인근에 사금 채취 체험 프로그램도 있다.

연휴 기간의 레밍턴 온천이다. 사람들이 많이 찾아 발 디딜 틈이 없다. 강 물살이 빠른데도 수영을 하는 사람들이 있다. 위험하니 특별히 조심해야 한다.

이온이 많다는 뜻이다. 이것이 환원 상태의 신선한 온천수다. 이런 전자가 풍부한 원자들이 체내로 흡수되어 몸속에서 필요한 화학반응에 협력하는 것이다"라고 했다.

우리가 도착하기 전 온천에는 한 커플이 먼저 와 가장 뜨거운 탕을 차지하고 있었다. 여성의 이름은 에일라. 온천에서 남쪽으로 두 시간 거리인 랭커스터에 살고 있다고 했다. 커플은 손바닥만 한 캠핑용 가스버너에 물을 끓여 차를 마셨다. 좀처럼 가장 뜨거운 탕에서 나오지 않았다. 에일라는 "내려오던 길에 작은 온천탕이 있어. 마이너스 텁(the miner's tub)이라고 하는데, 금광업자가 처음 온천을 발견한 곳이야. 지금은 말라 있지만 말이야. 주말이면 사람이 많아. 주차장에 차가 많으면 온천에 들어갈 자리가 없어서 그냥 돌아가는 게 나아"라고 했다.

'레밍턴의 친구들(Friends of Remington)'이라는 비영리단체가 이곳을 청소하고 관리한다. 이들은 온천탕에 알록달록한 색깔의 돌로 나비와 꽃, 하트 문양을 만들어 넣었다. '이터너 러브(Iterner Love)', '지구를 위한 아이들(Children for the Earth)'이란 문구도 돌로 새겨 넣었다. 애완동물을 데리고 온천에 가도 된다. 하지만 물에 들어가게 해서는 안 된다. 유리 제품도 반입 금지다.

탐욕, 방탕에 이어 자연으로 돌아온 온천

레밍턴 온천에서 북쪽으로 2.4킬로미터 지점에 '미라클 온천(Miracle Hot Springs)'이 있다. 컨강 하류에서 가장 많이 알려진 온천이다. 광산업자가 크레어 크리크에서 남쪽으로 직선거리 7킬로미터 떨어진 하빌라(Havilah) 지하

광산에 공기를 주입하기 위해 터빈을 설치했던 곳이다. 이 때문에 '공기 압축기 온천(Compressor Hot Springs)'이라고도 불렸다. 광산이 문 닫은 뒤 미연방 산림청(U.S. Forest Service)이 1901년 임대해 1927년 온천 리조트를 지었다.

1947년에는 핀란드에서 온 마사지사들이 북유럽에서 유행하는 온천 요법들을 선보였다. 온도와 마사지 방법에 따른 다양한 온천 시술을 했다. 제2차 세계대전이 끝나고 독일에서는 의사 진단을 받아 사회보험국에서 허가를 받으면 저렴한 가격으로 온천에 장기 체류할 수 있었다고 한다. 이미 유럽에서는 온천의 약리 효과에 대해 연구가 깊이 진행되었다.

특히 이곳은 사람들의 병을 기적적으로 치유할 수 있다며 '미라클 온천'이라고 불렸다. 바닥 모래를 보면 사금이 떠다니기도 한다. 하지만 1975년 화재로 호텔이 불타고 그 뒤 기름 유출과 박테리아까지 발견되면서 폐쇄되었다. 현재는 과거 건물도 부서져 자연화한 상태다.

온천의 원천수는 60도 이상으로 매우 뜨겁다. 화상을 입을 정도다. 원천수를 따라 탕 서너 개가 이어지는데 자신에게 적당한 온도의 탕에 들어

미라클 온천이다. 캔 맥주 마시기에 이보다 더 좋은 장소가 없다. 뜨끈한 탕에서 시원한 맥주라! 온천 치료 전문가들은 온천수의 미네랄이 온몸으로 스며들도록 물을 마시라고 권하지만, 어쩌겠냐는 말이다.

수염이 덥수룩한 청년은 20대다. 자전거를 타고 미국 서부를 종단하고 있다고 했다. 운 좋게 지역 주민을 만나 하룻밤 자고, 이튿날 주민들과 함께 맥주를 마시러 온천에 왔다.

가면 된다. 캠핑, 자전거, 산악 오토바이를 즐기러 오는 사람이 많다. 정부가 관리하는 지역으로 누드 온천이 금지되어 있지만 공공연히 홀딱 벗고 온천을 한다.

다시 돌아오는 원주민들

백인 정착민이 마을을 서서히 떠나자 원주민들이 컨빌 아래에 있는 이사벨라 호수 일대로 돌아오기 시작했다. 이사벨라 호수는 원주민들이 신성하게 여기던 공간으로 하늘에 제사를 지내던 곳이었다. 하지만 매년 7월 4일 미국 독립 기념일이 되면 성대한 폭죽놀이가 펼쳐진다. 호수는 제트스키와 보트 타기, 물놀이 등 상업적으로 이용되고 있다.

원주민 이해단체도 생기고 있다. '컨밸리 원주민 커뮤니티(Kern Valley

Indian Community)', '컨리버밸리 튜바투라발스(Tübatulabals of the Kern River Valley)', '컨리버 파이우트 부족위원회(Kern River Paiute Council)' 등이 활동한다. 백인 기마대에게 원주민이 학살당한 지 150여 년 만이다.

누군가는 원주민에게 왜 근대국가를 건설해 스스로 보호하지 않았냐고 비판한다. 하지만 그들에게 공동체 단위는 부족이었다. 우리 눈에는 다 같은 원주민처럼 보이지만 그들은 서로 다른 정체성과 독립성, 자주성을 지닌 집단이었다. 마치 아프리카 대륙에 살던 원주민들에게 왜 집단으로 뭉쳐 서구 유럽에 대항하지 않았냐고 묻는 것과 같다.

더욱이 아메리카 원주민들은 전쟁을 통해 부족의 규모가 커지는 것을 원하지 않았다. 부족 규모가 커지면 정치 권력이 생기고, 그 권력이 공권력이라는 이름의 폭력이 되어 사회 계급과 더 큰 폭력을 불러올 것을 예감했기 때문이다. 변호사 여치헌은 책 『인디언 마을 공화국』(이학사, 2017)에 이렇게 썼다.

> 인디언 사회는 부족마다 지니고 있는 고유의 정체성, 이른바 부족주의(tribalism)가 생활 전반을 지배했다. 부족 저마다의 독자성이 '부족연합'이라는 이름으로 뒤섞이는 걸 인디언은 꺼려 했다. 부족 추장도 권력을 갖고 있지 않았다. 정치인류학자 피에르 클라스트르는 이렇게 설명한다. 추장은 명령을 내리는 자가 아니며 부족민들은 복종해야 할 어떤 의무도 갖고 있지 않다. 추장의 임무는 동족들 사이 분쟁을 해결하는 것이고, (중략) 임무를 수행하는 유일한 수단은 말을 독점적으로 사용하는 것뿐이다.

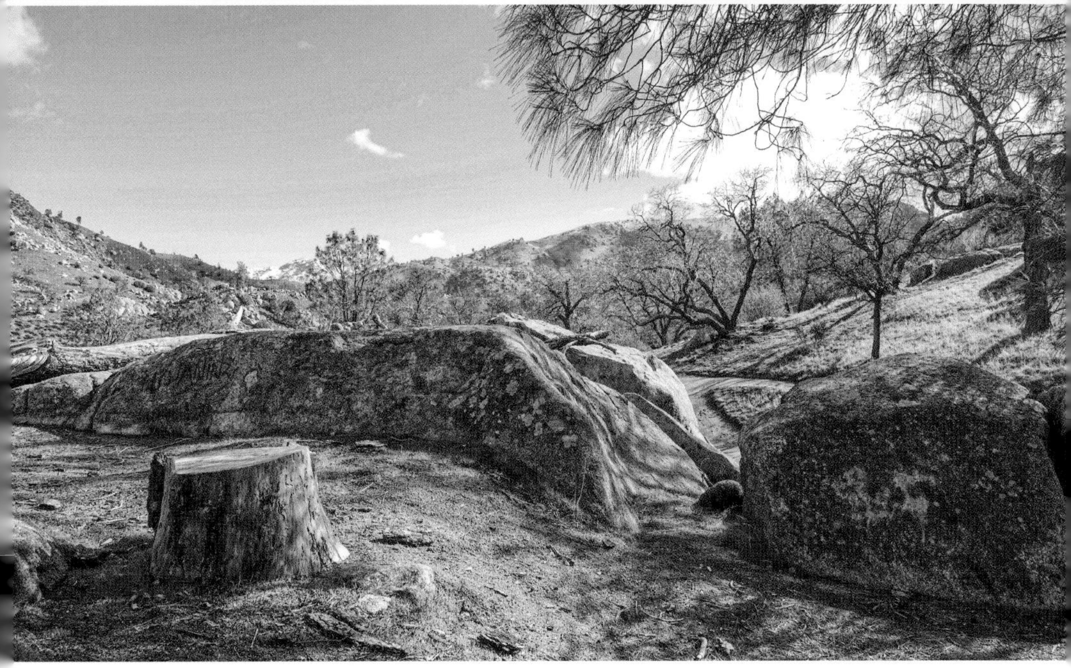

온천을 품고 있는 산악지대 풍경이다. 밤에는 이슬이 내려 돌에 이끼가 많이 껴 있다. 새벽에 이곳에 오면 깊고 푸른 산의 정기를 느낄 수 있다.

컨리버

컨리버 브루잉 코퍼레이션Kern River Brewing Co.

위치 : 13415 Sierra Way, Kernville, CA, 93238, USA

컨리버 브루잉 코퍼레이션은 몇 해 전 덴버에서 열린 '그레이트 아메리칸 비어 페스티벌(Great American Beer Festival)'에서 다섯 개의 메달을 휩쓸었다. 벨기에 스타일 블론드와 저스트 아웃스탠딩 IPA, 이사벨라 IPA, 이사벨라 블론드 등이 유명하다. 오전 11시에 문을 열고 밤 9시 30분에 닫는다. 라이브 공연이 매주 금요일 밤에 열린다.

래프팅과 카야킹

컨강은 래프팅과 카약으로 유명하다. 4월부터 10월까지가 시즌이다. 컨빌에 가면 컨강 아웃필터(Kern River Outfitter)와 시에라 사우스(Sierra South) 등 장비를 대여하는 업체 10여 곳이 있다. 강 상류와 하류 코스, 급류를 타는 코스 등 다양하다. 각 회사의 웹사이트를 통해 예약할 수 있다. 여름철 눈이 녹을 때는 물이 급격히 불어나니 조심해야 한다.

실버시티 고스트타운 Silver City Ghost Town

위치 : 3829 Lake Isabella Blvd, Bodfish, CA, 93250, USA

실버시티 고스트타운에 유령이 출몰한다는 소문이 있다. 미국 TV 쇼에 여러 차례 소개되었다. 타운에는 1900년대 건물 23채가 남아 있다. 당대의 분위기를 느낄 수 있다. 오전 10시부터 오후 4시까지 운영한다. 저녁에 추가 비용을 내면 귀신 잡기 투어를 할 수 있다.

누이쿠니 아메리카 원주민 문화센터 Nuui Cunni Native American Intertribal Cultural Center and Museum

위치 : 2600 CA-155, Lake Isabella, CA, 93240, USA

누이쿠니 원주민의 과거와 현재가 기록된 공간이다. 수요일부터 토요일까지 오전 9시부터 6시간 동안 문을 연다. 아메리카 원주민이 쓰던 바구니를 만드는 수업이 매주 수요일에 열린다. 수업에 처음 참여한 사람은 무료다. 그다음부터 참가비 5달러를 내야 한다.

컨밸리 박물관 Kern Valley Museum

위치 : 49 Big Blue Rd. Kernville, CA, 93238, USA

컨밸리 박물관에는 1850년대의 생활상을 엿볼 수 있다. 미국 서부 초기 정착민과 광부, 카우보이 그리고 아메리카 원주민이 남긴 물건과 사진이 전시되어 있다. 뒷마당에는 1925년식 그레이엄 트럭과 돌을 부수는 기계와 이동마차 등이 있다. 박물관 직원이 안내를 진행한다. 목요일부터 일요일까지 오전 10시부터 오후 4시까지 문을 연다. 입장료는 무료다.

온천 가는 길
캘리포니아 중부 2

완전 자연 상태의 온천, 진흙 진드기를 조심하시오

17
인요 카운티의
테코파 머드 온천

"여기 창고에 쌓여 있는 가죽 봐. 가격이 계속 떨어져 이제 동물 사냥도 오래 못할 것 같아."

스물아홉 살 모피 사냥꾼 윌리엄 루이스 맨리(William Lewis Manly)가 한숨을 쉬었다. 그가 밥벌이를 할 수 있는 거라곤 아메리카 원주민에게 배운 사냥 기술이 전부였다. 아홉 살 때 부모 품을 벗어나 미국 동부 위스콘신주에서 짐승을 잡아 모피를 팔고 사냥감이 없을 때는 광산에 나가 곡괭이를 들었다.

아내가 테코파 온천에 들어가 진흙 마사지를 하고 있다.

미국 캘리포니아 사막의 명물, 조슈아트리다. 고도가 높은 지역에서 자라는데 겨울철에 생장점이 얼었다가 봄이 오면 다시 녹아 가지가 구불구불하다. 멸종될 위기에 놓여 있다.

하지만 동물 개체수가 줄어들고, 주요 수출 지역이었던 유럽에서 패션 유행이 바뀌어 비버 가죽 모자 등 모피 수요가 급감했다. 계산기를 두드려 봐도 앞날이 불투명했다. 멕시코와 전쟁을 앞두고, '철밥통'인 미군에 입대하려 했지만 이마저 대기자가 너무 많았다.

'서부로 가 볼까?' 맨리는 서부에 관심이 생겼다. 미국 서북부 오리건주에 가면 주정부가 이주민 정착을 위해 토지를 준다는 소식을 들었다. 벌목장에는 일자리가 넘친다고 했다. 무엇보다 캘리포니아에서 황금이 난다고 떠들썩했다. 사람들은 '골드 피버(gold fever)', '황금 열풍'에 빠졌다. 너도나도 험난한 3,000킬로미터 대장정을 떠났다. 원주민의 화살을 피해야 하는 위험을 감수했다. 맨리도 자신의 운을 한번 시험해 보기로 결심했다. 집을 팔고 마차를 구입해 서부로 향했다.

이민자의 골드러시

1849년 봄, 청년 백수가 된 맨리는 나귀에 탄약과 도끼를 싣고 탐험가 6명과 금빛 땅 서부로 향했다. 마차를 타고 산을 넘고 돌풍을 피해 와이오밍주 그린강 어귀에 도착했다.

버려진 배에 몸을 싣고 남쪽으로 노를 저었다. 길이 3.5미터, 가로 1.8미터의 길고 폭이 좁은 배는 수심이 얕고 돌이 많은 강에서 '로데오 소'처럼 날뛰었다. 아메리카 원주민은 길 잃은 그들에게 길잡이가 되어 주기도 하고, 때로는 바위 뒤에서 숨어 화살을 날렸다.

배가 정박한 곳은 유타주 남쪽 솔트레이크 시티였다. 그는 그곳에서 유럽계 이민자의 탐험가로 고용되었다. 탐험 대장은 원정 시간을 단축하기 위해 미국 서부에서 가장 큰 분지 지역을 가로질러 가기로 했다. 해수면 이하 86미터 지역에 한 해 평균 강수량 5밀리미터, 여름 낮 기온은 50도를 웃돌았다. 더운 공기는 빠지지 않고 분지에 갇혀 가마솥처럼 끓었다. 사람 숨소리마저 대기를 데웠다.

길을 헤맨 지 한 달 만에 대장은 뒤늦게 실수를 인정했다. 부정확한 지도를 들고 대열을 이끌었던 것이다. 이미 탐험대의 말과 소는 죄다 굶어 죽었다. 원주민의 화살에 맞아 죽는 것보다 많았다. 사막 분지에서 더 지체했다가는 대원들끼리 살육전이 벌어질 수 있겠다 싶었다. 이미 다른 무리에서는 살기 위해 서로를 죽였다는 소식이 돌았다.

“꽃이 핀 언덕에서 죽으라”

맨리는 동료 존 헤이니 로저스(John Haney Rogers)와 활로를 개척하기 위해 남쪽 로스앤젤레스로 향했다. 탐험대 일부 사람들은 도망가는 것 아니냐는 의심의 눈초리를 보냈다. 맨리와 로저스는 별을 이정표 삼아 발걸음을 내디뎠다. 가까운 곳에 마을이 있을 거라고 생각했지만 402킬로미터를 걸어 로스앤젤레스 인근 란초 샌프란시스코(Rancho San Francisco)에 도착했다. 멕시코계 주민들은 사막을 통과한 그들에게 경이로운 눈빛을 보냈다. 그들은 빵과 우유, 고기를 후하게 내주었다. 맨리는 오래 쉬지도 못하고 고립된 탐험대를 향해 발길을 돌렸다.

서부 개척 시대에 사용했던 마차다. 현대의 캠핑카처럼 마차에서 잠을 자고 요리도 하며 모든 생활을 했다.

26일 만에 돌아온 본대는 묘지처럼 고요했다. 허공에 총을 한 발 쏘자 사람들이 마차에서 좀비처럼 걸어 나왔다. 어린아이는 바짝 말라 배만 볼록 나왔다. 한 아이의 어머니는 아이가 정신이 이상해진 것 같다고 울먹거렸다. 그들은 말린 고기를 끓여 죽을 만들어 먹고 있었다. 잔뜩 굶주린 말과 소는 뼈만 남아 안장이 흘러내렸다.

맨리는 보급품을 나눠준 뒤 탐험대를 남쪽 길로 안내했다. 황소가 지쳐 언덕을 타지 못하자 사람들은 손으로 소뿔을 잡아끌었다. 나무 한 그루 없는 돌산과 그늘 한 조각도 허락하지 않는 뜨거운 하늘은 여성과 아이를 주저앉혔다. 맨리는 말했다.

"나는 당신들을 여기에 내버려둘 수 없다. 이곳에는 당신들이 묻힐 무덤이 없다. 울적한 이곳 산꼭대기보다 차라리 저 반대편 꽃이 핀 언덕에서 죽으라."

골드러시 마차부대는 12월 한겨울에야 사막을 빠져나왔다. 맨리는 뒤를 돌아보며 사막을 향해 작별 인사를 했다.

"굿바이 데스 밸리(Goodbye Death Valley)."

그곳은 바로 서울의 12.8배(7,800제곱킬로미터)인 미국 최대 규모 국립공원이자 수억 년 된 암석과 형형색색으로 물결치는 언덕, 지하동굴 속에 푸른 물고기가 서식하는 데스밸리 국립공원이다. 탐험가이자 미래가 막막했던 20대 청년 맨리가 이름 지은 곳이다. 골드러시의 붐이 일었던 1849년, 그때의 사람들을 일컬어 '포티나이너스(49ers. 현재 샌프란시스코 미식축구팀 이름)'라 부른다.

데스밸리 국립공원의 자브리스키 포인트다. 일출과 일몰에 따라 언덕의 색깔이 형형색색으로 바뀐다. 사진가들이 꼭 찾는 장소다.

수천 년 전 고대 물이 흐르는 '밀실 온천'

데스밸리 남쪽에는 온천으로 유명한 마을 테코파(Tecopa)가 있다. 이곳은 기원전 1000년, 아메리카 원주민 쇼쇼니족(Shoshone)과 파이우트족(Paiute)이 거주하던 곳이다. 유목 생활을 하던 원주민들은 추운 겨울 테코파 온천으로 이동해 주변에서 작은 동물을 잡고 콩과 식물을 채집하며 생활했다. 더운 여름이면 고도가 높은 산에 올라가 사슴과 양을 사냥하고 견과류를 따먹었다. 그들은 가족 단위로 계절마다 이동해야 했기에 소유한 것이 없었다. 1830년 상인 안토니오 아르미조가 이곳을 방문했을 때

아메리카 원주민 70명이 살고 있었다고 한다.

테코파는 백인과 치열한 전투를 벌였던 파이우트족의 용맹한 추장 테코파의 이름에서 유래했다. 1860년대 이곳은 데스밸리 일대의 광산 지역, 배후 거주지 역할을 했다. 광산업자 브라운 형제가 1875년 이 땅을 사들여 브라운스빌(Brownsville)이라고 이름을 지었고, 그 뒤 다른 광산업자 조너스 오즈본(Jonas Osborne)이 로스앤젤레스 은행가들의 투자를 받아 이곳을 사들인 뒤 테코파로 이름을 바꿨다.

한인 여행자도 이곳을 많이 찾는다. 온천 좋아하는 중장년층이 이곳을 거쳐 라스베이거스로 여행한다. 지금은 은퇴한 백인 노인들이 주로 거주한다. 주변에 마땅한 병원이나 식당이 없다. 주유소도 15킬로미터는 나가야 있다.

2010년 기준 인구 150명, 겨울철에는 따뜻한 곳을 찾아온 여행자까지 더해 500명쯤으로 늘어난다. 지역 언론 〈라스베이거스 위클리Las Vegas Weekly〉는 2015년 10월 1일 "아무것도 없지만 은하수를 포함해 모든 곳을 가지고 있는 지역, 한국인이 고대의 물을 느끼러 오는 곳"이라고 썼다. 일년 내내 관광버스가 들어온다.

우리 부부는 실내 유료온천 '딜라이트 온천 리조트(Delight's Hot Springs Resort)'에 갔다. 요일에 따라 요금이 다르지만 1인당 최대 25달러다. 숙박을 하면 온천은 무료다. 조립식 건물 4동에 밀실 온천이 하나씩 있었다. 겉은 허름해 보였지만 문을 열자 근사한 개인용 온천탕이 나타났다. 물이 어른 가슴 높이만큼 차는, 깊고 수량이 풍부한 온천이었다. 물은 창으로 내리쬐는 태양에 반짝였다. 탕마다 샤워장도 딸려 있었다. 문을 열고 들어가 '달칵' 문을 잠갔다. 세상은 더 은밀해진다.

실외 모습과 실내 모습이다. 신선한 온천수는 미네랄 함유량에 상관없이 최상의 품질로 친다. 이곳에서는 여행자에게 신선한 온천수를 내어준다.

탕에서 나와 야외 의자에 앉아서 헐렁한 시간을 보내고 있는데 입술 왼쪽에 피어싱을 한 백인 여성 베른이 말을 걸어왔다. 그녀는 마을 노인복지 부서에서 일하는 공무원이라고 소개했다. 낯선 아시아 여행자를 위해 마을을 소개했다.

"온천에는 노란색 승복을 입은 티베트 승려도 오고 일본 여행자들도 많이 와. 12월 주말에는 마을 음악 축제가 있어. 또 가까운 차이나 랜치(China Ranch)에 가면 대추야자(Date Palm)에서 열매를 수확해 만든 대추빵을 먹을 수 있어."

베른이 소개한 마을 차이나 랜치는 온천에서 차로 20분 거리다. 영화 「인디아나 존스Indiana Jones」에 나올 법한 붉은 암벽을 지나면, '차이나 랜

차이나 랜치 데이트 팜 앤 베이커리 전경이다. 중국계 이민자가 가까운 강물을 끌어다 대형 농장을 만들었다.

치 데이트 팜 앤 베이커리(China Ranch Date Farm & Bakery)'가 나온다. 대추야자는 중동과 이집트 지역이 원산지로 아파트 3층 높이 야자수에서 한국 대추의 세 배만 한 갈색 열매가 주렁주렁 열린다. 그곳 빵집에서 각종 꿀에 절인 대추야자 열매와 대추야자로 만든 빵과 쿠키를 판다. 농장 산책과 작은 박물관도 구경할 수 있다.

외계 행성 같은 수십 개 봉우리 아래 '진흙 온천'

딜라이트 온천 리조트에서 나와, 테코파 핫스프링스 로드 북쪽으로 1.3킬로미터를 가면 무료 노천 온천인 테코파 머드 배스(Tecopa mud baths)가 나온다. 우리의 최종 목적지다. 도로에서는 온천이 보이지 않는데, 수초 보

테코파 머드 배스 입구다. 친절한 안내판 따위는 없다. 겉보기에는 어디 온천이 있나 싶다. 하지만 조금 걸어 들어가면, 독특한 온천이 나온다.

호지역 건너 길에 차를 세우고, 작은 울타리를 넘어 300보쯤 걸어 들어가면 노천 온천이 보인다.

온천은 폭 10미터, 길이 50미터로 키 작은 수초를 품고 흐른다. 물은 불투명한 잿빛이다. 유황 냄새가 진해 처음 방문한 사람이라면 선뜻 몸을 담그기 주저할 정도다. 주변에는 진흙 언덕 여러 곳이 고분처럼 봉긋하게 솟아 있다. 그 위를 걸으면 스펀지처럼 발이 폭폭 밟힌다. 외계 행성을 탐사하는 듯한 기분이 든다. 온천은 완전 자연 상태다. 화장실이나 의자 같은 편의 시설물도 없다. 나체로 온천욕을 해도 된다.

온천 바닥에는 화산재 성분인 벤토나이트(bentonite) 점토가 깔려 있다. 벤토나이트는 몸속 중금속과 화학 성분을 제거하고, 칼슘과 마그네슘, 철, 칼륨을 제공한다. 알레르기나 피부병, 소화불량 치료에 효과가 있다.

테코파 머드 배스 전경이다. 주변에는 진흙 언덕이 둘러싸고 있다. 아이 엄마가 아들에게 진흙팩을 해 주고 있다.

아메리카 원주민은 이 물을 마시며 몸을 치료했다고 한다. 수온은 40~42도다. 하류로 가면 온도가 5~6도 이상 떨어진다. 수심은 어른 무릎 높이에서부터 2미터로 다양하다. 3, 4월에는 진흙 진드기가 사람을 물 수 있으니 주의해야 한다.

각자의 데스밸리를 건너는 이민자들

온천에서 만난 셀포키 가족은 불가리아에서 9년 전 라스베이거스로 이민을 했다고 말했다. 남편이 미국 영주권 복권에 당첨돼 어린 딸을 데리고 온 것이다. 가까운 곳에 더 청결한 유료 온천이 있지만 그곳에는 가보지 않았고 이곳에만 열 번 정도 왔단다.

영주권 복권은 미국 정부가 내전이나 기근에 허덕이는 국가에 한해 복권식으로 추첨해서 영주권을 주는 제도다. 트럼프 정부 때는 이 문호마저 급속도로 닫혔다. 나는 큰 행운을 얻은 것에 축하해줬다. 이어, 이민 생활은 어떠냐고 물었다. 엄마 셸포키는 온천욕을 하는 남편을 슬쩍 보더니, 잠깐 망설이다, 짧게 대답했다.

"좋을 때도 있고…… 아닐 때도 있고…… 그냥 그래."

남편은 말없이 듣고 있었다. 요거트의 나라 불가리아는 1990년 구소련에 벗어나 시장경제체제로 들어섰지만 자국의 정치 분쟁 등으로 여전히 한 달 평균 임금이 60만 원(2015년 기준)밖에 안 된다. 이 때문에 해외 이민이 많이 이뤄지고 있다. 이들은 사실상, '경제난민'이다.

어디 그뿐인가? 캄보디아인은 1970년대 크메르루즈 군부의 집단학살을 피해 미국행을 선택했고, 아르메니아인은 1800년대 말 튀르키예(터키) 정부의 집단학살과 전쟁을 피해 미국으로, 필리핀과 방글라데시 사람들은 혼란한 자국 정치 때문에 미국으로 꾸준히 오고 있다. 남아메리카 사람들은 미국의 정치 개입과 정치 불안, 갱 범죄에 시달리며 미국 국경을 넘고 있다. 모두 각자의 '데스밸리'를 건너고 있다.

불가리아에서 온 셸포키 가족이다. 아들이 온천에 안 들어오려고 빼더니 결국 엄마 성화에 못 이겨 같이 온천욕을 하면서 물을 뿌리며 장난을 치고 있다.

사진 찍기 매우 곤란한 오지 휴식처

18
인요 카운티의 세일린밸리 온천

이를 꽉 물어야 한다. 이곳에는 모험이 필요하다. 여름 최고 기온이 50도로 치솟는 '죽음의 계곡' 데스밸리(Death Valley)가 일주문(一柱門)이라면 압정을 뿌려 놓은 듯한 돌길은 천왕문(天王門), 마지막 산사태 흙더미 지대는 해탈의 문, 불이문(不二門)이다. 이번 목적지는 세일린밸리 온천(Saline Valley Warm Springs)이다.

하루 전 로스앤젤레스에서 388킬로미터를 달려 캘리포니아 인요 카

세일린밸리 온천이다. 야자수로 둘러싸인 온천탕은 20대들이 차지했고 바깥 탕에는 중년들이 모였다. 척박한 사막지대다.

데스밸리에 있는 자브리스키 포인트(Zabriskie Point)다. 해가 뜨고 질 때면 언덕 색깔이 다채롭게 변한다. 자연이 연출하는 역동적인 쇼를 무료로 관람할 수 있다.

운티에 있는 데스밸리 국립공원 스토브파이프웰스 캠핑장(Stovepipe Wells Campground)에 텐트를 쳤다. 데스밸리는 한 해 200만 명이 찾는 미국 서부의 대표 관광지다. 기암괴석과 형형색색 물결치는 사막 언덕을 보러 방문객이 줄을 잇는다.

우리는 선착순으로 입장하는 캠핑장에서 하루를 묵었다. 다른 캠핑장은 모두 예약이 꽉 차 있었다. 사막에 어둠이 내리자 세상은 별 천지로 변신했다. 고개를 들어 하늘을 보지 않아도 정면과 좌, 우, 등 뒤에서 별들이 파노라마로 펼쳐져 있다. 시야를 가리는 것이 아무것도 없다. 별들의 움직임에서 소리가 들릴 듯하다. 이렇게 별은 우리 가까이에 있었다.

'털럴털' 빨래판 도로를 달려 오지로

세일린밸리 온천은 캠핑장에서 북서쪽으로 156킬로미터 떨어져 있다. 직선도로라면 한 시간 30분이면 갈 수 있지만 굽은 산길을 돌아 네 시간은 가야 한다. 사막 속 오지다. 출발한 지 한 시간 30분, 차량 계기판을 보았다. 주행 가능 거리, 95킬로미터. 목적지까지 충분히 갈 수 있는 거리였다. 하지만 불안했다. 인터넷이 안 터져 목적지 근처에서 주유소 위치를 확인할 수 없을 것이다. 무리하다가 조난되기 십상이다. 결국 한 시간 반을 거꾸로 돌아가 시중가보다 1.2배 비싼 휘발유를 가득 주유하고 다시 페달을 밟았다.

도로는 빨래판 같다. 크고 작은 돌이 불규칙하게 땅에 박혀 있어 차가 요동을 친다. 몇 시간을 이렇게 달리면서 덜덜거리는 진동에 머리를 세탁하는 기분이다. 바퀴에 튄 돌은 차량 하부를 계속 때려 쩌렁쩌렁 소리가 난다. 아래위 치아가 맞부딪히듯, 차량 마찰음에 신경이 곤두섰다. 차량 계기판에는 어느새 바퀴 공기압을 점검하라는 노란색 경고판이 떴다. 어쩌다 도로에서 마주치는 차량을 봐도 승용차로 오지 온천을 가는 건 나뿐이다.

세일린밸리는 캘리포니아 중부 인요 카운티 남쪽에 있다. 1874년부터 21년 동안 광물인 붕산을 채취하던 곳이다. 붕산은 산업용 배관과 전자기기 회로판, 보석 가공용에 쓰이는 광물이다. 이어 1903년부터는 수심 1,200미터인 세일린밸리 솔트 레이크(Salt Lake)에서 소금이 생산되었다.

1911년에는 소금 운반비를 절감하기 위해 지역정부가 미국에서 가장 높은 트램을 설치해 고도 340미터에서 2,600미터 산꼭대기 너머로 소금을 운반했다. 이는 거대한 산맥을 둘러서 가야 하는 수고를 덜기 위한 것이었다. 트램의 길이만 22킬로미터. 소금 채취는 27년 동안 이루어졌다. 이곳은 호수의 소금기 때문에 '소금기 있다(saline)'는 뜻의 세일린밸리로 불린다. 온천 이름도 세일린밸리 온천. 호수에 설치되었던 트램은 국가등록문화재로 지정되어 있다.

지키려는 자와 쫓아내려는 자

광산이 문 닫고 염전 산업마저 기울자 1960년대부터 세일린밸리 온천을 중심으로 히피와 장기 여행가, 돌 수집가들이 모여들었다. 제2차 세계대전 후에 태어난 베이비 붐 세대였다. 이들은 부모들이 누리지 못한 물질적 풍요와 안정을 누린 첫 세대다. 독립과 자유를 외치며 반문화 기치를 들었다. 인류 역사상 가장 잘 놀았던 세대다. 이들 중 한 부류가 전쟁 반대 등 정치 투쟁을 했다면, 또 다른 부류는 가족보다 개인, 질서보다 무질서, 개인적 쾌락을 좇았다. 대도시를 떠나 시골로 가서 공동체를 꾸렸다. 1964년 당시 미국인 둘 중 하나(40퍼센트)는 나이가 20세 미만이었다고 한다. 얼마나 젊은 나라였던가.

미국 문화 전문가이자 프랑스인 대학 교수인 크리스티앙 생-장-폴랭은 그의 책 『히피와 반문화』에서 "미국의 상황에서 대학은 유별나게 동질적인 거대 공동체를 이루며 청춘의 방황을 연장하는 기능을 했다. 학생들의 사회학적 지위는 미처 대비하지 못한 좌절의 근원이 되었다"며 부유한 사회 환경이 베이비 붐 세대에게 오히려 좌절을 주었다고 주장한다. 제3세계의 등장과 사회주의 국가의 성장도 영향을 끼쳤다고 지적했다.

히피들은 세일린밸리 온천에 타일을 깔고 콘크리트를 발라 온천을 정비했다. 샤워 시설과 화장실을 만들었다. 사막 온천에 기거하며 마약을 하고 록 음악을 즐겼다. 아무도 접근할 수 없는 사막 속에서, 더 깊고 고요한 공동체, 잃어버린 낙원을 세웠다.

그러다가 1994년 일이 터진다. 빌 클린턴 당시 대통령이 국립공원을 활성화하겠다며 「캘리포니아 사막 보호법California Desert Protection Act」을 만들었다. 이곳은 연방정부가 관리하는 데스밸리 국립공원에 편입되었다. 연방정부는 이곳을 자연 상태로 만들겠다며 온천 시설물을 철거하겠다고 선포했다. 미국은 지금도 자연보존을 위해, 탐방객이 셀카를 찍다 추락사해도 안전 시설물을 잘 설치하지 않는다. 괜한 엄포가 아니었던 것이다.

이곳 커뮤니티 구성원들은 완강히 거부했다. 특히 이곳 지킴이였던 '마법사(Wizard)'라는 별명의 남성이 주민들과 연대해 끈질기게 버텼다. 정부의 회유와 철거 압박이 이어졌고 일부 사람들은 마을을 떠났다. 다행히 정부와 커뮤니티 사람들 간의 합의안이 도출되었다. 첫째, 관리인이 온천에 상시 거주할 것. 둘째, 방문객은 최대 30일까지만 온천을 이용할 것. 셋째, 국립공원 지도에 온천을 표시하지 않을 것 등이었다.

지금은 '마법사'의 뒤를 이은 리자드 리(Lizard Lee)가 온천 옆에 차량 정비소를 운영하며 온천을 관리하고 있다. 온천 오는 길이 험해 방문객들의 차가 수시로 주저앉는다. 하지만 국립공원 직원들은 여전히 방문객들에게 세일린밸리 온천의 위치를 공개적으로 알려주지 않는다. 하지만 구글에 'Saline Valley Warm Springs'를 검색하면 정확한 위치가 나온다.

2010년대 버전 '플라워 칠드런'

돌길과 모랫길을 한참 달리다가 차량 번호판과 쇠사슬, 박쥐 모형 등의 철제 폐기물로 만든 쇠기둥이 보이면 온천을 잘 찾아온 것이다. 조금 더 가면 진흙이 마른 듯한 언덕이 보이고, 그 곁에 야자수 군락과 화장실이 보인다. 그곳에 차를 세우면 된다.

나는 새로 산 카메라를 어깨에 걸고, 온천으로 의기양양하게 걸어 들어갔다. 아뿔싸, 화들짝 놀라 차로 돌아왔다. 온천 입구 샤워 시설에서 20대 남녀가 실오라기 하나 걸치지 않고 물 호스와 빗자루로 청소를 하

진흙이 굳은 길 너머로 야자수가 보인다. 그곳에 세일린밸리 온천이 있다. 비만 내리면 이곳은 홍수가 나서 지형이 자주 바뀐다. 조심히 운전해야 한다.

고 있었다. 야자수 그늘 아래 온천탕에서는 10명 넘는 청년들이 발가벗고 마빈 게이와 타번 터렐의 노래 「더 높은 산은 없어Ain't No Mountain High Enough」를 부르고 있었다. 나체족이야 볼 만큼 봤다고 생각했는데 20대 초반 청년들이 대낮에 발가벗고 활보하니 충격이었다. 마른 몸매에 긴 머리, 남녀 구별도 잘 안 되었다. 이것이 히피들의 전형, '플라워 칠드런(flower children)'인가.

우리 부부는 그나마 좀 '유교적'인 탕을 찾아 몸을 담갔다. 온천은 콘크리트로 깔끔하게 정비되어 있어 발바닥에 모래가 묻지 않았다. 탕에 들어가기 전 샤워장에 가서 샴푸와 목욕제로 가볍게 몸을 씻었다. 탕에는 태

사막을 달리다 박쥐 모형이 달린 철제 기둥이 보이면 제대로 온 것이다. 조금만 더 들어가면 야자수로 둘러싸인 온천을 만날 수 있다.

세일린밸리 온천의 위쪽 탕이다. 다양한 인종과 국적 출신의 사람들이 모여 있다. 그럼에도 나체로 운동하는 사람이 있다.

라 가족이 있었다. 태라는 남편과 어린 딸과 함께 한 달 전 캐나다 밴쿠버에서 출발해 남쪽으로 내려가며 여행하고 있다고 말했다. 어린아이는 나체족이 익숙한지 신경 쓰지 않고 물놀이를 했다.

"저기 올리브색 덩치 큰 차 보이지? 저 차를 타고 천천히 여행하고 있어. 차량 속도도 느려 천천히 내려가고 있지. 여기는 6년 전에 오고 오랜만에 왔어. 전에는 일주일 이상 머물렀는데 이번에는 3~4일 있다 갈 거야."

인요 카운티는 조례상 나체를 금지하고 있다. 하지만 국립공원은 미연방 소관이다. 연방법에는 나체에 관한 법률 조항이 없다. 또 캘리포니아주는 엘에이 카운티와 샌타바바라 카운티를 빼고 나체를 음란 행위로 보지 않는다. 그러니 누구도 '감히' 이곳의 나체를 단속하려 들지 않는다.

온천은 위치에 따라 아래, 중간, 위 세 곳으로 나뉜다. 아랫동네 온천에는 우리 부부가 들어갔던 탕 '일출(Sunrise)'과 젊은 나체족이 많았던 '크리스털(Crystal)'이 있다. 야자수 아래 잔디밭이 있어 돗자리 펴고 낮잠을 자거나 맥주나 와인을 마실 수 있다. 수온은 40도로 적당하다. 하루 몇 번씩 탕 속 물을 교체해 수질이 깨끗하다.

중간 지점에 미지근한 온천이 하나 있고, 3~4킬로미터 언덕 위 온천이 2개 더 있다. 우리는 차로 올라갔다. 40대에서 80대까지 중장년층과 노인들이 많았다. 이곳에는 '마법사(Wizard)'탕과 '화산(Volcano)'탕이 있다. 마법사는 세일린밸리 온천을 처음 개발한 사람의 별명이다. 우리는 화산탕에 들어갔다. 80대 할아버지 캔에게 몇 번 왔냐고 물어보았다. 그는 손가락으로 접으며 횟수를 세더니 그만 포기했다.

"1980년대부터 오기 시작했어. 여기 오면 인터넷이 안 되고 팩스도 보낼 수 없어 세상과 완전히 떨어진 삶을 살 수 있지."

옆에 있던 할머니는 "나는 여기 오면 3일 동안 아무것도 안 해. 그저 온천에 들어가 하늘만 바라보지. 11월에서 이듬해 2월 사이가 제일 좋아"라고 했다.

11월 추수감사절에는 이들끼리 잔치를 벌인다. 윗마을 온천 사람과 아랫마을 온천 사람들이 모여 축구나 야구를 한다. 우리가 갔던 날에는 키 180센티미터가 넘어 보이는 백인 할아버지가 나체로 조깅을 하고 있었다. 나는 민망해 선글라스를 썼다. 발가벗고 몸매 자랑을 하던 고대 그리스의 야외 체육관, 김나지움(gymnasium)의 재현인가.

세일린밸리 온천탕이다. 나체족이 너무 많아 사진을 찍는 데 제약이 많았다. 카메라 렌즈를 어디에 둬야 할지 늘 당혹스러웠다.

온천에 살인마가 산다?

온천 관리는 비영리재단인 세일린보전협회(Saline Preservation Association)가 한다. 문제가 생기면 회의를 여는데 최근 쟁점은 당나귀다. 사막에 웬 당나귀냐고? 과거 광산 채굴 때 짐을 나르던 당나귀들이 대를 이어 살아남아 사막을 배회하고 있는 것이다. 당나귀들이 여행객의 음식물을 훔치고 야생 식물을 마구 먹어 치워 생태계 골칫거리가 되고 있다. 가끔 교통사고도 일으킨다.

이곳에는 캐나다와 독일, 프랑스와 러시아 등 전 세계에서 여행객이 찾아온다. 세상과 완전히 분리되고 싶거나 잊히고 싶은 사람들, 소비·물질만능주의에 질려 버린 사람들, 고독한 예술가와 은퇴한 노인들이 숨어 지낸다. 또 어마어마한 범죄자들이 온다.

세일린밸리 온천의 화산탕이다. 야자수에 이곳이 만들어질 당시의 모습이 사진으로 걸려 있다.

수십 년 전, 1970~1980년대 미국 주류 유통업 큰손이었던 '미스터 칼루아'의 아들이 연인과 이곳에서 캠핑을 하다가 몇 년 뒤 유골로 발견되었다. 20세기 최악의 살인마로 불리는 찰스 맨슨이 자주 오기도 했다. 1969년, 추종자 4명에게 영화감독 로만 폴란스키 집에 침입하라고 한 뒤 임신 8개월이었던 감독의 아내 등 5명을 잔혹하게 살해하라고 지시한 인물이다. 그러니 세일린밸리 온천에 갈 거라면 친구나 가족에게 먼저 여행 일정을 알리자.

아이언맨과 슈퍼맨은 왜 그곳에 갔을까?

19
인요 카운티의 키우 온천

퍼억, 퍽, 퍽. 자암까-안!

내 말이 끝나기도 전에 아내가 자동차 와이퍼를 켰다. 내뿜어져 나오는 워셔액과 차 유리에 부딪혀 죽은 나비 사체가 반죽되었다. 순식간에 앞유리가 프라이팬에 남은 돼지기름처럼 희뿌옇게 코팅되었다. 차를 세워 휴지로 닦았다. 하지만 접착제처럼 끈적하게 남아 지워지지 않았다. 2019년 4월, 우리는 대낮에 나비 떼를 로드킬했다.

시간과 장소를 프로파일링한 결과, '희생 충'은 제왕나비(Monarch butterfly,

키우 온천이다. 뒤로는 눈 덮인 시에라네바다산맥이 있다. 한 남성이 강아지 두 마리를 데리고 온천을 찾았다. 바람이 불면 세이지브러시에서 허브 향이 퍼진다.

로스앤젤레스 멜로스 거리에 있는 벽화다. 왼쪽 아래에서 제왕나비 떼가 날아 여신에게로 날아가고 있다. 제왕나비는 이민자들의 상징이다.

모나크나비)와 작은멋쟁이나비(Painted lady butterfly)다. 지난겨울 비가 많이 내려 야생화가 폭발적으로 꽃피는 '슈퍼블룸(super bloom)' 현상이 나타나면서 나비 개체수도 반짝 증가한 것이다.

제왕나비는 캘리포니아 생태계에서 귀한 존재다. 짙은 오렌지색 바탕에 검은색 줄무늬로 연약해 보일 수 있는 날개에 강인함을 연출하고, 날개 끝 작은 반점은 고혹적인 매력을 강조한다. 무게 1그램도 되지 않는 제왕나비는 멕시코와 북미 대륙 사이 4,000킬로미터를 왕복 비행한다.

하지만 기후변화와 가뭄으로 서식지와 개체수가 급감하고 있다. 환경단체 세계야생기금(WWF: World Wide Fund for Nature)은 2016년 제왕나비의 멕시코 지역 월동 숲 면적이 1996~1997년 45만 에이커에서 2013~2014년 1.66만 에이커로 줄었다고 발표했다.

제왕나비는 북미 대륙을 종단하며 서식 활동을 하는데, 세대가 네 번 지나면 출발지로 되돌아온다. 이 때문에 미국 내 이민자 커뮤니티는 이 나비를 이민자를 상징하는 아이콘으로 사용하곤 한다. 그럼에도 나는, 어느 봄날, 고귀한 가문의 대를 무시로 끊어 버렸다.

슈퍼히어로가 찾은 무비 로드

이번 목적지는 캘리포니아 인요 카운티에 있는 키우 온천(Keough Hot Springs)이다. 시에라네바다산맥 동쪽에 있으며 로스앤젤레스와 세계적인 국립공원인 요세미티의 중간 지점에 있다. 이곳에서 동쪽으로 가면 극강의 더위를 맛볼 수 있는 사막, 데스밸리가 나온다.

근처에는 할리우드 영화 수백 편이 촬영된 앨라배마 힐스(Alabama Hills)가 있다. 1920년대 서부극을 시작으로 1948년 「슈퍼맨」, 2000년대 「글

앨라배마 힐스의 영화 로드(movie road)다. 이곳을 배경으로 서부 개척 영화와 다양한 판타지 영화들이 촬영되었다.

래디에이터Gladiator」와 「고질라Godzilla」, 쿠엔틴 타란티노 감독의 「장고 Django」 등이 촬영되었다. 대표적인 장면은 2008년 작 「아이언맨」에 나온다. 토니 스타크가 시에라네바다산맥과 앨라배마 힐스의 기암괴석을 배경으로 스타크 인더스트리가 개발한 탄도 미사일을 군인 앞에서 시연한다. 영화를 좋아한다면 서부영화박물관(Museum of Western Film History)을 방문하는 것도 추천한다.

미사일 연구소, 한반도를 타격하다

온천으로 이어지는 395번 고속도로를 타기 전, 로스앤젤레스에서 북쪽 270킬로미터 지점에 도시 차이나 레이크(China Lake)가 나온다. 중국 특유의 향신료와 고량주가 가득한 차이나타운을 생각한다면 오산이다.

차이나 레이크에는 낮은 연립 주택들이 듬성듬성 있었다. 도로에는 오가는 차량이 별로 없고 주요 길목마다 군사시설을 알리는 경고판과 안내판이 세워져 있었다. 저 부대 안에서는 무슨 일이 벌어지고 있을까? 슈퍼히어로를 포박해 놓고 생체 실험을 하는 건 아닐까?

차이나 레이크는 중국 이민자들이 마른 호수에서 붕사를 채취하면서 붙인 이름이다. 현재 미국 해군공대지무기연구소(Naval Air Weapons Station, NAWS)가 대부분 지역을 차지하고 있다.

제2차 세계대전 당시 미 해군은 유럽 전선에서 승기를 잡기 위해 정확도가 높은 전투기 미사일이 필요했다. 그들은 연구하기 적합한 장소를 물색했다. 그러다 사막 지형에 인구 밀도가 낮고 시야가 트여 있는 이곳을 찾았다. 전투기 실전 연습을 하기에도 딱이었다.

미 해군은 1943년 이곳에 주둔하고 있던 공군 땅을 인수했다. 공군이 먼저 이곳에 와 활주로와 기타 시설을 만들었기 때문이다. 해군은 현재도 이곳에서 무기 설계와 실험, 군사비 연구 등을 하고 있다. 미 해군이 임대한 단일 지역 중 가장 큰 규모로 건물 2,000여 동과 포장도로 529킬로미터, 비포장도로 2,898킬로미터가 있다. 통제하고 있는 영공도 51,000제곱킬로미터로 캘리포니아 전체 영공의 12퍼센트를 차지한다.

이곳은 '로켓타운'으로 불린다. 수많은 전장을 초토화시킨 공대지로켓이 개발되었기 때문이다. 한국과도 인연이 있다. 철근 콘크리트 구조물 1.2미터를 통과하는 고속항공기로켓(The Velocity Aircraft Rocket, HVAR)과 사정거리 밖 선박을 타격할 수 있는 타이니팀(Tiny Tim) 로켓이 여기서 개발해 한국전쟁에 투입되었기 때문이다. 나는 30대 후반이 되어서야 나의 외할아버지가 한국전쟁 상이용사라는 것을 알았다. 외조부의 머리 위에도, 이 미사일이 떨어졌을지 모를 일이다.

세계 최초 핵무기 개발사업인 맨해튼 프로젝트도 이곳에서 일부 진행되었다. 당시 투자받은 자금으로 군은 아르미티지 필드 등 대형 활주로 3곳을 닦았다. 군사 도시에는 대부분 군인과 민간 연구원, 관련 시설 종사자들이 산다. 프로젝트가 정해지면 연구원과 직원들은 며칠씩 햇빛도 보지 않고 실험실에 박혀 연구에만 몰두한다. 일반인은 전혀 알아들을 수 없는 전문용어와 그들만의 유머를 쓰며 살아간다. 그들은 이를 '차이나 레이크 웨이(China Lake Way)'라고 한다.

차이나 레이크 뮤지엄 재단(China Lake Museum Foundation)에 가면 도시 전체의 역사를 이해하는 데 도움이 된다. 현역 군인이 시설을 관리한다. 그동안 연구소에서 개발한 다양한 로켓과 성과가 설명되어 있다.

구글 어스로 촬영한 차이나 레이크 전경이다. 허허벌판 사막지대에 건설된 군사 도시다. 아이러니하게 군사 도시로 지정되는 바람에 아메리카 원주민의 암각화가 잘 보존되어 있다.

1만 년 전 타임 슬립 여행

이곳에 왔다면 놓치지 말아야 할 볼거리가 원주민 암각화다. 도시를 지나다 보면 암각화 형상물이 이정표처럼 세워져 있다. 서울시의 해치 같은 지역 상징물이다. 이 땅에 살던 아메리카 원주민 코소(Coso) 부족은 암벽화에 능숙했다고 한다. 뿔 달린 산양인 빅혼십과 난해한 문양, 무기와 도구, 동물 등을 벽이나 동굴 암벽에다 기록했다. 공교롭게 이곳이 군사 시설화되면서 민간의 출입이 통제돼 훼손이 덜 됐다. 현재 국가 역사 랜드마크(National Historic Landmark)와 코소 암벽 예술지구(Coso Rock Art District)로 지정되어 있다. 암벽화 10만 점 정도가 있는 것으로 추정되며, 서반구 최대 암벽화 지대로 불린다. 〈로스앤젤레스 타임스〉는 캘리포니아에서 반드시 가 봐야 할 여행지 15선에 꼽았다.

암벽화 투어는 마투랑고 뮤지엄(Maturango Museum)에 신청할 수 있다. 시간과 날짜가 유동적이니 홈페이지(maturango.org)에서 먼저 확인해야 한다. 매년 11월에는 암벽화를 주제로 한 '리지크레스트 암벽화 페스티벌(Ridgecrest Petroglyph Festival)'이 열린다. 2014년에 처음 열린 이 축제에는 전국 각지의 원주민이 모여 전통춤과 악기 연주를 하는 파우와우(Pow Wow)를 선보인다.

마투랑고 뮤지엄에 있는 원주민 암각화다. 원주민들이 동물과 기하학적인 문양을 동굴과 암벽에 그렸다.

민간인, 하루아침에 포로가 되다

차이나 레이크에서 395번 고속도로를 따라 북쪽으로 150킬로미터쯤 올라가면 광활한 땅에 낯선 이정표가 등장한다. 이름은 만자나르(Manzanar), 에스파냐어로 '사과 농장'이란 뜻이다. 주변 어딜 봐도 농장이 있을 만한 녹지가 없다.

만자나르는 제2차 세계대전 당시 미군이 재미 일본인을 가둔 포로수용소다. 1941년 12월 7일, 일본군이 진주만을 공습하면서 미군은 재미 일본인을 사실상 정치적, 군사적 적군 또는 간첩으로 간주했다. 미 서부사령관 존 드윗은 "미국에 태어난 일본인도 일본 특유의 인종적 특성 때문에 미국화되지 않는다"며 "미국 내 일본인은 적이 될 수 있으니 사막으로 강제

만자나르의 농구장이다. 나뭇가지와 철근을 엮어 운동장을 만들었다. 멀리 눈 덮인 시에라네바다산맥이 보인다. 일본인들은 이곳에서 신문을 발간하는 등 자치생활을 했다.

이주해야 한다"고 주장했다. 결국, 이듬해 2월 19일 프랭클린 루스벨트 대통령은 군 지휘관에게 특정 지역을 군사 지역으로 규정하고 특정 주민을 추방할 수 있는 권한을 준다. 그렇게 로스앤젤레스 일대에 거주하던 평범한 일본인 수만 명이 포로 신세가 되었다.

일본인은 전국 10개 수용소로 분산 배치되었다. 미국에서 일본군 위안부 결의안을 만드는 데 공헌했던, 캘리포니아주 전 하원의원 마이클 혼다도 콜로라도주에 있는 강제수용소에서 어린 시절을 보냈다. 또 영화 「스타트렉Star Trek」에서 파일럿 술루 역할을 맡았던 영화배우 조지 타케이(George Takei)도 로스앤젤레스에서 살다 아칸소주 포로수용소로 이주되었다. 그의 경험은 만화책 『그들은 우리를 적이라 불렀다They Called Us Enemy』에 생생히 묘사되어 있다.

전국 수용소 가운데 가장 먼저 문을 연 곳이 인요 카운티(Inyo County)에 있는 만자나르다. 1942년 3월에 포로가 들어오기 시작했고, 4월 중순부터는 매일 1,000명 이상이 이곳으로 옮겨졌다. 90퍼센트가 로스앤젤레스 주민이었다. 어린이 500여 명을 포함해 최대 11만 명이 격리되었다. 이들 중 3분의 2는 영어와 미국 문화가 더 익숙한 이민 2세였다.

수용소 환경은 열악했다. 여름 낮 기온은 38도 정도로 뜨거웠고 강우량도 연간 12.7센티미터로 턱없이 부족해 농사도 안 되었다. 바람이 많이 불어 아침이면 머리와 발에 뽀얀 먼지가 앉았다. 겨울에는 기온이 영상 4도까지 떨어졌다. 포로수용소는 병영 시설처럼 운영되었다. 요리도 할 수 없었으며 공동 식당 앞에서 길게 줄을 서서 배식을 받았다. 자발적으로 자치 소방대와 미용실, 수선실과 도서관을 마련해 운영했다. 신문도 발행했다. 수용소가 문을 닫기 전 200건에 가까운 결혼식이 열렸다.

세대 갈등도 있었다. 비교적 미국에 우호적인 일본인 2세와 조국에 충성심이 있던 1세가 부딪친 것이다. 영어에 능숙한 2세는 미국 관리자 입장에서 생각하는 경향이 있었고 수용소 내 일자리 배정에서도 우선권을 얻었다. 급기야 관리자가 배식용 설탕과 고기를 빼돌려 암시장에 판다는 소문까지 돌아 분위기가 흉흉했다.

그러다 1세들이 2세 리더를 폭행하는 사건이 발생했다. 이 일로 관련자들이 검거되었고 1세들은 그들을 풀어 달라며 시위했다. 결국 계엄령이 발동되었다. 수용소 관리자들이 소요를 진압하기 위해 총까지 발사했다가 일본인들이 숨지기도 했다.

2차 세계대전이 끝난 뒤 시설은 폐쇄되었다. 이들은 올 때는 군용 차량에 실려 왔지만 해산할 때는 차비를 받아 알아서 돌아가야 했다. 목적지도 스스로 정해야 했다. 일부 일본인들은 수용소가 있는 지역에 남기로 했다. 살던 곳의 터전이 모조리 파괴되었기 때문이다. 3년 수용 기간에 만자나르에서는 일본인 130여 명이 숨졌다.

만자나르 수용소는 생존자와 후손의 노력으로 1992년 역사 유적지로 선정되었다. 당시 사용하던 막사와 소방서, 식당 등이 과거 모습 그대로 재현되어 있다. 만자나르 역사 유적지 방문자 센터에는 당시 수용인의 생생한 증언과 사진, 물품이 다양하게 전시되어 있다. 예술가들의 설치 미술과 그림도 있어 당시 감정을 고스란히 느낄 수 있다.

시각도 균형적이다. 미국과 일본 간의 적대적인 감정만 부각하지 않는다. 논쟁적일 수 있는데, 일부 2세 수용인들은 미국인 관리자들이 친절했다고 진술한 기록도 남아 있다. 일본인들은 이곳에 정기적으로 와서 역사 순례를 한다고 한다.

만자나르 역사 유적지 방문자 센터에서 수채화 전시회가 열렸다. 당시 이곳에서 수용되었던 일본인들의 얼굴이 그려져 있다.

우리가 방문했을 때는 일본계 모녀가 유적지를 둘러보고 있었다. 실리콘밸리가 있는 새너제이(San Jose)에 산다는 1세 일본인 엄마는 딸에게 역사 공부를 시키려고 데려왔다 했다.

"개인 칸막이 없이 변기가 대여섯 개 함께 있는 공용 화장실을 보고 딸이 깜짝 놀랐어요. 하지만 저는 전쟁을 일으킨 일본도 책임이 있다고 생각해요. 후손들이 이것을 보고 역사적 사실, 과오를 기억해야죠."

1988년 로널드 레이건 대통령은 「시민자유법Civil Liberties Act」을 제정하고 죄 없이 끌려가 고초를 겪은 일본인에게 사과했다. 내국인 기준으로 1인당 2만 달러씩을 배상했다.

방사선이 소량 녹아 있는 '라돈 온천탕'

만자나르에서 65킬로미터 북쪽으로 이동하면 목적지 키우온천(Keough Hot Springs, www.keoughshotsprings.com)이 나온다. 온천은 시에라네바다산맥 아래 너른 초목 사이에 있다. 이 일대는 아메리카 원주민 파이우트(Paiutes) 부족이 거주했던 곳이다. 그들은 이 물로 농사를 짓고, 병이 나면 치료제로 사용했다. 이곳을 우투투파야(u'tu'utu paya) 온천이라 불렀다고 한다.

파이우트 부족은 온천을 신성하게 여겼다. 오언스밸리히스토리닷컴(owensvalleyhistory.com)에 올라 있는 파이우트족의 원로 헬렌 매기(Helen MaGee)의 글이다.

> 원주민은 온천수가 신성하다고 생각해 왔다. 그 때문에 물에 들어가기 전 기도를 한다. 또 물에 들어가기 전 당신의 고통이 무엇인지(어디를 치료하고 싶은지) 온천에 이야기한다. 이곳을 떠날 때는 이 땅(Mother Earth)을 위해 동전 같은 무엇인가를 남기고 가야 한다.

온천수에는 건강에 해가 되지 않는 수준의 방사성 물질인 라돈이 함유되어 있다. 라돈은 우라늄이 붕괴해서 생긴 라듐(Ra)이 다시 붕괴하여 생긴 물질이다. 세계보건기구(WHO)는 라돈을 발암물질로 규정하고 있지만 저용량의 방사선은 치료제로 쓸 수 있다고 알려졌다. 100년 전부터 체코의 야키모프와 일본 미사사 온천, 오스트리아 바드가스타인 온천 등지에서 라돈 온천수를 치료제로 사용했다. 라돈이 신경통이나 류머티즘 관절염에 좋다고 한다. 100년 전에는 이곳 주민들이 온천수를 병에 넣어 판매하기도 했다.

이곳이 개발된 것은 1800년대 후반이다. 유럽 정착민들이 인근 오언스 밸리 일대로 이주한 뒤 이 일대에 유럽식 건강 리조트를 세웠다. 1919년에 사업가 필립 키우(Phillip Keough)가 지역 상류층을 위한 온천 리조트를 만들었다. 그때부터 이곳을 키우 온천이라 부르고 있다.

이곳은 온천 개발지로 적합했다. 온천수가 분당 2,000리터씩 솟아오르고 미네랄 성분도 가득했다. 유황 온천 특유의 달걀 썩는 냄새도 강하지

↑ 온천에 먼저 와 있던 아저씨와 이야기를 나눴다. 주변에는 나체로 목욕을 하던 청년도 있었다. 온천수 뒤에 있는 대형 파이프로 물이 흘렀다.

← 아내가 온천에 들어가 스트레칭을 하고 있다. 수위는 어른 무릎 높이로 깊지 않다. 수온도 뜨거운 편이 아니라서 온천욕을 오래 할 수 있다.

않았다. 1920~1930년대에 가장 인기가 많았다. 사람들은 온천욕뿐 아니라 캐빈(cabin)에 머물며 캠핑을 하고 낚시를 했다. 할리우드 스타들이 카메라 플래시를 피해 조용히 시간을 보낼 곳으로 이곳을 선택했다. 키우 온천은 유료다. 아이들이 놀기 좋은 대형 온천 수영장이 있다. 또 식당과 캠핑장, 기념품 가게 등 편의시설도 갖춰져 있다.

키우 온천은 계단식으로 흐르고 면적이 넓어 친구들끼리 특정 장소를 잡아놓고 놀 수 있다. 바람이 많이 불면 전봇대 고압선에서 전기 흐르는 소리가 난다.

우리가 찾은 곳은 유료 온천이 아닌, 키우 온천 배수로(Keough Hot Ditch)다. 상업 시설이 아닌 자연 그대로인 온천이다. 키우 온천에 들어가기 전 오른쪽 샛길로 빠지면 나온다. 좌표는 37.256725, -118.372672.

일대 온천수 중 유료 온천으로 가는 것은 6퍼센트뿐이다. 나머지는 이 온천 배수로를 따라 흐른다. 공짜로 대자연의 품을 느낄 수 있다. 온천은 계단 형태로 굽이굽이 흐른다. 물이 고여 있지 않아 수질도 깨끗하다. 장소마다 온도가 조금씩 다른데, 본인에게 적합한 탕을 찾아 들어가면 된다. 누드로 목욕을 즐기는 사람도 있으니 유념하자.

어떤 판에 사느냐가 당신의 운명을 결정한다

20
모노 카운티의
위트모어 텁스 로드

처참하게 부서진다. 거대한 대륙은 멀어졌다 다시 만나 서로를 짓이기며 솟아오른다. 육중한 것은 지하로 침전해 영원에 수렴하고 나머지는 산맥과 만나 마천루를 이룬다. 지구물리학자 투조 윌슨은 1965년 세계 최초로 판 구조론인 윌슨 주기를 학술지 〈네이처〉에 발표했다. 2~3억 년을 주기로 지구를 덮고 있는 거대한 판이 갈라졌다 합치기를 반복한다는 것이다. 그보

크랩쿠커 온천이다. 온천 앞으로 눈 덮인 시에라네바다산맥을 볼 수 있다. 눈이 녹는 늦봄이나 초여름이면 길이 더 험해진다. 안전한 곳에 차를 세우고 걸어 들어와야 한다.

다 먼저 알프레드 베게너는 1915년 남아메리카와 아프리카 대륙의 해안선 형태와 생물 화석의 유사성을 들어 대륙이동설을 주장했지만, 과학적 근거가 부족했다. 그러다 제2차 세계대전 이후 잠수함 탐지 기술이 발전하면서 해저 탐사가 가능해졌고, 지구의 속사정이 드러난 것이다.

지구는 크고 작은 판 12개로 이루어져 있다. 하나였던 초대륙 판게아가 중생대부터 지각 변동을 일으켜 북미와 남미, 유럽, 아프리카 대륙 등으로 쪼개졌다. 판이 이동하면서 북미와 남미는 붙어 아메리카 대륙이 되었고 인도와 유라시아 대륙판은 서로 충돌해 히말라야산맥을 만들었다.

북미에서 가장 젊은 땅 '캘리포니아'

캘리포니아 나이는 3만 5000년쯤이며 고생대에 만들어졌다. 서쪽 바다 태평양은 해양판 위에 있다. 평균 두께 5킬로미터로 광물질 철고토질로 이루어져 있다. 평균 밀도가 세제곱피트당 2000파운드다. 이 때문에 동쪽으로 이동하면서 평균 두께 30킬로미터, 평균 밀도가 162~172파운드로 밀도가 상대적으로 작은 북미 대륙판 아래로 섭입했다. 이때 해양판에 쌓여 있던 퇴적층과 화산섬이 대륙판과 충돌해 융기했다. 고압과 고열로 퇴적층이 변성암이 되었고, 이 시기에 형성된 것이 슈 플라이 콤플렉스(Shoo Fly Complex)다. 캘리포니아 온천 여행 때 자주 만나는 시에라네바다산맥 동쪽이 그곳이다.

2억만 년 전인 초기 중생대 트라이아스기에는 칼라버라스 콤플렉스(Calaveras Complex)가 생성됐다. 이후 커다란 충돌이 없어, 시에라네바다산맥 서쪽 대평지인 그레이트밸리가 폭 100킬로미터로 만들어졌다. 이후 1억 300만 년 전인 중기 중생대 쥐라기에 해구인 프랜시스칸 트렌치(Franciscan Trench)가 북미 대륙판 아래로 들어가면서 캘리포니아 북부를 중심으로 다시 지각이 요동치기 시작했다. 이때 해양판인 패럴론판(Farallon plate)이 대륙판 아래로 완전히 섭입해 사라지면서 샌안드레아스 단층이 탄생했다. 현재 캘리포니아의 지진 대부분이 이 단층을 따라 발생하고 있다. 이를 소재로 할리우드에서는 지진을 주제로 한 영화 「볼케이노Volcano」(1997년)와 「샌 안드레아스San Andreas」(2015년) 등이 제작되기도 했다.

태평양판이 북미판 아래로 들어가기 시작하는 섭입점에서 300킬로미터 떨어진 내륙에 가장 큰 압력이 발생한다. 이곳에서는 암석이 열에 녹아 마그마방을 형성하고 마그마는 가장 약한 지반을 뚫고 폭발한다. 그것이 화산이다. 반면, 깊은 지하에서는 마그마가 천천히 녹아 거대한 화강암 덩어리가 만들어진다. 이는 다시 수만 년간의 지각 변동과 빙하기 침식을 거쳐 지상으로 모습을 드러내곤 한다. 그것이 캘리포니아의 자랑인 요세미티 국립공원(Yosemite National Park)이다.

높이 910미터 엘 캐피탄 암벽은 요세미티 국립공원의 얼굴이다. 세계 암벽 등반가들이 앞다퉈 오르려고 한다. 손톱조차 들어가지 않는 수직 암벽을 두 팔과 다리에만 의지해서 말이다. 그 모습이 궁금하다면 다큐멘터리 「던월Dawn Wall」을 볼 것을 강력히 추천한다. 클라이머 토미 칼드웰과 케빈 조거슨이 엘 캐피탄에 던월 루트를 개척하는 감동적인 이야기다. 등반가 토미는 집을 수리하다 절삭기에 왼손 검지를 잃고도 던월을 끝까지 다 오른다. 초인이 아닐 수 없다.

‘지구의 체온’ 온천 로드

요세미티 국립공원 인근, 캘리포니아 모노 카운티에는 위트모어 텁스 로드(Whitmore Tubs Rd.)라는 도로가 있다. 이 길을 따라 여러 노천 온천이 이어져 있다. 물론 모두 무료다. ‘텁스(Tub)’는 우리말로 둥근 통이나 욕조를 뜻한다. 난 이곳을 위트모어 텁스 로드가 아닌 ‘온천 로드’라 부른다.

이곳은 로스앤젤레스에서 북쪽으로 480킬로미터 떨어져 있다. 5번 자동차 전용도로를 따라 북쪽으로 가다 샌타클라리타에서 14번 고속도로로 갈아탄 뒤, 395번 고속도로를 타고 북쪽으로 다시 올라가면 된다. 크롤리호를 지나서는 우회전하여 벤턴 크로싱 로드(Benton Crossing Rd.)에 진입하면 위트모어 텁스 로드를 만날 수 있다. 내비게이션을 따라가면 쉽게 길을 찾을 수 있다.

요세미티 국립공원의 거대한 화강암 절벽을 바라본다. 내가 무엇인가 이루려고 애를 쓴다 해도 압도적인 자연 앞에서는 나비의 날갯짓일 뿐이다.

중생대 백악기의 체온을 간직한 온천

온천탕을 가기 전 핫크리크 해처리 로드(Hot Creek Hatchery Rd.)에 있는 핫크리크 지올로지컬 사이트(Hot Creek Geological Site)에 간다. 다른 온천과 차로 15분 거리에 있다. 이곳 주차장에 차를 세운 뒤 안내판을 따라가면, 수십 미터 언덕 아래로 시퍼런 온천이 가마솥처럼 끓고 있다. 거대한 수증기가 주변을 뒤덮고 있다. 그 옆에 따뜻한 강물이 흐른다. 우리 부부는 목욕하려고 수건을 가지고 갔다가 멋쩍게 바로 거둬들였다.

이곳은 76만 년 전 중생대 백악기 때 화산 폭발로 만들어졌다. 당시 폭발로 600세제곱킬로미터의 마그마가 뿜어져 나왔고 면적 32제곱킬로미터인 대형 칼데라가 형성되었다. 한라산 백록담 면적(1.72제곱킬로미터)의 18.6배다. 이후 10만 년 동안 화산 활동이 계속 일어났다. 이 일대를 롱밸리 칼데라(Long Valley Caldera)라고 부른다. 사람이 들어갈 수 있는 온천들은 칼데라 중심에서 동남쪽에 몰려 있다.

핫크리크 지올로지컬 사이트이다. 수온이 높아 한낮에도 온천수에서 김이 올라오는 것을 관찰할 수 있다. 너무 뜨거워 사람이 들어가는 것이 금지되어 있다.

핫크리크 지올로지컬 사이트의 온천수는 지하 5킬로미터 아래 마그마를 뚫고 지표면으로 올라온 것이다. 무려 76만 년 전의 시간을 만나는 셈이다. 바로 앞 핫크리크강에는 지표 분기공을 통해 화산 가스가 새어 나온다. 2006년부터는 불규칙적으로 증기가 터지는 간헐천 활동이 나타나 수영이 금지되었다. 겉보기에는 여느 강과 같아 보이지만 순간적으로 화산 가스가 폭발하면 수온이 30도에서 92도까지 수직 상승한다. 주변에 세워진 경고판에는 이제까지 14명이 화상 등으로 숨졌다고 기록되어 있다. 미연방 산림청에서 관리하고 있으며 연방 지질조사국이 단층 활동 지표로 이곳을 모니터하고 있다.

주변은 초원 지대로 산책하기 좋다. 강물도 따뜻해 1920년대에는 상류에서 어부들이 송어를 양식하기도 했다. 서부영화의 아이콘인 존 웨인이 출연한 「진정한 용기True Grit」가 이 일대에서 촬영되었다.

록텁, 크랩쿠커, 셰퍼드 온천을 가다

온천 로드의 시작은 록텁(Rock Tub) 온천이다. 오전 9시쯤 도착한 그곳에는 온천수 수증기가 떠오르는 태양에 반사되어 찬란히 빛나고 있다. 광활한 초원을 뒤로하고 서쪽에는 시에라네바다산맥이 병풍처럼 펼쳐져 있다. 산세는 조각칼로 거칠게 깎아낸 듯 매섭다. 마치 가시 박힌 나무 몽둥이를 들고 서 있는 도깨비 같다. 정상은 한여름이 오기 전까지 눈이 쌓여 있다. 뜨거운 온천수와 설산 풍경은 가히 말을 잃게 한다.

록텁 온천은 콘크리트로 만들어져 있다. 4명 정도 들어갈 수 있다. 온천을 가기 위해 하이킹을 하지 않아도 되어 탐방객이 항상 있다. 온천수는

100미터 멀리서 파이프를 타고 들어온다. 수온은 약 38도로 미지근한 편이다.

록텁에서 위트모어 텁스 로드를 따라 동북쪽으로 2.5킬로미터쯤 가면 크랩쿠커(Crab Cooker) 온천이 나온다. 비포장도로에다가 거친 돌이 제법 있지만 조심히 운전하면 승용차로도 접근할 수 있다. 운전이 서툴다면 근처에 차를 세워두고 걷는 것을 추천한다.

온천에는 토리스라는 남자가 먼저 와 있었다. 온천 앞 긴 의자에 고독하게 앉아 있었다. 온천을 바라보는 모습이 도인 같았다. 그는 탕에 물을 뺀 뒤, 온천수 파이프 꼭지를 열어 온천수를 채우고 있었다. 그날은 초겨울, 11월 아침이었다.

크랩쿠커 온천이다. 한 남성이 이른 아침 온천을 찾았다. 떠오르는 태양과 뜨거운 온천수로 간밤에 언 몸을 녹이고 있다.

"어젯밤에 주변에 텐트를 치고 잤는데 너무 추워서 해가 뜨자마자 이곳에 왔어. 물에 이끼가 있어서 물을 빼고 다시 채우는 거야. 그런데 물이 너무 뜨거워 들어가지 못하겠어. 좀 식을 때까지 기다려야지."

'그까이꺼.' 목욕탕 열탕을 어릴 적부터 드나든 한국 남자의 포스를 보여주마 하고, 나는 호기롭게 손을 탕에 푹 담갔다. 아아앗! 너무 뜨거워 폴짝 뛰며 귀를 잡았다. 토리스는 거 보라는 듯 피식 웃었다. 크랩쿠커 온천은 '게 요리 오븐'이라는 이름만큼 아주 뜨거웠다. 탕 가까이 우물 같은 곳에서 원천수가 솟아오르는데 수온이 66도다. 달걀도 익힐 수 있을 것 같았다.

한두 시간 지나 온천이 식자 탕에 들어갔다. 지구의 체온이 빠짐없이 온몸에 부드럽게 와 닿았다. 시에라네바다산맥과 너른 초원이 360도 파노라마처럼 펼쳐졌다. 어디에도 인간의 흔적은 없다. 초원 한복판, 풀이 바람에 하늘거린다. 도시의 시간을 잘라내던 시곗바늘 소리도, 자동차 경적도 울리지 않는다. 소리가 태어나기 전, 원시의 세계 같았다.

크랩쿠커에서 걸어서 직선거리로 600미터, 차로 둘러 가면 3킬로미터인 지점에 셰퍼드(Shepherd) 온천이 있다. 우리가 간 날, 중년 여인이 옷을 홀딱 벗고 온천욕을 하고 있었다. 수온은 40도. 한 번에 4명이 들어갈 수 있는 크기다. 탕에는 이끼가 제법 끼어 있었다. 이곳은 누가 따로 관리하지 않는다. 알아서 파이프를 열고 물을 뺀 뒤 간단한 도구로 이끼를 제거해 물을 채워 넣으면 된다. 물은 한 시간 정도면 꽉 찬다. 이곳을 자주 찾는 사람들은 기다란 효자손 같은 것을 들고 다니면서 청소를 하며 온천욕을 한다.

아내가 셰퍼드 온천에 들어가 있다. 제법 깊어서 온몸을 푹 담글 수 있다. 탕 안에 이끼가 많이 자라 있다면 물을 빼고 이끼를 걷어낸 뒤 사용해도 된다.

구글 오류가 숨겨 놓은 보석 '온천강'

다시 북서쪽으로 9킬로미터를 가면, 리틀크리크 온천(Little Creek Hot Springs)이 나온다. 세상에 잘 알려지지 않은 곳이다. 식객의 숨겨 놓은 맛집이라고 할까. 책이나 인터넷 웹사이트에도 이곳에 관한 자세한 정보가 없다. 구글로 검색하면 앞서 소개한 핫크리크 지올로지컬 사이트 정보가 나오거나, 어쩌다 검색되더라도 구글 지도에 '폐쇄됨'이라는 메시지가 뜬다.

가는 길은 두 갈래다. 남쪽인 오언스강 로드(Owens River Rd.)에서 북쪽으로 올라가는 길과 반대로 북쪽에서 내려가는 앤털로프 스프링(Antelope Spring) 길이 있다. 우리는 앤털로프 스프링 길로 갔다. 날씨에 따라 도로 환경이 다를 수 있으니 사륜구동 차량이 아니라면 조심히 운전해야 한다.

리틀크리크 온천에 가까이 가자, 수만 년 전 화산 지대 풍경이 펼쳐졌다. 약한 지반 여기저기서 뜨거운 온천 수증기가 허연 김을 내뿜었다. 유황과 진흙이 섞여 게 삶는 냄새가 났다. 공룡 화석이라도 있을 것 같았다. 좀 더 내려가니 차량 서너 대가 주차되어 있었다. 리틀크리크 온천에는 6~8명이 탕에서 몸을 녹이고 있었다.

근처 마을인 맘모스 레이크에 산다는 세라가 갓난아이를 데리고 왔다. 아이를 모기장 같은 아기 침대에 놓고 친구와 수다를 떨고 있었다. 큰 개 대여섯 마리가 아이 옆을 지나다녀도 신경 쓰지 않았다. 개들이 서로 장난치다 사납게 짖자, 아이가 놀라 딸꾹질을 했다. 하지만 엄마 세라는 개를 타이를 뿐 아이를 챙기지 않았다. 천조국의 육아법인가!

이곳은 탕보다 '계곡 온천'이다. 탕 바로 앞에 9킬로미터의 온천강이 흐른다. 이 근방 온천 중 수질이 가장 깨끗하다. 강에 들어가 진흙을 긁어내 어깨와 팔에 마사지했다. 주변에 있던 사람들이 나를 따라 강물로 들어왔다. 진흙 마사지를 한다. 개들도 첨벙 물장구를 친다. 뜨거운 온천수를 계

리틀크리크 온천이다. 사람들과 개들이 서로 어우러져 놀고 있다. 오른쪽 모기장 같은 작은 아기 침대에 갓난아기가 있다.

리틀크리크 온천 옆을 흐르는 계곡이다. 이곳도 온천수다. 계곡 바닥의 진흙을 긁어 피부에 바르면 피부 마사지가 된다.

속 마시던 개는 꺼억꺼억거리며 토를 했다.

우리는 지구라는 행성에 살지만 지구를 모른다. 그건 우리를 모르는 것과 같다. 지구물리학자 리처드 포티는 저서 『살아 있는 지구의 역사』에서 흥미로운 말을 한다. "세계는 지각판들의 명령"이라고. 진화생물학자 리처드 도킨스가 인간의 행동을 "유전자의 명령"이라고 한 것처럼. 리처드 포티 박사는 "발밑 암석은 지구의 얼굴 안쪽에 자리한 무의식과 같으며 그 땅의 분위기와 인상을 결정한다"고 했다. '무의식이 인간의 진정한 장소'라고 말했던 프로이트와도 일맥상통한다.

캘리포니아주는 샌안드레아스 지진대를 따라 일 년에 1.8센티미터씩 북쪽으로 이동한다. 수천 년이 흐르면 캘리포니아주는 북미 대륙과 분리되어 섬이 된다. 이후 얼음의 땅 알래스카와 만난다. 캘리포니아는 엄연히 따지면 북미 대륙판이 아닌 태평양판에 있다. 지구의 관점에서, 캘리포니아는 뉴욕과 텍사스, 시카고와는 근본적으로 다른 곳이다.

'생태 창세기' 태초에 짐승이 있었다

21
모노 카운티의
와일드 윌리스/힐탑 온천

하늘에서 찬란한 빛기둥이 내려왔다. 그 빛을 따라 검은 머리카락 펄럭이며 여인이 나선형을 그리며 바다로 떨어지고 있었다. 그때 기러기 떼가 날아올라 날갯짓으로 그녀를 받쳐 거북 등딱지 위로 내렸다. 그녀는 '하늘여인(Skywoman)'이었다. 천상계에서 살고 있었는데 생명나무가 뿌리째 뽑히면서 생긴 구멍 아래로 추락한 것이다. 그녀는 쌍둥이를 임신한 상태였다.

바닷속 가장 아래 있는 흙을 건져 나오면 땅이 생긴다는 전설이 있었다. 수달과 비버, 철갑상어는 하늘여인이 디딜 수 있는 땅을 만들려고 바

와일드 윌리스 온천이다. 과거 화산 지대였던 이곳에는 다양한 크기의 온천이 있다. 여성들이 수영복을 입고 온천욕을 하고 있다.

닷속으로 들어갔다. 하지만 흙을 가지고 나오는 데 번번이 실패했다. 마지막으로 몸집이 가장 작은 사향뒤쥐가 나섰다. 작은 다리를 바둥거리며 바닷속으로 헤엄쳤다. 쥐는 한참 지나도 나오지 않았다. 다른 동물들은 사향뒤쥐가 실패한 것이라며 슬퍼했다. 아니나 다를까, 죽은 쥐가 수면 위로 떠올랐다. 그런데 입에 흙이 한 줌 물려 있었다. 다른 동물들은 쥐의 굳게 닫힌 입을 열어 흙을 꺼내 거북 등딱지에 올려놓았다. 하늘여인은 감사의 노래를 불렀다. 흙을 발로 어루만지며 춤을 추었다. 흙은 점차 커져 대지가 되더니 마침내 북아메리카 대륙이 되었다.

하늘여인 이야기는 뉴욕주 원주민 이로쿼이(Iroquois) 부족과 오대호 주변 휴런(Huron) 부족의 창세기 신화다. 보잘것없는 작은 동물들이 임신한 채로 낯선 땅에 불시착한 인간을 도와주고 그 보답으로 대지가 생겼다는 이야기다.

신화에 따르면, 하늘여인이 구멍으로 추락할 때 생명나무의 가지를 붙잡고 떨어졌다. 나뭇가지에는 다양한 식물의 씨앗이 있었다. 여인은 추락할 때 붙잡았던 나뭇가지의 씨앗을 땅에 심어 세상을 초록으로 물들였다. 하늘여인의 쌍둥이 아들은 무럭무럭 자랐다. 하늘여인이 수명을 다해 숨지자 그중 선한 아들이 죽은 어미의 몸에 씨앗을 심었다. 이듬해 어미 몸에서 옥수수가 싹을 틔웠다.

화가 어니스트 스미스(Ernest Smith)가 그린 '하늘여인'의 신화다. 1936년도 작품이다. 하늘여인이 나무 뿌리에서 생긴 구멍을 통해 지구로 떨어지고 있다.

현명한 들풀의 바다

온천 기행에서 자주 만나는 식물이 있다. 한국 여름 산이 내뿜는 '찐'초록과 전혀 다른 희끄무레한 녀석이다. 같은 종끼리 서로 데면데면해 일정 거리 이상 떨어져 지내는 종이다. 이름은 '어질 현(sage)' 자를 써서 세이지브러시(Sagebrush), 국화과 쑥속 식물이다.

세이지브러시는 캘리포니아주와 애리조나주 등 11개 주 100만 제곱킬로미터 면적에 걸쳐 서식한다. 대한민국 땅(22만 제곱킬로미터)의 5배 면적이다. 특히 캘리포니아의 허리 축인 시에라네바다산맥 동쪽에 군집해 자란다. 건조한 기후를 좋아하는데 시에라네바다산맥이 태평양에서 넘어오는 비구름을 사시사철 막아주기 때문이다. 미국 대자연에 관한 글을 쓰는 작가 스티븐 트림블(Stephen Trimble)은 이 일대를 '세이지브러시 대양(Sagebrush Ocean)'이라고 했다. 바다(Sea)도 아닌 대양(Ocean)이다.

온천 여행할 때 차창을 열면 향긋한 허브 향이 바람을 타고 차 안으로 미끄러져 들어온다. 이 땅이 건네는 첫인사다. 세이지브러시 가지를 몇 개 부러뜨려 차 계기판 위에 올려놓으면 타오르는 태양에 이파리가 마르면서 싱그러운 향이 차 안에 가득 퍼진다. 졸음을 깨운다. 이파리를 따서 손바닥으로 문질러 보면 쿰쿰한 땀 냄새가 사라진다. 사람들은 세이지브러시를 '카우보이의 향수(Cowboy Cologne)'라고 부른다.

세이지브러시는 다년생 식물로 100년 이상 자란다. 크기는 다양한데 대표 종 아르테미시아 트라이든테이트(*Artemisia tridentate*)는 0.5~3미터까지 자란다. 이밖에 땅바닥에 바짝 붙어 자라는 피그미세이지브러시(Pygmy sagebrush), 해발 3,000미터 이상에서만 서식하는 알파인세이지브러시(Alpine sagebrush), 잎에 설태가 낀 것처럼 하얀 화이트세이지브러시(White sagebrush) 등 줄잡아 30여 종이 있다. 장소와 기후에 따라 다양하게 진화한다. 이에 식물학자들은 세이지브러시를 '진화의 엔진'이라 부르기도 한다. 반면, 토착성이 강해 한 지역에서 자라는 식물을 다른 지역으로 옮겨다 놓으면 잘 자라지 않는다.

원주민의 원조 천연 백신

하이커와 클라이머가 많이 찾는 산악마을 비숍(Bishop)을 지날 때 원주민 문화센터인 파이우트-쇼숀 문화센터(Paiute-Shoshone Cultural Center)를 방문한 적이 있다. 그날 운 좋게 아메리카 원주민 로라 아주머니를 만났다. 마침 정원에 세이지브러시가 자라고 있었다. 나는 그 식물에 관해 물었다. 로라는 "어렸을 때만 해도 누가 몸살이나 감기에 걸리면 할머니나 어머니가 이걸 빻거나 태워 약으로 사용했어. 종교의식 같은 데도 사용하고 있고"라고 말했다.

세이지브러시다. 이파리가 회색으로 보이는 것은 미세한 잔털이 이파리에 우산 모양으로 촘촘히 채워져 있기 때문이다. 수분 증발을 막기 위한 생존 전략이다.

나는 세이지브러시를 어디에서 살 수 있느냐고 물었다. 아주머니는 황당해하는 표정을 지으며 "그걸 마켓에서 산다고?"라고 되물었다. 그때만 해도 세이지브러시가 지천으로 흐드러지게 자라는지 몰랐다. 실제 세이지브러시에는 인삼에 있는 장뇌(camphor) 성분과 테르페노이드(terpenoids), 떫은맛을 내는 탄닌(tannins) 등이 있어 상처나 두통 치료에 좋다고 한다.

톡 쏘는 향, 원격 통신, 그들이 살아남는 법

세이지브러시가 내뿜는 향은 상대방으로부터 자신을 보호하기 위한 방어 목적이다. 누군가를 유혹하기 위한 것이 아니다. 주로 사슴이나 소 같은 반추동물(되새김질동물)로부터 자신을 보호하기 위한 일종의 최루탄 가스다. 또 이파리에는 쓴맛을 내는 장뇌와 테르페노이드 성분이 있어 초식동물이 먹고는 바로 뱉어 버린다. 독소가 있는 박테리아도 이 식물에 공생하고 있다. 동물이 먹으면 신체 일부가 마비될 수 있다.

두 번째 생존 전략은 원격 통신이다. 세이지브러시는 주변 식물과 대화를 한다. 누군가 곤충이나 동물의 공격을 받으면 화학물질을 생산해 근처 식물에 위험 신호를 보낸다. 이 신호를 포착한 이웃 식물은 체내 독소를 더욱 많이 생산해 자신을 방어하고 주변에 다시 위험 신호를 보낸다. 통신 범위는 비가 내리면 더 강해져 최대 60센티미터까지 서로 소통할 수 있다.

이 식물과 공존하는 초식동물이 있다. 고라니처럼 생긴 북미 토착종 프롱혼(Pronghorn)이다. 프롱혼은 오랜 세월 세이지브러시와 함께 진화해 이 화학전을 견딜 수 있다. 산쑥들꿩인 멸종위기종 세이지그라우즈(Sage grouse)도 세이지브러시의 이파리를 먹고 자란다. 설치류와 작은 새들도 세이지브러시의 씨앗을 먹으며 생태계 그물을 형성하고 있다.

가장 중요한 것은 사막 기후에서 어떻게 생존하느냐는 것이다. 세이지브러시 중심 뿌리는 지하 4미터까지 수직으로 뻗어 지하수를 펌프질한다. 곁뿌리는 방사형으로 뻗어 새벽이슬이나 빗물을 끌어모은다. 이 때문에 겉보기에는 나약해 보여도 힘으로 뽑으려 해도 끄떡하지 않는다.

번식을 위해서는 두 집 살림을 한다. 다른 식물처럼 씨앗을 생산하면서도, 뿌리에서 직접 어린 식물을 배양해 완전히 독립하기 전까지 수분을 공급해 싹을 틔운다. 꽃은 봄이 아닌 가을에 핀다. 벌과 새의 관심을 차지하기 위해 다른 식물과 경쟁하는 것을 피한다. 꽃잎의 색깔이 화려하지도 않다. 꽃도 새끼손톱보다 작고 보잘것없어 곤충들이 눈여겨보지 않는다. 대신 세이지브러시는 식물당 35만 개에서 1000만 개의 좁쌀만 한 씨앗을

세이지브러시는 8월에서 12월 사이에 아주 작은 꽃을 피운다. 이맘때면 시에라네바다산맥 동쪽은 노란색 꽃으로 뒤덮인다.

만들어 바람에 날려 보낸다.

이파리는 작고 회색빛을 띤다. 건조한 날씨에 수분이 증발하는 것을 막기 위해 미세한 털이 촘촘히 박혀 있기 때문이다. 이파리도 작고 뾰족하다. 바람에 수분이 날아가는 것을 막기 위한 것이다.

사막이 겉보기에는 메말라 있는 텅 빈 곳으로 보여도 생명 활동이 역동적으로 펼쳐지는 공간이다. 로스앤젤레스에서 토종식물 보존 활동을 하는 원주민 스탠 로드리게스는 "사막은 슈퍼마켓이다. 식물이 사막에서 살아남는 법을 알면, 당신도 살아남을 것이다"라고 말했다. 이어 원주민 마이클 마드리갈은 "사막은 우리에게 강인함과 인내를 가르쳐준다. 그곳은 (우리의) 집이다"라고 했다. 이들의 활동은 오트리 뮤지엄(Autry Museum)에 있는 작은 정원에서 만날 수 있다.

노천 대중탕, 와일드 윌리스 온천

이번에 찾은 장소는 와일드 윌리스 온천(Wild Willy's Hot Springs)이다. 앞서 소개한 캘리포니아 모노 카운티의 위트모어 텁스 로드 아래쪽인 벤턴 크로싱 로드에 있다. 유료 온천 수영장인 위트모어 풀(Witmore Pool)을 지나 6킬로미터쯤 달리면 와일드 윌리스 온천이 나온다. 구글맵을 따라가면 쉽게 찾을 수 있다.

자갈로 깔끔하게 정리된 주차장에 차를 세우고 나무 덱을 따라 400미터쯤 걸어가자 기다리던 온천이 모습을 드러냈다. 이곳은 바로 옆에 크롤리 호수가 있어 크롤리 온천(Crowley Hot Springs)이라고도 불린다.

온천은 두 개로 나뉘어 있다. 5미터 이상 길게 늘어진 탕과 콘크리트로 만든 하트 모양의 탕이다. 온도는 섭씨 32~36도다. 마치 대중탕 같다. 이곳을 처음 방문했을 때 족히 30명 정도가 온천욕을 하고 있었다. 산이 저 멀리 360도 파노라마로 둘러싸고 있고 주위는 초원이다. 포유류라고는 인간밖에 보이지 않는다. 차를 타고 여섯 시간쯤 달려왔다는 마른 몸매의 여성은 "이곳에서야말로 자연을 제대로 느낄 수 있어. 한적하지. 생각을 버릴 수 있어"라고 했다. 그녀는 맑은 온천수가 지나는 자리에서 한참 동안 목욕을 즐겼다.

캘리포니아주립대 로스앤젤레스 캠퍼스 학생들도 와 있었다. 동아시아 문화 수업을 듣고 야외 휴식을 왔다고 했다. "제이슨!" 학생들이 자신들 쪽으로 오라며 교수의 이름을 불렀다. 온천수가 깊지 않아 교수는 포복 자세로 기어 학생들 쪽으로 이동했다. 교수와 학생 사이에 권위가 없는 미국이라지만, 학생이 교수의 이름을 부르고 교수가 그 앞으로 기어가니 적잖이 놀랐다.

온천 주변에 화장실이 없다. 뒤처리를 잘해야 한다. 인종을 가리지 않

와일드 윌리스 온천으로 야외 휴식을 나온 대학생들이다. 교수와 서슴없이 지내는 모습이 인상적이었다. 거추장스러운 위계질서가 없어 더 자유로워 보였다.

고 남자들은 멀리 걸어가 초원에서 그냥 오줌을 누었다. 뒤태가 다 보인다. 온천 동쪽에는 검은색 화산암인 깔린 글래스 마운틴(Glass Mountain)이 있다. 반짝이는 바둑돌 같은 암석이 산을 뒤덮고 있다. 다른 행성에 온 것 아닌가 하는 착각을 불러일으킨다. 주변에 가볼 만한 탐방로가 많다.

고급지게 멍때리기, 힐탑 온천

와일드 윌리스 온천 가까이 힐탑(Hill Top) 온천이 있다. 와일드 윌리스 온천에서 500미터 정도 걸어가면 되지만 차로 가면 3.5킬로미터를 둘러 가야 한다. 이곳은 바로 옆 호수 이름을 따 풀키스 풀(Pulky's Pool)이라고도 불린다.

온천은 콘크리트로 만들어져 있다. 온천탕 깊이는 60센티미터 정도다. 6명 정도 들어갈 수 있다. 온천수는 멀리서 플라스틱 파이프를 따라 탕으로 콸콸 들어온다. 밸브를 여닫으며 수온을 조절할 수 있다. 주변은 온천 습지다. 우리가 처음 갔을 때는 온천수가 아주 뜨거웠다. 사람이 들어가기 힘들 정도였다. 여러 가족이 잇따라 왔는데 물이 뜨거워 그저 구경만 했다. 날씨에 따라 수온 차가 심하다.

주변에 인기척 하나 없다. 인터넷 금단 증상이 올라온다. 괜히 전화기를 만지작거린다. 안 열리는 인터넷 창을 계속 열어본다. 휴식하러 왔지만 진짜 아무것도 하지 않는 것이 얼마나 어려운 일인지 깨닫는다. 휴식도 훈련이 필요하다. 명상을 배웠다면, 명상하기 이보다 좋은 곳은 없다. 고급지게 멍때리기 좋은 곳이다.

↑ 힐탑 온천이다. 처음 방문했을 때는 물이 너무 뜨거워 들어가지 못했다. 날씨와 시간대가 잘 맞아야 한다. 사람들이 덜 붐비는 곳이라 수온만 맞다면 온천을 제대로 즐길 수 있다. 파이프 밸브를 열고 닫으며 수온을 조절할 수 있다.

↗ 바닥이 보일 정도로 맑은 힐탑 온천이다. 의자가 설치되어 있다. 온천욕을 하고 명상하는, 끝내주는 힐링 장소다.

미국식 아전인수, 피해 보는 소규모 지역

사람들이 곳곳에서 캠핑을 하고 있었다. 아침 수프를 끓이는 커플에게 슬쩍 가서 캠핑을 해도 되냐고 물었다. 그들은 예약받는 곳이 따로 없다며 먼저 온 사람이 자리를 차지하면 된다고 말했다. 관광지에서 무료 캠핑이라니, 뭔가 찜찜했다. 이유를 알고 보니 서글펐다. 로스앤젤레스 수도전력국이 이 땅을 임대해 수백 킬로미터 떨어진 로스앤젤레스까지 물 배달을 하고 있었다. 이 때문에 지하수가 줄어들고 호수가 얕아졌으며, 녹지도 계속 줄어들었다. 이 와중에 로스앤젤레스시는 이곳을 오염시키지 않는 조건에 탐방객들이 캠핑을 하도록 허용한 것이다. 현지인 입장에서는 물을 빼앗겨 생태계마저 파괴되고 있는데 꼴사납게 외지인이 노는 꼴도 봐야 했다.

로스앤젤레스는 물 자급률이 30퍼센트 정도밖에 안 된다. 나머지는 시에라네바다산맥과 콜로라도강, 캘리포니아 북부 지역 땅을 임대해 물을 끌어다 쓴다. 특히 캘리포니아 남부는 시에라네바다산맥의 쌓인 눈인 '스노우팩(Snowpack)'에 크게 의존한다. 온천에서 바라다보이는 산맥에 쌓인 눈이 바로 앤젤리노('뉴욕커'처럼 로스앤젤레스에 거주하는 사람을 일컫는 말)의 식수이다. 이 눈이 녹아 계곡과 저수지로 흘러들고 마침내 캘리포니아 주민의 식탁으로 연결된다.

이처럼 로스앤젤레스는 물 부족 도시이지만 실상은 펑펑 쓴다. 집마다 스프링클러로 잔디를 키우며 산다. 물을 많이 먹는 식물인데도 말이다. 심지어 내가 살던 아파트에서는 스프링클러가 터져 몇 년째 물이 하수도로 흘러도 고칠 생각을 안 한다. 로스앤젤레스시에서는 빗물을 저장하는 대규모 사업을 하려고 하지만 진척이 없다. 더욱이 2012년 「빗물 저장법The Rainwater Capture Act」이 통과되기 전까지는 개인이 빗물을 저장할 수도 없었다. 미국이 북미 대륙을 차지하기 전인 에스파냐 점령 시기, '푸에블로 권리(Pueblo Rights)'라고 해서 하늘에서 떨어지는 빗방울 하나도 도시의 자산이라고 여겼던 풍습이 남아 있기 때문이다. 이명박 정권 4대강의 모델이기도 한 엘에이강은 콘크리트로 완전히 발라져 있다. 그나마 내리던 비도 땅에 저장되지 않고 곧장 바다로 흘러간다.

아메리카 원주민은 자신을 하늘여인의 후손으로 땅의 소유자가 아닌 한 명의 '이민자'라고 생각했다. 여러 동물의 도움으로 생존했기에 땅과 생명체를 존중했으며 받은 혜택은 되돌려줘야 한다고 생각했다. 사냥에도 존중이 깃들었다. 동물 신령에게 허락을 구하고 필요한 것 이상 사냥하지 않았으며 동물의 환생을 기도했다.

출길 거리

맘모스 레이크

맘모스 마운틴 스키장

위치 : Mammoth Mountain Ski Area
10001 Minaret Road, Mammoth Lakes, CA, 93546

맘모스 마운틴 스키장은 해발 3,370미터에 자리 잡고 있다. 캘리포니아에서 가장 높고 큰 스키장이다. 미국 동계올림픽 국가대표 선수들이 훈련하는 장소이기도 하다. 스키장에는 초보자와 중급자, 고급자 등 수준에 따른 슬로프가 150개 있다. 매년 11월 중순부터 이듬해 6월까지 스키장을 이용할 수 있다. 자세한 사항은 맘모스 마운틴 공식 홈페이지(mammothmountain.com)에서 확인할 수 있다.

호수 걷기

위치 : Mammoth Lakes, CA 93546

맘모스 레이크에는 고즈넉한 호수 5곳이 있다. 트윈 레이크(Twin Lakes)와 레이크 메리(Lake Mary), 레이크 메이미(Lake Mamie), 레이크 조지(Lake George), 호스슈 레이크(Horseshoe Lake) 등이다. 우리 부부가 좋아하는 곳은 트윈 레이크다. 가을이면 단풍을 보러 오는 관광객으로 북적인다. 호숫가에서 캠핑을 하거나 보트 타기, 산책과 등산 등을 할 수 있다. 레이크 메리와 레이크 메이미에는 낚시꾼이 많이 찾는다. 주로 송어가 잡히며, 낚시 시즌은 4월부터 11월까지다. 레이크 조지에서는 초여름에 야생화를 보면서 산책을 할 수 있다. 호스슈 레이크의 트레일 구간은 국가 역사 유적지인 데블스포스트파일로 이어진다.

데블스포스트파일 국가 역사 유적지Devils Post Pile National Historic Monument

위치 : Minaret Vista Road, Mammoth Lakes, CA 93546

데블스포스트파일은 높이 18미터의 현무암 주상절리다. 10만 년 전 용암이 굳어 육각형 돌기둥이 되었다. 이후 빙하가 녹고 풍화작용이 일어나면서 육각형의 모습이 더욱 뚜렷해졌다. 한때 이곳을 개발하려는 움직임이 있었는데 주민들과 환경운동가들이 싸워 막아냈다. 겨울에는 안전상의 이유로 출입이 금지된다.

레인보우 폭포Rainbow falls

위치 : End of CA -203 West Mammoth Lakes, CA, 93546

7만 5천 년 전 용암이 흐른 자리에 31미터 폭포수가 형성되었다. 캘리포니아 시에라네바다산맥 동쪽에서 가장 큰 폭포다. 흐르는 물 때문에 계속 침식작용이 일어나고 있다. 떨어지는 폭포수로 인해 무지개가 생긴다. 데블스포스트파일에서 이정표를 따라 4킬로미터 걸어가면 폭포를 만날 수 있다. 누구나 쉽게 걸을 수 있는 구간이다. 폭포에서 계단을 따라 내려가면 폭포 가까이 접근할 수 있다.

에릭 샤츠 빵집Erick Schat's Bakery

위치 : 763 N Main St, Bishop, CA, 93514

교통의 요지인 비숍에 있어 관광객들이 한 번쯤 들르는 빵집이다. 유럽에서 건너온 양치기 출신 이민자들이 고향의 맛을 못 잊어 빵을 구워 팔다가 1903년 정식으로 가게 문을 열었다. 지금까지도 손수 반죽을 만들어 유럽산 돌 오븐에 빵을 구워낸다. 빵과 과자, 샌드위치 등 먹을거리가 수백 가지다. 즉석에서 만드는 샌드위치와 할라피뇨 치즈빵이 대표 메뉴다.

비숍 버거 반 Bishop Burger Barn

위치 : 2675 W Line St, Bishop, CA, 93514

비숍 버거 반은 로스앤젤레스에서 맘모스 레이크로 이어지는 395번 고속도로에서 가장 맛있는 버거집으로 알려져 있다. 야외 테라스의 허름하고 투박한 식탁에서 버거를 맛볼 수 있다. 식재료는 모두 비숍 지역에서 생산된 유기농 제품이다. 치즈 버거와 양파, 감자와 고구마 튀김이 유명하다.

온천 가는 길
캘리포니아 중부 3

지진 호수가 숨겨둔 보석, 종유석 온천

22 모노 카운티의 벅아이/트래버틴 온천

"에이 참, 침대 흔들지 마."

베개를 가슴에 받치고 책을 읽고 있는데 침대가 휘청거린다. 아내는 옆에 누워 휴대전화로 웹 드라마를 보고 있다. 휘청, 휘어청. 이번엔 창가 블라인드가 파르르 떨린다. 지진이구나! 한가로웠던 토요일 저녁, 아내와 나는 부리나케 집을 빠져나와 동네 카페로 몸을 피했다. 만약을 대비해 주유소에 가서 차에 휘발유도 가득 넣었다. 사태가 심각해지면 미 중부로 피난 갈 심산이었다. 후불인 커피값도 미리 지불했다.

전화기에서 인터넷 뉴스 속보가 계속 떴다. 지진 규모 7.1. 진앙은 로스앤젤레스에서 북쪽 202킬로미터 떨어진 컨 카운티 리지크레스트(Ridgecrest)였다. 미 기상청은 20년 만에 가장 강력한 지진이라고 발표했다. 그날부터 일주일간 진앙에서는 규모 3.0 이상의 지진이 600번가량 감지됐다.

이번 여행지는 캘리포니아 중부 모노 카운티(Mono County)에 있는 모노레이크(Mono Lake) 일대다. 수만 년 전 지각 변동으로 만들어진 거대 호수로 로스앤젤레스에서 차로 여섯 시간 거리다. 지진대가 지나는 곳이다.

트래버틴 온천이다. 트래버틴은 석회암 퇴적물로 값비싼 건축 재료다. 바위에서 솟은 온천수가 온천탕 4개를 만들었다. 석양을 보며 온천욕을 할 수 있다.

'파리'가 주인인 알칼리 호수

모노 레이크는 500만 년 전 지진과 화산 폭발로 형성되었다. 단층작용으로 시에라네바다산맥이 해발 4,000미터 이상 치솟고 동쪽은 해발 600~2,000미터 높이로 비스듬히 가라앉았다. 그 뒤 수만 년 동안 화산 폭발이 일어나 화산암과 화산재 퇴적암인 응회암 지대가 만들어졌다. 76만 년 전에는 오목이 파인 분지에 계곡물이 모이면서 지금의 호수가 되었다. 그것이 모노 레이크다.

모노 레이크는 해발고도 1,944미터에 있다. 한국 최고봉인 한라산(1,950미터)과 맞먹는 높이다. 둘레는 21킬로미터, 면적은 180제곱킬로미터로 충북 충주호의 2.5배다. 호수에는 화산섬 네깃(Negit)과 파오하(Paoha)가 있다.

5개 지류에서 모노 레이크로 물이 흘러 들어간다. 하지만 배수로가 없다. 이 때문에 수만 년 동안 증발만 일어나 염도가 바다보다 2.5배 높은 알칼리성 소금물이 되었다. 물고기가 살지 않는다. 여러 낚시협회에서 여러 종의 물고기를 호수에 풀었지만 한 마리도 살아남지 못했다. 대신 미항공우주국(NASA)이 지난 2010년 신비한 박테리아를 호수에서 발견했다고 밝혔다. 생명체 구성물질인 인(P) 없이 비소를 기반으로 한 박테리아라는 것이다. 미항공우주국은 이를 근거로 우주에서도 생명체가 살 수 있다고 주장했다.

독특한 생명체가 자란다. 호수 생태계의 원료는 소금새우(Brine shrimp)와 알칼리파리(Alkali fly)의 유충 쿠차비(Kutsavi)다. 이들은 호수에서 자라는 조류를 먹고 서식하며 캘리포니아갈매기(California gull)와 흰물떼새(Snowy plovers), 논병아리(Grebe)와 지느러미발도요(Phalarope) 등 새 200만 마리의 먹잇감이 된다.

마크 트웨인도 감탄한 잠수부

아메리카 원주민 파이우트족 일파인 쿠자디카(Kutzadika)족에게 알칼리파리는 단백질의 주공급원이다. 여성들이 호숫가에 나가 바가지로 파리 유충 쿠차비를 잡아 햇볕에 말린다. 여성들은 말린 쿠차비의 껍질을 벗겨서 주식으로 먹거나 아니면 다른 부족과 물물교환을 했다. 마리당 0.01칼로리로 단백질과 지방질이 풍부하다. 호수 이름 모노(Mono)도 원주민 언어로 '파리를 먹는 사람들(Fly Eaters)'이라는 뜻인 '모노케(Monoche)'에서 따왔다.

알칼리파리는 호숫가에 서식한다. 몸집이 초파리보다 크고 보통 파리보다는 작다. 수면에 서로 밀착해 무리 지어 지낸다. 수변에서 서식 활동을 하느라 사람이 다가가도 달라붙지 않는다. 막대기로 무리를 건드려 봐도 윙 소리를 내며 날아올랐다가 다시 제자리에 얌전히 앉는다.

알칼리파리는 마블 히어로도 놀랠 만한 능력이 있다. 소금물을 먹지만 소금기를 체내에 축적하지 않고 다른 물질로 배출한다. 온몸에 있는 잔털에는 왁스 성분이 있어 잠수할 때 몸 주변에 산소통 역할을 하는 커다란 공기 방울을 만든다. 최대 15분간 잠수한다. 소설가 마크 트웨인은 여행기 『서부 유랑기Roughing it』에서 "파리를 붙잡아 당신이 원하는 만큼 물속에 집어 넣어보라. 그들은 개의치 않을 것이다. (오히려) 자랑스러워할 것이다"라며 알칼리파리의 놀라운 능력을 감탄했다. 호수에는 파리를 잡아먹기 위해 수백 종류 새가 날아온다. 새의 천국이다. 특히 호수에 떠 있는 화산섬은 들짐승으로부터 보호받아 새들에게는 유토피아 같은 곳이다.

알칼리파리 떼가 모노 레이크 호수면에 붙어 서식 활동을 하고 있다. 사람에게 덤벼들지 않는다. 알칼리파리 유충은 원주민의 단백질 공급원이었다.

540킬로미터짜리 스펙터클한 아전인수

1940년대부터 수위가 낮아졌다. 호수에 있는 화산섬 네깃에도 육로가 생겼다. 이 길을 이용해 코요테들이 건너가 새 둥지를 털었다. 가장 큰 변화는 호수에 잠겨 있던 석회암 기둥인 투파 타워(Tufa Tower)가 수면 밖으로 모습을 드러내기 시작한 것이다. 투파는 종유석과 같은 석회암 퇴적물이다. 한국 동굴에 있는 종유석은 천장에서 아래로 자라지만 이와 달리 투파는 나무처럼 아래에서 위로 자란다. 칼슘 성분이 있는 뜨거운 온천수가 호수 지하에서 올라오면서 호수의 탄산염과 만나 석회암 기둥을 만든 것이다. 이 때문에 수면 위로 투파가 머리를 내밀었다는 것은 '암석 나무'의 성장이 끝났다는 것을 의미한다.

석회암 기둥인 투파 타워다. 물속에 잠겨 있을 때 화학작용을 일으켜 나무처럼 위로 키가 자란다.

생태계 변화를 일으킨 것은 다름 아닌 로스앤젤레스다. 로스앤젤레스 주정부는 이곳 땅을 매입해 1941년부터 모노 레이크로 흘러드는 지류 5곳 중 3곳을 로스앤젤레스로 끌어다 썼다. 이미 1913년 캘리포니아 중부 오언스 레이크(Owens Lake)로 흘러드는 오언스강 물을 끌어다 썼지만, 도시의 급격한 성장으로 물 수요를 감당할 수 없자 더 상류인 모노 카운티까지 손길을 뻗친 것이다. 인공수로의 길이는 무려 540킬로미터다. 서울과 부산 거리(410킬로미터)보다 길다. 그야말로 스펙터클한 아전인수다. 이 때문에 모노 레이크 수위는 1941년 1,956미터에서 2013년 1,945미터로 11미터나 낮아졌다.

파괴되어 가는 호수에 관심을 가진 건 스탠퍼드대학교에서 조교수를 하던 데이비드 게인스(David Gaines)였다. 그는 1974년 정부기관인 국립과학재단의 지원을 받아 캘리포니아주립대 데이비스 캠퍼스와 샌타크루즈 캠퍼스, 스탠퍼드대학교 대학원생과 이곳의 생태를 연구한다. 3년 뒤인 1977년 6월 모노 레이크를 최초로 연구한 보고서 「모노 레이크 생태 연구」를 학계에 발표한다. 호수의 환경파괴를 과학적으로 증명한 첫 연구였다.

그는 1978년 비영리단체 모노레이크위원회를 꾸려 로스앤젤레스 수도전력국을 상대로 소송전을 벌인다. 로스앤젤레스가 물을 빼내 공적·사적 피해가 발생했다는 것이다. 다윗과 골리앗의 싸움이었다. 결국 1983년 대법원이 모노레이크위원회 손을 들어주었다. 이후 캘리포니아 수자원통제이사회는 로스앤젤레스시에서 물을 끌어가는 것을 최소화하도록 했고 호수의 최소 수위를 정해 수위를 회복하도록 조처했다.

고산에서 즐기는 암석 온천

모노 레이크에서 북쪽으로 39킬로미터 떨어진 브리지포트(Bridgeport) 마을은 산악스키와 스노우 모빌, 개 썰매를 즐기러 전 세계 겨울 스포츠광들이 모이는 곳이다. 송어 낚시도 유명하다. 가까운 마을 보디(Bodie)에는 골드러시 때의 흔적이 고스란히 남아 있어 역사 관광을 할 수 있다.

브리지포트에서 북서쪽으로 14킬로미터 떨어진 곳에 있는 벅아이 온천(Bukeye Hot Springs)을 찾아갔다. 395번 고속도로를 따라 북쪽으로 가다가 좌회전해 산길로 들어가면 된다. 20분쯤 구불구불한 산길을 따라가다 보면 작은 주차장이 나온다. 폭설이 내리는 한겨울이 아니라면 승용차로도 갈 수 있다.

온천은 한라산보다 높은 해발 2,116미터에 있다. 주차장에 차를 세우고 비탈길을 걸어 내려가다 보면 멀찍이 밝은 갈색 암석이 보인다. 그 곁으로 수증기가 푸르르 피어오른다. 내려가는 길에선 조심해야 한다. 경사가 아주 급한 데다 뱀이 나올 수 있다.

벅아이는 도토리 같은 열매가 열리는 침엽수다. 오하이오주 대표 나무로 선정되어 있는데, 어원학 책인 『지리적 명칭의 어원Etymology of Current Geographical Names』에는 오하이오 출신들이 브리지포트 일대에 이주하면서 이곳을 벅아이로 불렀다고 기술하고 있다.

온천은 툭 튀어나온 이마처럼 불룩한 바위 아래 있다. 언덕에서 온천수가 떨어져 석회암 퇴적물인 트래버틴 바위 아래로 모인다. 바위 아래로 떨어지는 온천 원수에 손을 대면 화상을 입을 수 있다. 바위 아래에는 작은 굴이 형성되어 있다. 뜨거운 햇살이 내리쬐어 그 안에 쏙 들어갔다. 따뜻

← 벅아이 온천이다. 트래버틴 바위가 버섯 모양으로 형성되었다. 사람들이 그 안으로 들어가 온천욕을 하고 있다.

↓ 바위에서 온천수가 떨어지고 있다. 손을 갖다대면 화상을 입을 수 있다. 한 남자가 그늘에 머리를 들이밀고 온천수에 누웠다.

한 온천수에 몸을 담그고 눈을 감으니 머리에 서늘함이 느껴졌다. 이 고산에 암석으로 만들어진 온천이라니! 이곳을 찾은 나도 참 별나다는 생각에, 피식 웃음이 나왔다.

우리 부부가 찾은 날은 9월 첫째 주 노동절 연휴였다. 캠핑족과 연인, 가족 단위 방문객으로 시끌벅적했다. 친구들과 캠핑을 왔다는 개빈은 캔맥주를 끊임없이 따서 마셨다. 졸졸 흐르는 시냇물을 영어로 '바블링 브루크(babbling brook)'라고 한다. 속어로 '수다쟁이'라는 뜻이 있는데, 온천은 사람들의 수다로 가득했다.

수만 년, 자연이 축조한 트래버틴 온천

모노 레이크에서 북쪽으로 42킬로미터 떨어진 곳에 트래버틴 온천(Travertine Hot Springs)이 있다. 이곳도 내비게이션에 장소를 찍으면 쉽게 갈 수 있다. 우리가 찾아간 날에는 주차장에 차가 대여섯 대 있었다. 화장실도 있다.

차에서 내리니 오른쪽 낡은 카펫 옆에 온천이 있었다. 성인 대여섯이 들어갈 만한 온천탕이다. 마리화나를 피우고 있던 아주머니는 방해받고 싶지 않았던지 "저 아래로 걸어가면 더 좋은 온천이 있어"라고 말했다.

20미터쯤 걸어 들어가자 이무기가 누운 것 같은 긴 바위가 보였다. 바위에는 뱀의 비늘처럼 까슬까슬한 줄무늬가 규칙적으로 나 있었다. 공룡의 핏줄 같은 물줄기도 있었다. 뜨거운 온천수가 그 줄기를 타고 탕으로 떨어졌다.

바위는 벅아이 온천과 같은 돌인 '트래버틴'이다. 흰색과 크림색, 갈색을 띠었다. 트래버틴은 종유석과 같은 석회암 침전물로 온천수가 탄산염 광물과 만나 형성된다. 프랑스 티볼리(Tivoli) 지방의 라틴 이름인 티버(Tibur)에서 유래했다. 트래버틴은 호화 건축 재료다. 로마 콜로세움 원형극장이 이 돌로 만들어졌다. 각종 기념비 제작에도 사용된다. 로스앤젤레스에서는 석유왕 장 폴 게티가 지은 게티센터가 이 돌로 만들어졌다. 외벽에 구멍이 숭숭 뚫린 아이보리색 돌이 트래버틴이다. 게티센터는 건축계의 노벨상이라 불리는 프리츠커상을 받은 건축가 리처드 메이어가 설계했다.

트래버틴 온천 일대에서도 광산업자들이 1980년대 중반까지 이 돌을 채굴했다. 샌프란시스코 시청을 세울 때 이 지역 돌이 사용되었으며 꾸준히 고가 주택 건축자재로 팔려나갔다. 지금은 주정부가 환경파괴를 우려해 채굴을 금지하고 있다.

트래버틴 온천에는 탕이 4개다. 60도에 이르는 원천수가 암벽을 타고 흐르다가 탕에 떨어지면 40도 정도로 식는다. 온천수는 옆탕, 옆탕으로 이동해 마지막 탕에서는 수온이 30도까지 떨어진다. 수만 년 동안 자연이 축조한 온천에 누워 만년설이 쌓인 산맥을 바라보았다. 한국 종유석 동굴에 들어가면 절대 종유석을 만지지 말라고 교육을 받았는데, 그 연대와 같은 암석에 몸을 담그고 목욕을 즐기고 있노라니 기분이 묘했다. 10년 전부터 이곳을 즐겨 찾았다는 사우스 레이크 타호 주민 로버츠 할아버지는 온도계로 수온을 측정하며 이곳에 관해 설명했다.

"여기서 술도 자유롭게 마실 수 있어. 한여름에도 겨울 산을 보며 온천욕을 즐길 수 있지. 해 질 때는 노을이 온천탕에 떨어지는데, 기막혀."

트래버틴 온천이다. 로버츠 할아버지가 온도계로 수온을 재고 있다. 할아버지는 이어서 청년들에게 온천에 관한 역사를 이야기했다.

주의해야 할 점이 있다. 이미 여러 여행 매체와 패션 잡지, 각종 여행 순위 사이트에서 이곳을 소개해 인스타그램 인기 촬영지가 되었다. 젊은 여행자들이 많이 찾아온다. 연휴에는 호젓함을 즐기기 어렵다. 버리고 간 맥주 캔과 과자 봉지, 속옷들이 바위와 나무 틈에 숨어 있다. 이 지역 원주민 출신이자 지역 역사학자 조셉 렌트는 2019년 4월 지역 방송국 케이엑스티비(KXTV)와 이런 인터뷰를 했다.

"이 지역은 유럽 정착민이 오기 전 파이우트족이 열매 채취와 낚시를 하던 곳입니다. 우리 조상들이 죽어 이 온천 주변에 묻혔지요. 영성적으로 중요한 장소입니다. 하지만 많은 사람이 찾아와 속옷을 벗어두고 덤불에 휴지를 버리죠. 이 땅을 아무도 깊이 이해하려 하지 않습니다."

트래버틴은 석회암 퇴적물이다. 수천 년 화학작용이 만들어낸 고대 유물 같은 곳이다. 이곳에서 목욕을 하다니, 기분이 묘하다. 범접하면 안 될 곳에 들어온 것 같다.

마크 트웨인의 치유 온천에서 곰에게 당하다

23 알파인 카운티의 그로버 온천

모노 레이크 근처 모레인 캠핑장(Moraine Campground)에서 하루 묵고 알파인 카운티(Alpine County)의 산골마을 마크리빌(Markliville)에 들렀다. 그곳에 그로버 온천(Grover Hot Springs)이 있다. 알파인 카운티의 '알파인(Alpine)'은 유럽 알프스산맥과 같은 어원인 '알프(Alp)'에서 나왔다. '하얀 산'이라는 뜻이다. 그로버 온천을 품고 있는 시에라네바다산맥은 3,000미터 고

산악 도시에 있는 그로버 온천이다. 울창한 삼림을 보며 목욕할 수 있다. 산행을 마치고 온천에 몸을 담그면 세상을 다 가진 듯한 만족감이 든다.

봉들로 이루어져 있다. 한여름 일부만 제외하고는 일 년 내내 산봉우리에 눈이 쌓여 있다. 그로버 온천도 설악산 대청봉(1,708미터)보다 높은 고도 1,800미터에 있다.

온천까지 차로 들어갈 수 있지만 마크리빌에 차를 세우고 한 시간 반쯤 숲을 걷는 것도 좋다. 바닐라 향이 나는 침엽수인 제프리파인(Jeffrey pine)과 아메리카 원주민이 약초로 쓰는 세이지브러시(Sagebrush) 군락지가 끝없이 펼쳐진다. 인적도 드물다. 비싼 입장료를 내고 들어가는 도시 정원보다 '훨~씬' 쾌적한 산책 코스다.

막장들의 안식처, 산악 온천

그로버 온천은 1854년 존 호킨스(John Hawkins)라는 인물이 소에 풀을 먹이려고 오면서 세상에 알려졌다. 10년 뒤 그는 이곳에 집과 마구간을 지었고 사방에 흐르는 온천수를 모아 지름 30센티미터, 깊이 20센티미터 온천탕을 만들었다. 때맞춰 산골 마크리빌에는 은을 채굴하려는 외지인이 모여들었다. 한창때에는 인구가 현재의 10배인 2,000여 명에 이르렀다. 온천은 '막장' 인생들을 위한 안식처가 되어 갔다.

그뒤 알파인 카운티 대지주 앨빈 그로버(Alvin Grover)가 이곳을 사들였다. 그는 온천 둘레를 12미터까지 확장하고 아무나 들어올 수 없도록 울타리를 쳤다. 1870년대부터 수십 년간 온천을 유료로 운영했다. 이어 농장주 찰스 스코서스(Charles Scossas)가 1908년 이곳을 매입했고 11년 뒤 불이 났다. 1959년에는 주정부가 이 일대를 주립공원으로 지정했다. 이어 알파인 카운티가 그로버 온천을 포함한 온천 밸리 지역 땅 553에이커를 민간에게

서 사들였다. 카운티는 이곳을 그로버 온천 주립공원(Grover Hot Springs State Park)이라고 이름 짓고 온천을 수리해 1976년에 다시 문을 열었다.

온천은 고봉들로 둘러싸여 있다. 감히 쉽게 오르지 못할 뾰족산이다. 3차 세계대전이 일어나도 무사할 것 같은 오지 중 오지다. 우리가 그로버 온천을 방문한 날, 가족 단위 방문객이 많았다. 온천 출입구에서 줄 서서 기다리는 사람만 7~8명 있었다.

온천 원수는 60도로 손을 대면 화상을 입을 만큼 뜨겁다. 주립공원은 온천수를 탱크에 저장한 뒤 다시 데워 온천수로 사용한다. 온천탕 뒤편 언덕에 온천 성분을 기록한 푯말이 붙어 있다. 중탄산염이 리터당 775밀리그램으로 가장 많고, 나트륨 440밀리그램, 염화물 190밀리그램, 황산염 160밀리그램 등 20여 종의 미네랄이 물에 녹아 있다.

이곳은 온천수를 탱크에 보관했다가 다시 데워 쓴다. 이때 소독제를 사용해 탕이 옅은 녹색을 띤다. 수영장이 있어 가족 단위 방문객이 놀기 좋다.

온천탕은 옅은 녹색을 띤다. 소독제인 브롬(Bromine) 용액이 온천수의 무기염류와 만나 산화하면서 온천탕에 붙은 것이다. 청소를 자주 해 유황 냄새는 많이 나지 않는다. 온천에는 온천수 수영장이 있다. 아이가 있는 가족이 시간을 보내기 제격인 곳이다. 겨울철이면 수증기가 뭉게뭉게 피어올라 장관이다. 입장료는 성인 10달러, 아이 5달러다. 6월부터 8월까지 매일 문을 열지만 9월부터 이듬해 5월까지 문 여는 시간이 바뀐다. 캘리포니아 주립공원 웹사이트(Parks.ca.gov)에서 개장 시간을 확인해야 한다.

문화를 파는 로컬 식당과 주유소

목욕을 마치고 마크리빌 마을 삼거리로 이동했다. 카키색 지붕의 낮은 목조 건물이 오종종히 들어서 있었다. 하늘거리는 원피스를 입은 백인 아주머니는 집 앞 인도에 좌판을 펼쳐놓고 유리컵과 가방, 액세서리를 팔았다. 길 건너에는 가죽옷으로 무장한 오토바이족과 화려한 꽃 빛깔 운동복을 입은 자전거족이 서로의 세를 과시하듯 커피 가게 밖에서 무리 지어 있었다. 이곳에서는 매년 '죽음의 라이드(Death Ride)'라 불리는 자전거 대회가 열린다. 2,500미터급 고봉을 넘나들며 250킬로미터를 달려야 하는데 매년 3,000명이 참가한다.

우리는 지역 주민의 추천을 받아 '더 제이 마크리빌 톨 스테이션(The J. Markliville Toll Station Food & Lodging)'이라는 식당에 갔다. 연어 버거 세트와 망고 맥주를 주문했다. 음식은 곧장 나왔다. 생선으로 만든 버거라……. 로스앤젤레스에서 내로라하는 햄버거는 죄다 먹어 봤지만 생선 버거는 처음이었다.

살짝 마음이 불안했지만 한 입 크게 물었다. 그런데 두툼한 연어살이 부서지지 않고 입 안 가득 들어왔다. 생선 살이 짭조름하니 빵과도 잘 어울렸다. 달콤한 망고 맥주와 환상의 짝꿍이었다. 게 눈 감추듯 먹어 치웠다. 온천으로 노곤노곤해진 몸에 맥주를 붓고 마시니, 어디 퍼져서 낮잠 한숨 자고 싶었다.

식사를 마치고 길 건너편에 있는 알스 주유소(Al's Got Gas, BAIT & TACKLE)로 갔다. 주유기는 한 대뿐, 가게 입구에는 지역 예술가가 그림을 팔고 있었다. 가게에 들어가니 낚시용품과 함께 주유소 창업주 얼굴의 캐리커처를 인쇄한 모자와 티셔츠를 판매하고 있었다. 지역 소형 업체가 대형 프랜차이즈에 기대지 않고 고유한 문화와 브랜드를 만들어 가는 모습이 인상적이었다.

수제 햄버거(앞)와 연어 버거(뒤)다. 이날 점심의 주인공은 연어 버거였다. 맥주와 함께 먹기에 딱이었다.

온 우주의 푸른빛이 풍덩 빠진 곳

마크리빌에서 차로 북쪽으로 50분간 달려 레이크 타호에 도착했다. 9월 첫째 주 노동절 연휴라 도로에는 차가 꼬리에 꼬리를 물었다. 한국 벚꽃놀이철 유명 관광지를 방불케 했다. 우리는 호수 서쪽으로 올라갔다. 길은 왕복 2차선의 좁고 굽은 언덕으로 이어졌다. 좌우로 코발트블루의 호수가 아득히 펼쳐졌다. 구름 한 점 없는 하늘에서 떨어지는 햇살이 호수에 반사되어 밤하늘 별 무덤처럼 찬란히 반짝였다. 라디오를 끄고 변주하는 빛의 소리에 귀를 기울였다. 침엽수림도 그 빛의 오케스트라를 들으며 수평의 호반에서 곧게 자라고 있었다.

레이크 타호는 200만 년 전 지진과 단층 활동으로 만들어졌다. 주변에는 프릴 피크(Freel Peak, 3,320미터)와 모뉴먼트 피크(Monument Peak, 3,068미터), 피라미드 피크(Pyramid Peak, 3,043미터) 등 3,000미터급 고봉이 호수를 호위하고 있다. 빙하기 침식작용으로 만들어진 에메랄드 베이(Emerald Bay)는 이곳의 상징물이다. 그곳에는 파네트섬(Fannette Island)이 있다. 몇 년 전까지만 해도 여사장이 찻집을 운영했다. 주위에는 카약과 요트가 한가히 노닐고 있다.

레이크 타호가 있는 카운티 이름은 남미 아마존에 있다는 황금의 땅 '엘도라도(El Dorado)'에서 따와 엘도라도 카운티다. 도로 이름도 기가 막히다. 세상 좋은 것은 다 갖다 붙였다. 파라다이스 플랫 레인(Paradise Flat Ln.), 에메랄드 베이 로드(Emerald Bay Rd.), 루비콘 드라이브(Rubicon Dr.), 북유럽 지혜의 신 오딘이 산다는 발할라까지 불러와 발할라(Valhalla) 로드라 부르는 길도 있다.

호수는 해발 1,897미터에 있다. 지리산 천왕봉(1,915미터)과 비슷하다.

가장 깊은 수심은 501미터로 북미에서는 오리건주 크레이터 레이크(Crater Lake, 594미터) 다음으로 깊다. 충주호(97.5미터)가 5개나 빠지고 남을 깊이다. 전 세계에서 열다섯 번째로 깊다고 한다. 면적은 490제곱킬로미터로 서울의 80퍼센트 면적이다.

레이크 타호는 캘리포니아주와 네바다주에 걸쳐 있다. 전체 면적 중 75퍼센트가 국립공원으로 지정되어 있다. 물은 63개 강물에서 흘러 들어온다. 수질은 말할 필요가 없다. 지상 최고다! 몇 해 전 수질 검사에서 미세 플라스틱이 검출되었다며 지역사회가 충격에 빠지기도 했지만…….

타호는 아메리카 원주민 와쇼족(Washo) 언어로 'Da ow(Tahoe)'로 '호수' 또는 '호수의 끝'이라는 뜻이다. 와쇼족은 호수를 중심으로 6000~9000년 전부터 살고 있었다고 한다. 여름철 사냥을 위해 이곳에 모여 대가족 형태로 살다가 겨울이면 해체하는 밴드형 가족이었다.

레이크 타호의 파네트섬이다. 과거에 찻집이 있었다. 주변에는 카약과 보트들이 유유히 떠다닌다.

마크 트웨인을 키우고 치유한 온천

레이크 타호 주민들은 미국 문학의 아버지 마크 트웨인(Mark Twain, 1835~1910)을 키운 것이 레이크 타호라고 주장한다. 마크 트웨인은 노예제를 주장하는 남부연합군에서 탈영해 1861년 네바다주 카슨시티(Carson City)로 이주한다. 그는 곧장 인근 도시인 버지니아시티의 신문사에 기자로 취업하고 이름을 사무엘 클레멘스(Samuel Clemens)에서 마크 트웨인으로 바꾼다. 그는 기자로 일하는 동안 카슨시티에서 레이크 타호 북쪽으로 하이킹을 했고, 감기 치료를 위해 1963년 레이크 타호 남쪽에 있는 데이비드 왈리스 리조트(David Walley's Resort)에서 온천욕을 하며 병을 치료했다.

그는 시골 광산촌인 버지니아시티에서의 신문기자 생활을 그만두고 여러 매체를 오가다 1872년 자전적 서부 여행기인 『서부 유랑기』를 출간한다. 이 책에서 마크 트웨인은 레이크 타호를 '천사들이 숨 쉬는 곳', '지구에서 볼 수 있는 가장 멋진 풍광'이라고 극찬했다. 책 『수면 아래 타호Tahoe Beneath the Surface』를 쓴 작가 스콧 랭포드(Scott Lankford)는 레이크 타호가 "마크 트웨인을 발명했다(Tahoe invented Mark Twain)"고 썼다. 마크 트웨인은 말년을 이곳에서 보내려고 했지만 점 찍었던 장소가 산불로 타 버려 포기했다.

마크 트웨인이 레이크 타호를 본 첫인상을 느끼려면 호수 동북쪽 터널 크리크 트레일(Tunnel Creek Trail) 2킬로미터 구간을 걸으면 된다. 터널 크리크 카페(Tunnel Creek Café)에 차를 세우고 안내판을 따라 산책하면 된다. 현지 매체들은 이곳 수질을 '크리스탈-클리어(crystal-clear)'라고 표현한다. '수정처럼 투명한'이란 뜻이다.

하이킹 코스에서 내려다본 레이크 타호다. 물이 수정같이 맑다. 하늘보다 더 푸르다.

결국, 놈을 만나고 말다

해가 지는 것을 아쉬워하며 우리는 하루 묵을 캠핑장을 물색했다. 레이크 타호 서쪽에만 캠핑장이 십여 곳이 있다. 전화로 문의하고 직접 방문도 했지만 모두 만석이었다. 우리 부부는 노동절 연휴를 만만히 본 것이다. 차에서 잠을 자는 '차박 캠핑'이라도 해야 하나 마음을 졸이던 중 다운타운에 있는 타호밸리 캠프그라운드(Tahoe Valley Campground)를 찾았다. 인터넷으로 검색하니 레저 차량용 캠핑장과 오두막, 일반 텐트 캠핑 사이트가 400곳이나 있는 대형 유료 캠핑장이었다. 설마 이곳마저 꽉 찼을까?

해가 떨어지기 전 캠핑장에 도착했다. 접수 데스크로 갔다. 마침 바로 앞에 서 있던 남자가 예약을 취소했다. 알고 보니 그게 유일한 빈자리였다. 천만다행! 만약 자리가 없었다면 200달러(24만 원) 넘게 주고 허름한 숙소를 잡거나, 승용차에서 추위에 떨며 밤을 지새워야 했다. 캠핑장에는 모든 시설이 다 갖춰져 있었다. 온수 샤워장에 야외 영화관, 당구장까지 있었다. 온수 샤워를 마치고 일찍 잠자리에 들었다.

그런데 한밤중, 텐트 주변에서 부스럭거리는 소리가 났다. 개는 아닌 것 같았다. 최소한 사람만 한 뭔가 텐트 옆에 있는 것 같았다. 설마 곰은 아니겠지 생각하며 숨을 죽이고 누워 있었다. 사람들이 웅성거리는 소리가 났다. 이어 손전등을 켜고 마구 흔들고 누군가는 냄비를 두드리며 고함을 쳤다. 사람들이 우리 텐트 주변에 걸어오는 것이 느껴졌다. 그제야 나는 텐트 밖으로 나왔다. 아수라장이었다. 아이스박스가 쓰러져 음료와 소시지, 채소 등 먹을거리가 흙과 뒤범벅이 되어 있었다. 야생곰이었다! 곰은

곰이 훑고 간 우리 음식이다. 곰은 많은 음식 중 유기농 청포도를 노렸다. 비싼 과일이었는데.

그 와중에도 유기농 청포도와 오렌지만 먹고 달아났다. 다음 날 먹으려고 아껴 둔 비싼 포도였는데…….

야생 곰이 훔쳐 먹은 유기농 청포도

우리를 구해준 캠퍼들은 신기한 경험이었다며 오히려 즐거워했다. 대개 남미 출신 대가족들이었다. "화장실을 가려고 하는데 누가 서 있더라고. 그래서 쳐다봤는데, 곰과 눈이 마주쳤어."

"이야, 여기 며칠 있었는데 곰은 처음이다. 뭐 재미있네!"

저마다 무용담을 풀어놨다. 캠핑장 직원이 곰이 나타날 수 있으니 음식물을 차에 넣으라고 주의를 주었지만, 나는 주변에 텐트가 수백 개라 설마 곰이 나타날까 방심했던 것이다. 심지어 우리 텐트는 캠핑장 한가운데 있었다!

구글은 미끼를 던졌고, 누군가 덥석 물었다

24 알파인 카운티의 카슨리버 온천

발이 떨어지지 않았다. 세상 모든 블루를 유리구슬 한 알에 가둬놓은 듯했다. 대문호 마크 트웨인도 그 아름다움을 그대로 활자로 옮기는 것은 불가능한 일이었다. 우리는 다음 일정을 위해 아침 일찍 레이크 타호를 떠나야 했다. 아쉬움이 짙게 남았다.

다음 목적지는 호수에서 남쪽으로 84킬로미터 떨어진 카슨리버 온천(Carson River Hot Springs)이다. 행정구역상 캘리포니아주 마크리빌에 있지만,

카슨리버 온천이다. 온천수가 강바닥으로 떨어진다. 카약 동호인들이 중간에 쉬는 장소로 자주 이용한다.

구글 지도는 우리를 시계 방향으로 돌아 네바다주로 간 뒤 395번 고속도로를 타고 내려가라고 안내했다.

네바다주에 접어들자 우리를 반긴 건 캘리포니아주보다 10~20퍼센트가량 저렴한 '가스' 값이었다. 미국에서는 휘발유를 '개스(gas)'라고 한다. 미국에 처음 와 주유소에 갔다가 당황한 적이 있다. 주유소 직원이 "개스 얼마나 넣을 거야"라고 묻자, "내 차는 가스 차가 아니라 휘발유 차야"라고 말할 뻔했다.

어원은 이렇다. 19세기 말 영국 정유업체 퍼트롤리엄(Petroleum)이 원유를 대량 채굴하면서 상품명이 자연스럽게 기업 이름을 따 퍼트롤(Petrol)이 되었다. 우리나라 반창고 업계의 대일밴드 같은 것이다. 그 뒤 자동차산업이 발달하고 새로운 연료에 관한 필요성이 늘어났다. 그때 낮은 온도에서도 폭발적으로 불이 붙는 '가솔린[gasoline/gas+ol(ol, 화합물)+ine(접미사)]'이 만들어졌다. 그때부터 미국에서는 가솔린을 줄여 '개스(gas)'라고 불렀다. 별개로, 캘리포니아의 개스 값이 다른 주보다 비싼 이유는 부과된 높은 세금에 더해 정유업체 간 가격 담합과 고가의 송유관 관리 비용 때문이라고 한다.

개스와 관련해 흥미로운 장면이 또 있다. 1950년대까지만 해도 미국 전역에서는 훈련받지 않은 사람은 휘발유를 다룰 수 없었다. 휘발유를 폭발물로 간주했고 당시 주유소 펌프 기술도 안전하지 않았다. 그러다 1970년대 석유 파동이 일어나면서 기름값이 천정부지로 치솟자 업자들이 판매가를 낮추기 위해 직원을 해고하고 셀프 주유를 선언했다.

하지만 오리건주와 뉴저지주에서는 주유원들이 일자리가 사라진다며 강력히 저항했다. 이 때문에 이 주들에서는 오랫동안 소비자가 아닌 종업원이 기름을 넣게 했다. 일자리를 지킨 것이다. 최근 들어 오리건주에서는 법령을 완화해 농촌을 중심으로 셀프 주유가 서서히 실시되고 있다. 하지만 오리건주의 많은 지역에서는 여전히 주유원이 직접 주유한다. 세상을 디자인하는 것은 주권자의 의지다.

네바다주를 관통하는 카슨리버

우리 부부는 향긋한 민트 향이 나는 세이지브러시 덤불 지역과 키 큰 소나무 군락지, 황금빛 들판을 보며 395번 고속도로를 달렸다. 한 시간쯤 지나자 길은 곧 비포장도로인 리바이어던 마인로드(Leviathan Mine Road)로 이어졌다. 리바이어던! 성서에 나오는 바다 괴물이자 토머스 홉스의 정치철학서의 제목이지 않은가. 그 막강한 권력을 상징하는 단어가 왜 이 도로 이름이지? 그것이 이번 여행의 위험을 알리는 첫 신호였다는 걸 그때 알아차렸어야 했다.

리바이어던 마인로드를 따라 3킬로미터쯤 들어가자 갈림길이 나왔다. 좁고 거친 돌길이었다. 차로 들어가기 위험해 보였다. 우리는 온천까지 세 시간가량 걷기로 했다. 배낭에 비상식량을 넣었다. 길을 잃을 것 같아 분홍색 노끈을 나무에 묶으며 걸었다. 20분쯤 지났을까, 멀리서 바라본 길은 제법 평탄해 보였다. 일부 돌투성이 구간만 통과하면 차로 지나갈 만해 보였다. 더욱이 신이라 불리는 구글이 안내한 길이 아닌가.

다시 차로 돌아가 운전대를 잡았다. 부서진 돌을 피해 가며 운전했다. 깡! 깡! 차량 하부가 돌에 부딪쳐 파열음을 냈다. 나는 어렸을 적 시골 뒷산 성묫길을 승용차로 올랐던 경험을 살려 요리조리 운전했다(당시 운전은

아내가 거친 오프로드 길을 걷고 있다. 비가 내리면 홍수가 잘 나기 때문에 길 형태가 자주 바뀐다. 사륜구동차가 지나면서 길 형태를 바꿔놓기도 한다.

아버지가 했고 나는 뒷좌석에 타고 있었지만). 완만한 내리막길이었다. 길은 점점 더 엉망이었다. 뾰족한 돌과 바위가 아무렇게나 나뒹굴고 있었다. 더 들어가다간 사고가 날 것 같았다. 차를 길섶에 바짝 붙여 세웠다. 아내와 나는 다시 걷기로 했다. 여기서부터 온천까지는 걸어서 왕복 네 시간. 온천을 하고 돌아오기에 충분한 시간이었다.

음주 운전하는 사륜구동 히피들

언덕을 타고 냇물을 건너 한 시간쯤 걸었을까. 뒤에서 사륜구동 지프차가 우리 가까이 달려왔다. 손을 흔들어 차를 세웠다. 레이크 타호 인근에 있는 카슨시티 출신의 조와 세라 커플이었다. 그들도 카슨리버 온천으로 간다고 했다.

조와 세라: 저기 길에 세워진 승용차 너희 거니? 와, 대단하다. 거기까지

운전을 했어?

나: 응. 하지만 더는 운전하면 안 될 것 같아서 차를 세우고 걷고 있어. 혹시 온천 가는 거면 태워줄 수 있어?

조와 세라: 온천에서 너희 차까지 8마일(13킬로미터)는 넘을 건데 괜찮겠어? 걸어서 돌아갈 수 있어? 진짜?

나: 그럼, 괜찮아.

히치 하이킹을 해준 조와 세라 커플이다. 조는 맥주를 마시며 운전을 했다. 세라는 조가 던지는 농담을 일일이 받아주며 웃고 있다.

조는 뒷좌석에 있던 짐 일부를 트렁크로 옮긴 뒤 우리를 뒷좌석에 태웠다. 조와 세라는 카슨리버 온천에 열 번쯤 왔다고 한다. 처음에는 길을 몰라 세 시간쯤 헤맸다고 한다. 조는 힙합 음악을 들으며 가수의 랩을 따라 덩실거리면서 운전했다. 캔 맥주를 마시면서 말이다. 다 마신 캔은 구겨서 조수석 바닥에다 투척했다.

조: 운전은 걱정하지 마. 내가 이래 봬도 경험 많은 드라이버니까.

세라는 금발에 목소리가 허스키했다. 조와 함께 흘러나오는 음악에 노래를 부르고 조의 농담에 깔깔거리며 웃었다. 조는 동생이 한국에서 8년 동안 영어 강사로 일했고 지금은 미네소타에 살고 있다고 했다.

지프차는 돌길과 모랫길, 가파른 언덕을 마구 달렸다. 70도가 넘어 보이는 급경사도 거미처럼 땅에 붙어 넘어갔다. 바퀴가 낄 것 같은 대형 바위도 '여엉차' 하고 넘었다. 이곳을 내 차로 오려고 했다니, 아찔했다. 온천 앞은 카슨리버가 가로막고 있었다. 수위는 어른 허벅지 깊이였다. 조는 잠시 멈춰 생각하더니 가속 페달을 밟았다. 지프차는 강물을 거칠게 갈랐

카슨리버 온천이다. 따뜻한 온천에서 강물을 내려다보며 목욕할 수 있다. 뜨거운 물에 지쳤다면 강에 내려가 놀 수 있다. 강에는 작은 온천 폭포가 있다.

다. 환호성이 터졌다. "끼야아!" 조 커플은 우리를 온천에서 내려준 뒤 인근 바니 캠핑장(Barney Campground)으로 이동했다.

카야커가 숨겨 둔 카슨리버 온천

카슨리버는 네바다주를 따라 남북으로 330킬로미터 뻗어 있다. 낙동강(510킬로미터)의 3분의 2다. 캘리포니아주 알파인(Alphine)과 네바다주 더글라스(Douglas), 스토레이(Storey), 리온(lyon), 처칠(Churchill) 카운티 등 5개 카운티를 지난다. 고고학자들은 고대 마티스족(Martis)이 1만 2000년 전부터 강가에 살았다고 추정한다. 그 뒤 아메리카 원주민인 와쇼족이 이곳에 터를 잡았다. 온천 가는 길 일부 구간이 와쇼족 보호구역이다.

강 이름 카슨은 탐험가 크리스토퍼 키트 카슨(Christopher Kit Carson)의 이름에서 따왔다. 카슨은 1844년 존 프리몬트(John C. Fremont) 탐험대를 도와 캘리포니아 금광지대인 카슨 패스(Carson Pass)를 뚫었다. 프리몬트 탐험대장은 그의 용기를 기려 이 강을 '카슨 리버'라고 부르기 시작했다. 강 상류에서는 금과 은 등 광산 채굴이 활발했다. 그러다가 수십 년 전 광물 채굴 과정에서 수은 1400만 파운드(약 6350톤)가 자연에 그대로 노출되었다. 수은을 비롯해 비소와 납이 동식물에 오염되었다. 연방정부는 독성을 제거하기 위해 카슨강 상류 일부 지역을 국가주요목록(National Priorities List)에 올렸다.

카슨 온천은 땅에서 온천수가 솟아 거미줄처럼 여기저기 뻗어 있다. 뜨거운 김이 몽글몽글 피어오른다. 탕은 두 개다. 수온은 39.4도로 뜨끈뜨끈하다. 방문객이 가장 좋아하는 곳은 강가에 붙은 온천이다. 탕에 들어가면 5미터 아래로 흐르는 강을 내려다볼 수 있다. 온천수가 폭포처럼 강에 떨어진다. 강물에 몸을 담그고, 온천수 폭포 샤워를 할 수도 있다.

이곳은 카야커들의 접선 장소다. 마크리빌(Markleeville)의 행맨의 다리(Hanhman's Bridge)에서 출발한 카야커들은 목적지 중간 지점인 이곳에 멈춰 온천탕에서 휴식한다. 그들은 맥주를 마시고 노래를 부르며 도시에서 쌓인 스트레스를 날린다. 온천 주변에는 캠핑장과 불을 피울 수 있는 화로도 있다.

악몽의 서사가 시작되다

갈 길이 먼 우리는 목욕을 빨리 마치고 발길을 돌렸다. 굽은 길을 직선으로 가로질러 걸으며 거리를 줄였다. 초원이 끝없이 펼쳐졌다. 뙤약볕에 얼굴과 목덜미가 붉게 타올랐다. 수건을 물에 적셔 목에 걸쳤다. 서너 번 쉬고 두 시간 만에 우리 차에 도착했다. 이렇게 반가울 수가! 그날 우리는 로스앤젤레스에 있는 집으로 돌아갈 계획이었다. 조바심이 났다. 먼저 차

아내가 하이킹을 하고 있다. 해가 높이 떠 너무 더웠다. 수건을 물로 적셔 목에 걸치고 걸었다.

에 실어 놓은 아이스박스에서 콜라를 꺼내 시원하게 들이켰다. 모든 것이 순조로웠다. 이제 집에만 도착하면 100점짜리 여행이다.

차를 돌려 가속 페달을 밟았다. 2킬로미터만 가면 평지가 나온다. 돌 튀는 소리가 계속 났다. 몇 미터 가지 않아 엔진오일에 문제가 발생했다는 주황색 표시등이 계기판에 떴다. 엔진오일이 부족한가 생각했다. '서둘러 나가 오일을 보충하자.' 내려올 때 조금 애먹었던 경사길이 나왔다. 바퀴가 닿을 만한 돌을 골라 운전대를 돌린 뒤 가속 페달을 강하게 밟았다. 그런데 바퀴가 헛돌고 먼지만 자욱이 날렸다.

길에 돌을 채워 평탄하게 만들고 다시 전진했다. 바퀴가 또 헛돌았다. 이번엔 배터리에도 경고 표시가 떴다. '잠시 쉬었다 가자.' 시동을 끄고 핸드브레이크를 잠갔다. 다시 차량에 탑승, 그런데 핸드브레이크가 풀리지 않았다. 이것을 풀기 위해 더 잡아당겼다. 더 꽉 잠겼다. 힘껏 더 '땅겼다.' 핸드브레이크 각도가 거의 직각이 되었다. 차에 내려 차량 하부를 살폈다. 엔진오

사시사철 산비탈에서 돌이 굴러 내려와 도로는 돌투성이였다. 이것도 모르고 나는 승용차를 몰아 산길로 들어왔다.

일 탱크가 터져 바닥에 오일이 뚝뚝 떨어지고 있었다. 아, 꿈이기를.

더는 지체할 수 없었다. 야산에서 차가운 밤을 맞이할 수 있다. 아내는 카메라와 노트북 등 귀중품을 챙겼다. 나는 아이스박스에 남아 있던 물과 간식을 가방에 옮겨 넣었다. 20분쯤 걸어 나가니 일반 시골길이 나왔다. 걸어서 겨우 20분이다. 그 시간을 아끼려고 승용차를 끌고 오프로드로 들어갔다니, 참으로 한심스러웠다.

오후 4시 40분

자책할 여유가 없었다. 빨리 이곳을 탈출하고 차를 견인해야 했다. 내 차가 오프로드를 막고 있어 캠퍼들이 산에 갇힐 수도 있었다. 하지만 전화가 터지지 않았다. 인터넷이 될 리 만무했다. 911로 전화해 구조 요청을 했다. 전화를 받은 여성 대원은 조난 장소가 네바다와 캘리포니아 경계 지역이라 어느 지역의 부서를 출동시킬지 알아봐야 한다고 했다. 미국에서도 관할구역을 따지다니, 그것도 급박한 상황에. 전화를 받은 대원은 견인차도 수소문해서 보내겠다고 말했다. 그때가 오후 4시 40분쯤이었다.

오후 5시 20분

우리는 버려진 트레일러 옆으로 갔다. 큰 그늘 옆에 누웠다. 파리가 윙윙거리며 귀찮게 했다. 물은 200밀리리터 생수 2개가 전부였다. 먼저 가지고 있던 커피 우유를 나눠 마셨다. 30분이 지나도 구조대에서 연락이 없다. 다시 전화를 걸었다. 911 대원은 주변에 견인차가 없다며 대도시인 리노(Reno)에서 견인차 한 대가 그쪽으로 가고 있다고 했다. 여기서 두 시간이나 떨어진 도시였다. 믿어야 하나, 말아야 하나. 일단 더 기다렸다.

아내가 그늘에 드러누웠다. 혹시나 구조대에서 전화가 오지 않을까 휴대전화를 꼭 쥐고 있다.

오후 5시 40분

트레일러 그늘이 점점 길어졌다. 우리가 911에 전화 거는 빈도는 더 잦아졌다. 다시 전화 버튼을 눌렀다. 이번에는 아내가 시킨 대로 말했다.

"우리 너무 지쳤어. 이제 마실 물도 거의 다 떨어졌어. 아내는 탈진상태야."

그제야 구조대는 경찰을 우리가 있는 곳에 보내겠다고 말했다.

오후 6시 20분

하늘색은 붉은빛으로 물들고 있었다. 공기가 차가워졌다. 40분이나 지나도 감감무소식이었다. 땅에 귀를 대고 차가 오는지 안 오는지 소리를 들었다. 바람이 나뭇잎을 스치는 소리마저 차 오는 소리로 들렸다. 911로 전화해 우리 상태를 또 강조했다. 영어 실력이 팍팍 느는 듯한 신묘함을 느꼈다.

오후 6시 40분

더는 누워 있을 수 없었다. 도로로 나가 차가 오나 살폈다. 그때 더글러스 카운티 셰리프국 문양이 박힌 에스유브이 차량이 우리 앞으로 다가왔다. 론 밀러 경관은 친절하게 물부터 건네주었다. 우리를 구조하러 온 것이다. 밀러는 "나도 부산에 여행 간 적 있어. 한국 사람들 참 친절하고 좋았어"라며 우리를 안심시켰다. 뻔한 대사이지만 고마울 수밖에 없었다. 그는 우리를 가까운 호텔로 안내했다. 경관은 이동 중에도 견인차 업체를 수소문했다. 알고 보니 리노에서 출발했다는 견인차는 비용이 많이 든다며 출발하지도 않았던 것이었다.

나는 론에게 캠핑장에 서너 명이 있는데 내 차가 길을 막고 있어 그들이 산에서 못 나올 거라고 말했다. 하지만 론은 내일 오전 8시부터 견인차 업체가 영업을 시작해 그때 견인차 업체로 전화하라고 했다. 그전에는 아무도 도와주지 못한다고 말했다. 나는 "누군가 내 차 때문에 산에 갇혀 끔찍한 시간을 보낼지 모른다"고 강조했다. 론은 렌터카 업체에 다시 전화

아내가 경찰차를 타고 가까운 호텔로 이동하고 있다. 우리 부부는 산에서 조난당한 것이 처음이고 이런 일로 경찰차를 탄 것도 처음이었다. 경찰관 론은 한국을 여행한 적이 있다며 우리를 편안하게 대해주었다.

를 걸었다. 업체는 "내일 아침까지 기다리라"고 했다.

이튿날 새벽 2시

차 때문에 걱정이 되어 한 시간에 한 번씩 잠에서 깼다. 아내는 곤히 잔다. 혼자서 온갖 상상을 했다. 곰이 나타나 내 차를 마구 부수는 건 아닐까? 어느 여행자가 고립되어 차에서 추위에 떨고 있는 건 아닐까? 나 때문에 피해를 본 사람이 나를 고소하는 건 아닐까? 그래서 나는 경찰서로 연행된 뒤 교도소로 가는가? 오전 8시가 참 더디게 찾아왔다.

오전 8시

시계 앞에서 대기하고 있다가 오전 8시가 되자마자 견인차 업체에 전화를 했다. 우리가 있는 곳으로 차를 보내겠다고 했다. 혹시 몰라 견인 차량 운전자의 전화번호를 달라고 했다.

오전 8시 30분

30분도 못 기다리고 견인차 운전자에게 전화했다. 그는 사고 장소로 이동하고 있다며 그곳에서 만나자고 했다. 나는 차가 거기 있는데 어떻게 가냐고 따졌다. 시골이라 전화도 잘 안 터지고 택시나 우버도 흔하지 않았다. 운전사는 나는 모르겠으니 업체로 연락하라고 했다. 아오! 이것이 미국 서비스 수준이다. 다시 업체에 전화했다.

오전 8시 50분

호텔 조식을 먹고 있는데 견인차 운전사가 호텔 앞에 도착했다며 전화가 왔다. 아내가 허겁지겁 호텔 방에 올라가 짐을 챙겨 내려왔다. 30분 달려 현장에 도착했다. 운전사 알렉산더는 도로를 보더니 너무 좁아 자기 차로는 접근할 수 없다고 말했다. 그는 인근 업체에 전화를 돌려 소형 지프를 찾기 시작했다. 대여섯 군데 전화했지만 소형 지프가 고장이거나 아예 없다고 했다. 한 업체에서만 찾아보겠으니 기다리라고 했다.

한참 길을 바라보던 알렉산더는 한번 시도해 보자고 했다. 그는 차량을 끌고 길에 진입했다. 100미터쯤 갔을까. 그는 다시 길을 빤히 보더니 도저히 안 되겠다며 차를 뺐다. 알렉산더는 우리를 마을 렌터카 업체로 안내했다. 난 바짓가랑이를 붙잡는 심정으로 애원했다.

"그냥 가지 마라. 견인차 업체를 확실히 연결해 주든지, 끝까지 도와주고 가라."

안구가 반짝거릴 정도로 감정을 실어 부탁했다.

오전 10시

렌터카 업체에서 차를 빌리고 있는데 알렉산더가 업체에서 연락이 왔다고 했다. 근처 차량 정비소인데 기술자 한 명이 소형 지프를 가지고 있다는 것이다. 알렉산더는 지프가 차를 큰길로 꺼내면 자기 회사에서 다시 나와 차를 실어 가겠다고 말했다. 정말 고마웠다. 때땡큐!

오전 11시

알렉산더가 알려준 차량 정비소로 가서 40분 정도 기다렸더니 차체를 한껏 높인 누런 2인승 지프가 도착했다. 오른쪽 팔뚝에 마을 이름인 '민든(Minden)'을 문신한 토박이 청년 로버트였다. 로버트는 나를 태워 사고

현장으로 이동했다. 지프 속도는 경운기와 경차 중간 수준이었다. 로버트는 나를 별종처럼 바라봤다.

"여기 온천을 어떻게 알았어? 나는 네 살 때 가고 안 가봤어."

오전 11시 30분

현장 도착. 로버트는 차를 세운 뒤, 지프의 바퀴 바람을 뺐다. 딱딱했던 바퀴가 물놀이용 튜브처럼 물컹물컹해졌다. 차는 오프로드 길을 '투탕'거리며 진입했다. 얼마 지나지 않아 내 차가 보였다. 외로이 산길에 방치되어 있었다.

밤새 산속에서 방치되어 있던 내 차다. 길을 완전히 가로막은 채 하루를 있었다.

내 차량의 배터리가 방전되어 트렁크가 열리지 않았다. 트렁크에는 심지어 열쇠 구멍도 없었다. 차 트렁크에서 지프와 연결할 수 있는 견인용 훅을 꺼내야 했다. 로버트는 이리저리 헤매다 뒷좌석 의자를 일부 열어, 긴 막대를 트렁크로 집어넣은 뒤 수동으로 트렁크를 열었다.

낮 12시

이제 차만 꺼내면 된다. 로버트가 보닛을 열어 맨손으로 기어를 중립으로 바꿨다. 그런데 핸드브레이크가 풀리지 않았다. 로버트는 핸드브레이크를 잡아당기고 드라이버로 쑤셔 봤지만 풀리지 않았다. 핸드브레이크가 잠겨 있으면 차를 견인해도 바퀴가 굴러가지 않는다. 로버트도 이런 일은 처음이라고 했다.

"이 망할 놈의 폭스바겐! 안전모드가 걸린 건가? 아주 긴 여행이 되겠는데."

소형 지프가 내 차 멱살을 붙잡듯 끌고 무작정 달렸다. 나는 내 차에 타 운전대를 돌리며 방향을 잡았다. 바퀴가 굴러가지 않아 먼지가 휘날렸다. 큰 돌을 피하려고 운전대를 조종했지만 역부족이었다. 차 하부가 깨지는 진동이 내 뼈까지 울렸다. 고문을 당하는 것 같았다. 그러다 피식하는 소리가 났다. 백미러로 보니 왼쪽 뒷바퀴가 터졌다. '이제 좀 멈춰'라고 소리 지르고 싶었지만 그럴 수 없었다. 일단 빠져나와야 했다.

오후 1시 20분

로버트는 600미터쯤 달린 뒤 잠시 쉬자고 했다. 그는 군대 전투식량처럼 생긴 일회용 음식을 꺼내 수저로 퍼먹었다. 나에게도 권했지만 식욕이 있을 리 만무했다. 얼음물만 얻어 마셨다. 나중에 알았지만 이곳은 일반 차량이 오지 못하는 길이었다. 사륜구동, 그것도 차체가 높은 차량만 올 수 있는 곳이었다. 그마저도 비가 오거나 눈이 녹을 때는 사륜구동도 오지 못하는 길이다. 그것도 모르고 구글 지도만 보고 온 것이다.

견인하다 차량 뒷바퀴가 걸레처럼 찢겨졌다. 핸드브레이크가 풀리지 않아 바퀴가 고정된 채 끌려 나오니 이 모양이 된 것이다.

오후 2시

차를 드디어 시골 흙길로 끌어냈다. 뒷바퀴 두 개는 갈가리 찢어져 걸레가 되어 있었다. 차량 하부는 내려앉았고 차 외부도 돌에 여기저기 찍혀 있었다. 이만한 것도 다행이라 생각했다. 폭스바겐에서 리스한 차여서 1년 반 뒤에 반납해야 할 차였다. 차에도 감정이 있을까? 처참해진 차에게 미안하고 또 미안했다. 차를 도로에 끌어 놓은 뒤 나는 다시 소형 지프차를 타고 차량 정비소로 돌아갔다. 로버트에게 300달러를 냈다. 보험처리가 되지 않았다.

오후 4시

아내와 늦은 점심을 먹었다. 식욕이 없어 베트남 식당에서 쌀국수를 시켰다. 시간이 좀 지나자 정비소에서 대형 트레일러가 준비되었다며 차량이 있는 장소로 가라고 했다. 알렉산더가 일하던 업체에서 대형 트레일러를 현장에 보낸 것이다. 현장에 다시 갔다. 트레일러 운전사도 내 차의 핸드브레이크를 풀려고 날카로운 장비로 여기저기 쑤셨지만 실패했다. 또 억지로 차량을 잡아 끌어 트레일러 위로 올렸다. 이 비용은 보험처리가 되었다. 몇 주 뒤 정비소에서 연락이 왔다. 엔진이 망가졌다고. 차는 결국 폐차되었다.

결국 차는 폐차되었다. 엔진은 물론 바퀴 2개도 완전히 부서졌다. 임대 기간이 끝나지 않은 신형 리스 차였다.

그렇게 서른여섯 번째 생일이 지나고 있었다.

즐길 거리

레이크 타호

에메랄드 베이 Emerald Bay

위치: 138 Emerald Bay Rd, South Lake Tahoe, CA 96150

에메랄드 베이 전망대는 1,900미터 고지대에 있다. 레이크 타호를 한눈에 내려다 볼 수 있다. 레이크 타호에서 가장 아름다운 전망대로 꼽힌다. 에메랄드 베이에서 바이킹스홀름 캐슬(Vikingsholm Castle)까지 1.6킬로미터의 산책 구간이 있다. 에메랄드빛 호수와 숲을 동시에 만끽할 수 있다. 방문자가 많다 보니 주차하기가 까다롭다. 에메랄드 베이에는 파네트섬이라는 무인도가 있다. 카약이나 패들보드를 타고 갈 수 있다.

바이킹스홀름 캐슬 Vikingsholm castle

위치: CA-89, Tahoma, CA 96142

바이킹스홀름 캐슬은 스칸디나비아풍의 건축물로 로라 조세핀 나이트가 지은 여름 별장이다. 그녀는 노르웨이와 스웨덴, 덴마크와 핀란드 등을 여행하면서 얻은 아이디어를 모아 1929년에 지었다. 방은 38개로, 섬세한 석조 장식과 금속 세공, 정교하게 조각된 나무 기둥이 인상적이다. 5월부터 9월까지 관광할 수 있다. 자세한 내용은 홈페이지(www.vikingsholm.com)에서 확인할 수 있다.

수상 스포츠

레이크 타호는 수상 스포츠 천국이다. 파워보트와 제트스키, 카약과 카누, 패들보드 등을 마음껏 즐길 수 있다. 타호 어드벤처 컴퍼니(Tahoe Adventure Company)나 카약 타호(Kayak Tahoe) 등 지역업체를 통해 스포츠를 즐길 수 있다. 강습도 진행한다. 자세한 사항은 홈페이지(www.tahoeadventurecompany.com/ourtrips/wateradventures)를 참고하면 된다.

선상 낚시

타호스포츠피싱(Tahoesportfishing) 등 지역 여행업체에서 선상 낚시 관광을 제공한다. 낚싯배 한 척당 최대 인원은 6명이다. 배를 타고 30분 정도 이동한 뒤 호수 한가운데서 낚시를 한다. 업체에서 낚싯대와 미끼 등 모든 장비를 제공한다. 맥주를 가져가 마실 수도 있다. 관광이 끝나면 잡은 물고기를 집으로 가져갈 수 있다. 선장이 직접 물고기의 내장을 손질해 준다.

겨울 스포츠

레이크 타호 북쪽 스쿼밸리(Squaw Valley)는 1960년 동계올림픽이 개최된 곳이다. 항상 관광객이 북적인다. 고도 2,760미터의 고산지대다. 스키 강습도 있다. 레이크 타호 남쪽 헤븐리(Heavenly)에는 대형 스키리조트가 있다. 스키뿐만 아니라 집라인과 곤돌라 케이블카 등 다양한 탈것이 있다. 곤돌라 케이블카를 타고 전망대에 가면 레이크 타호를 내려다볼 수 있다. 개 썰매 프로그램을 운영하는 곳도 있다.

온천 가는 길
라스베이거스와 멕시코

라스베이거스에서 30분, 내 안의 노다지 캐는 곳

25 네바다주 라스베이거스의 골드스트라이크 온천

붉은 사막이 흔들리고 버섯구름이 솟구친다. 관광객들은 전망 좋은 호텔 루프탑에 앉아 지축이 흔들리는 폭발 현장을 감상한다. 한 손에는 호텔에서 개발한 특제, '원자력 칵테일(atomic cocktail)'을 들고서 말이다. 1950년대 미국 네바다주 라스베이거스는 원자력 도시(Atomic City)라고 불렸다. 네바다주가 연방정부의 지원금을 받기 위해 핵폭탄 실험을 유치한 것이

미국 라스베이거스에 있는 골드스트라이크 온천이다. 거대한 협곡 아래 자연 온천이 숨어 있다.

다. 호텔 업계는 원폭 실험을 화려한 폭죽놀이처럼 광고했다.

덩달아 라스베이거스 상공인협회는 원자력 미인 선발대회를 개최하고 비키니 모델이 원폭 실험에서 발생하는 버섯구름과 찍은 사진을 달력으로 만들어 판매했다. 호텔과 핵실험장은 불과 100킬로미터. 핵실험은 1963년 핵실험금지조약을 체결하기 전까지 라스베이거스에서 900건 정도 이루어졌다. 관광객들은 나중에야 자신이 피폭되었다는 사실을 알아차렸다. 많은 사람이 암에 걸렸다.

연방핵안보국(NNSA)이 보유한 사진이다. 〈오클랜드 트리뷴The Oakland Tribune〉이 1953년 6월 '천사의 춤(Angel's Dance)'을 추는 발레리나 샐리 맥클로스키를 촬영한 사진이다. 발레리나 뒤로 핵실험으로 생긴 버섯구름이 떠 있다.

1905년 미 동부에서 이어진 대륙횡단철도가 미 서부인 로스앤젤레스까지 연결되었다. 그때 라스베이거스는 대륙횡단열차의 중간 정거장 역할을 하기 시작했다. 1931년에는 후버댐 건설이 시작되면서 라스베이거스로 노동자들이 몰려들었고, 마피아들은 카지노와 스트립쇼가 열리는 극장을 지었다. 인구는 5,000명에서 2만 5000명으로 증가했다. 그러다가 1966년 항공업계 큰손이던 사업가 하워드 휴즈(Howard Hughes)가 막강한 권력 네트워크를 이용해 마피아를 쫓아내고 라스베이거스를 가족 친화형 관광도시로 개발했다.

금욕 도시 볼더시티의 협곡 트레일

이번에 소개할 온천은 라스베이거스 가까이에 있는 골드스트라이크 온천(Gold Strike Hot Springs)이다. 한 해 수백만 명이 라스베이거스를 찾지만 이 온천을 아는 사람은 드물다. 온천은 라스베이거스 배후 도시인 볼더시티(Boulder City)에 있다. 라스베이거스 중심지에서 차로 30분 거리다. 볼더시티는 연방정부가 기획해 만든 금욕 도시다. 후버댐 건설(1931~1935)이 한창이던 시기, 미국은 「볼스테드법Volstead Act」(1920~1933) 때문에 술 판매가 금지되어 있었다. 이런 와중에 정부 관료가 후버댐 건설 현장을 시찰하다, 댐 건설 노동자에게서 술 냄새를 맡은 것이다.

곧바로 정부는 노동자들이 라스베이거스로 가지 못하도록 댐 건설 현장 가까이 마을을 만들었다. 노동자들의 퇴근 후 일상까지 통제하려고 했다. 그 기획도시가 볼더시티다. 그 때문인지 여전히 볼더시티는 한국 읍내 같은 풍경이다. 화려한 간판도 없고 주민들 옷차림도 소박하다. 느리게 걷는다. 물가도 라스베이거스보다 5퍼센트 이상 저렴하다. 카약이나 하이킹, 암벽 등반을 하려는 동호인과 가족 단위 관광객이 볼더시티를 많이 찾는다.

나는 볼더시티에 있는 카지노 호텔에 하루 묵고, 다음 날 아침 6시 30분쯤 하이킹을 시작했다. 온천이 있는 트레일은 '골드스트라이크 트레일'이다. 골드 스트라이크(Gold Strike)는 '노다지를 캐다'라는 뜻이다. 라스베이거스의 화려한 조명과 자극적인 쇼, 밤샘 카지노에 신물이 났다면 이곳에서 내 안의 노다지, '평온'을 찾을 수 있는 곳이다.

골드스트라이크 온천으로 향하는 길이다. 거대한 협곡을 두 시간 정도 걸어야 온천을 만날 수 있다. 압도적인 자연의 위용에 숙연해진다.

전체 구간은 왕복 7.6킬로미터다. 네 시간이면 완주할 수 있다. 하이킹 전문 웹사이트는 난도를 최상으로 꼽고 있다. 경사 285미터를 오르내려야 하는데 그 사이 밧줄 8개를 타야 한다. 밧줄은 약 4~6미터쯤 된다. 신체 건강한 성인남녀라면 누구나 도전할 만하다.

문제는 더위다. 여름철 낮 기온이 40도를 넘는다. 이 때문에 5월부터 9월까지 하이킹이 금지되어 있다. 2003년 6월에는 하이커 두 명이 열사병으로 숨졌다. 출발지에서 불과 1.5킬로미터 떨어진 지점에서 사망한 채 발견되었다. 그들을 발견한 하이커들은 물을 나눠주려고 했지만 희생자들이 고함을 지르고 빙글빙글 원을 그리며 걸었다고 언론에 인터뷰했다. 이는 전형적인 열사병 증상이다. 당시 사건을 보도한 지역지 〈라스베이거스 선〉은 희생자들이 온천욕을 하고 돌아오는 길에 숨진 것으로 보인다고 보도했다. 당시 구조대장 클린트 바셋은 "뜨거운 햇볕은 하이커를 15분 내로 숨지게 할 수 있어요. 아마도 남성이 온천에 몸을 담그고 (지친 상태에서) 돌아오다 사고가 난 것 같아요"라고 말했다. 당시 낮 최고기온이 46에서 48도였다고 한다.

하이킹을 시작할 때 먹을 것과 마실 물을 챙겨야 한다. 물은 하이킹이 끝났을 때 남아 있을 정도로 충분히 챙겨야 한다. 출발하기 전 본인이 어디로 여행 가는지 주변에 알려야 한다. 국립공원관리청(NPS) 웹사이트에 들어가서 주의사항도 읽어 보아야 한다. 날씨에 따라 4월 중순부터 트레일이 차단될 수 있다. 트레일에 온천수 등 물이 있으니 신발이 젖거나 미끄러질 수 있다. 신발을 하나 더 챙기면 좋다. 협곡 하이킹이지만 인터넷 연결이 된다는 점은 희소하다.

고대인의 땅, 붉은 협곡이 품은 온천

트레일 입구에 있는 주차장에 차를 세운 뒤 안내판을 따라 천천히 내려갔다. 고가도로 아래를 지나면 서서히 마천루 같은 붉은 협곡이 모습을 드러낸다. 판타지 게임 속 던전(dungeon)으로 들어가듯 맨발에 맨손인 레벨 1의 캐릭터가 모험을 시작하는 기분이다.

협곡은 빙하기 때 크레바스(crevasse)였던 곳이다. 모든 존재를 삼키고 있는 공룡의 배 속 같다. 좌우 협곡 사이로 외길만 존재한다. 거대한 절벽 높은 곳에는 작은 동굴이 여기저기 뚫려 있다. 단층은 칼로 바위를 베어낸 듯 사선으로 깎였다. 영겁의 시간을 가리키는 시곗바늘 같다. 협곡에 비가 내리면 곧 홍수로 돌변한다. 흙이 수시로 쓸려 내려가 화산암인 각

력암과 심성암의 모습이 고스란히 드러나 있다. 이곳은 팜트리(Plam Tree) 단층과 솔트세다(Salt Cedar) 단층이 지나는 곳이다. 이 단층선이 붉은 절벽을 부수고 균열을 일으킨다. 이때 발생한 틈에서 온천수가 올라온다.

2킬로미터쯤 걸었다. 첫 밧줄이 나왔다. 하이킹은 이제 본격 시작이다. 구간마다 경사진 암벽 구간이 있다. 만약 경사는 급한데 밧줄이 없다면 그건 하이킹 코스가 아니다. 무리해서 내려가면 다칠 수 있다. 밧줄을 타고 내려가야 한다. 다행히 외길이라 길을 잃어버릴 일은 없다. 돌 위에 트레일을 나타내는 화살표가 그려져 있다. 돌 틈에 캘리포니아왕뱀(California kingsnake)이 똬리를 틀고 있을 수 있으니 주의해야 한다.

여성 하이커들이 서로 도와 밧줄을 타고 바위를 내려온다. 일부 구간은 조금 위험하다. 성인 남성이라면 누구든지 오르내릴 수 있다.

이곳은 마지막 빙하기였던 후기 홍적세 시기, 아시아계 수렵민족이던 고대 인디언, 곧 팔레오 원주민(Paleo-Indians)이 살던 곳이다. 기원전 2만 년에서 1만 5000년, 북아시아 대륙과 북미 대륙을 연결하던 베링기아(Beringia)를 통해 팔레오 원주민이 이주한 것이다. 그들은 알래스카에서 몬

태나까지 이어져 있는 '얼음 없는 통로'(1,500킬로미터)를 이용해 북미 내륙으로 이동했다. 팔레오 원주민은 이곳에서 동물을 사냥하고 도토리를 채집하며 살았다. 벽화 등 문화유산도 남겼다. 골드스트라이크 온천에서 목욕과 치료도 했다고 한다.

하지만 최근 아메리카 원주민의 기원에 관해 여러 가설이 경쟁하고 있다. 그중 하나가 '켈프 하이웨이(Kelp Highway)' 가설이다. 켈프는 미역과 같은 대형 해초로 북미 태평양 연안에 대거 서식한다. 이 켈프 숲에 조개와 전복, 성게 등이 자라고 이들은 다시 여러 해양 동물의 먹잇감이 된다. 원주민들이 시베리아에서 알래스카로 넘어올 때 육지가 아니라 해양자원이 풍부한 켈프 숲 '연안'을 따라 이동했다는 것이다. 오리건대학교 존 얼란손 박사 등은 해안이나 물 밑에서 고고학적 증거들이 발견되고 있다고 주장하고 있다.

더해, 아메리카 원주민은 인간의 기원에 대해서 생각이 달랐다. 기독교 신화인 아담과 이브 한 쌍이 인류의 기원이 된 것이 아니라 조물주가 여러 쌍을 만들어 지구 곳곳에 흩어 보냈다는 것이다. 찰스 만은 저서 『인디언: 이야기로 읽는 인디언 역사』에서 "모든 인간은 자궁처럼 작고 어두운 작은 무리에서 생겨났다. 태양은 이 가련한 영혼들을 불쌍히 여겨 먹을 옥수수를 주고 지구 곳곳에 터뜨렸다"며 주니(Zuni)족의 신화를 소개한다.

온천 폭포에 머리를 씻어내다

롤플레잉 게임을 수행하듯 밧줄을 하나둘 타고 내려가다 보면 바닥을 타고 흐르는 온천수가 보인다. 이제 거의 온천탕에 도착했다는 증거다. 첫

온천이 폭포수처럼 흐르고 있다. 폭포에 들어가 머리를 감을 수 있다. 쾌락의 도시 라스베이거스에서 한 시간 떨어진 곳이다. 이곳에서는 판돈 없이도 상상을 뛰어넘는 즐거움을 느낄 수 있다.

번째와 두 번째 온천탕은 대부분 물이 말라 있었고, 세 번째 탕부터 온천수가 제법 차 있었다. 나는 네 번째 탕에서 몸을 녹였다. 실내 수영장 크기였다. 그곳에는 작은 온천 폭포가 콸콸 흘렀다. 머리를 그곳에 갖다대니 이래저래 남아 있던 생각의 찌꺼기들이 씻겨 내려가는 듯했다. 험한 코스인 만큼 인적도 드물었다.

300미터 더 걸어 내려가면 콜로라도강이 나온다. 왼쪽 저 멀리 보이는 고가다리는 2010년 완공된 '마이크 오캘러핸-팻 틸먼 기념 다리(Mike

O'Callaghan–Pat Tillman Memorial Bridge)'다. 후버댐 우회도로로 그 위에서 후버댐을 내려다볼 수 있다. 마침 강을 따라 카야커들이 노를 저어 내려가고 있었다. 이 지역은 연방정부가 2014년 미 남서부 최초로 선정한 국가 물길(National Water Trail)이다. 사막을 가로지르는 물길로는 전국에서 유일하다. 후버댐 인근에 있는 여행사를 통해 카약을 탈 수 있다. 다양한 코스가 있으며 네다섯 시간 운행에 성인 기준 200달러 이상이 든다. 강가 바로 옆에도 온천탕이 있다. 카약을 타고 가다가 멈춰 온천욕을 할 수 있다.

콜로라도강에서 사람들이 카약을 타고 있다. 위로는 '마이크 오캘러핸–팻 틸먼 기념 다리'가 있다. 카야커들이 골드스트라이크 온천에서 온천욕을 하고 다시 하류로 이동한다.

작고 젊은 샘, '아리조낙'을 찾아서

26
애리조나주의
애리조나 온천

영화 「포레스트 검프Forrest Gump」에서 주인공 포레스트 검프가 추종자를 끌고 사막을 달린다. 마지막 장소가 미국 애리조나주의 모뉴먼트밸리다. 애리조나주는 그랜드캐니언과 앤텔로프캐니언, 하바수 폭포 등 경이로운 사막 협곡을 품고 있다. 미연방정부가 지정한 자연경관 지역인 '내셔널 모뉴먼트(National Monument)'는 전국에 129곳으로 애리조나주에만 18곳이 있다. 단일 주로는 가장 많다. 주 면적은 11만 4000스퀘어마일(29만 5000제곱킬로미터)로 대한민국의 약 3배다.

아메리카 원주민 주거 비율도 미 전역에서 가장 높다. 전체 인구(2022년 기준) 764만여 명 중 4.5퍼센트인 34만여 명이 원주민 출신이다. 대부분 원주민 보호구역에 거주하고 있으며 의료 및 교육 혜택의 사각지대에 있다. 이 때문에 코로나바이러스가 극성이던 시기에 코로나바이러스 감염 사망자가 10만 명당 160명으로 흑인(166명)에 이어 두 번째로 많았다. 같은 기간 백인 사망자는 10만 명당 116명이었다. 원주민은 의료시설이 부족한 주거 밀집 지역에 살거나 산업 현장이나 식당 등 필수 산업에 종사하고 있어 코로나바이러스로 인한 피해가 더 컸다.

유럽 정착민이 애리조나를 차지하기 전 애리조나주에는 '사막 사람들

붉은 협곡을 막아 만든 애리조나 온천이다. 한 남성이 눈을 감고 온천욕을 하고 있다. 기암괴석이 품고 있는 저 온천에는 어떤 광물이 녹아 있을까. 모든 질병을 치료할 것만 같다.

(Desert People)'이라고 불린 파파고(Papago) 원주민들이 살고 있었다. 그들은 물을 찾아 이동하며 살았다. 그러다 멕시코에 주둔해 있던 에스파냐 군대가 1820년 이 일대에 진입했고 파파고의 땅을 강탈했다. 에스파냐 선교사들은 원주민들을 가톨릭으로 개종했고 노예로 부렸다. 파파고족은 유럽 정착민에게 목장 기술을 배워 소규모 목축업을 하며 생계를 이어갔다. 1848년에 미국이 멕시코로부터 애리조나주 영토를 사들였고, 파파고족은 미국으로 편입되었다.

원주민들은 애리조나를 '작은 샘(ali sonak)' 또는 '젊은 샘(place of the young spring)'이라고 불렀다. 아리(ali)는 작다, 조낙(shonak)은 샘물이라는 뜻이다. 그들에게는 작은 것이 젊은 것이요, 의지할 수 있는 안식처였던 셈이다. 이후 원주민에게 공물을 받으러 온 에스파냐 군대 후안 바티스타 데 안자(Juan Bautista de Anza) 대위가 원주민들이 사는 곳을 '아리조낙(Arizonac)'이라고 부른다며 본국에 보고했고, 현재 그 이름으로 굳어졌다.

이번 목적지는 '애리조나 온천(Arizona Hot Springs)'이다. 라스베이거스 스트립에서 차로 40분 거리다. 트레일 시작점은 '애리조나 온천' 입구부터이다. 주차장에 차를 세우고 무인 주차함에 차량 번호와 간단한 인적 사항, 입장료(차량당 25달러)를 넣고 들어가면 된다.

애리조나 온천으로 가는 트레일이다. 다채로운 색깔과 문양이 있는 바위가 나온다. 억만 년의 시간들이다.

하이킹은 출발점에서 크게 원을 그리며 걷는 코스다. 총구간 9.3킬로미터, 경사로 400미터이다. 보통 걸음으로 네 시간이면 완주할 수 있다. 지역 하이킹 커뮤니티는 애리조나 온천 트레일의 난도를 별 5개에 5개로 평가하고 있다. 한여름에는 낮 기온이 48도를 넘는다. 관리당국은 안전을 위해 5월 중순에서 9월 말까지 하이킹을 금지한다. 자세한 날짜는 해마다 바뀐다. 일정을 잡기 전 미 국립공원관리청(NPS) 홈페이지에 들어가 확인하면 된다. 산행 전 자외선차단제를 충분히 바르고 챙이 긴 모자를 쓰는 것을 권한다. 마실 물도 하이킹이 끝나도 남을 정도로 충분히 챙겨야 한다.

허리띠 바짝 졸라매고 있는 '브리틀부시'

나는 반시계 방향으로 돌았다. 5.1킬로미터 구간인 화이트록캐니언 트레일(White Rock Canyon Trail)을 지나 콜로라도강을 따라 내려간 뒤 온천욕을 하고, 다시 4.1킬로미터 구간인 애리조나 온천 트레일로 돌아오는 길이다. 자나 깨나 더위를 조심해야 한다. 볕 쬐러 나온 방울뱀도 살펴야 한다.

화이트록캐니언 트레일은 리버티벨아치 트레일(Liberty Bell Arch Trail)과도 이어져 있다. 융기와 침식으로 형성된 거대한 암석 아치다. 사진가들이 좋아하는 명소다. 왕복 8킬로미터 구간으로 제2차 세계대전 당시 운영되었던 마그네슘 광산이 주변에 남아 있다.

협곡 하이킹이다. 수직으로 뻗은 육중한 돌기둥 아래 4월의 사막에는 조촐한 꽃 잔치가 펼쳐졌다. 나를 처음 반긴 건 노란 꽃의 관목식물, 엔셀리아 파리노사(*Encelia farinosa*)다. 흙이 씻겨 나간 자갈 바닥 개활지에 서식한다. 미국 남서부와 멕시코 바하칼리포르니아 일대 건조지대에서 자란다. 엔셀리아 파리노사는 가지가 약해 '잘 부서진다(brittle)'는 뜻의 '브리틀부시(Brittlebush)'로 자주 불린다. 가지에서 향긋한 향이 퍼져 나온다. 바하칼리포르니아 일대 교회에서는 원주민이 잘게 씹은 브리틀부시를 향으로 썼다고 한다. 이 때문에 브리틀부시는 에스파냐어로 향(incense)이란 뜻의 '인시엔소(Incienso)'라고도 불린다. 다른 교회에서는 브리틀부시의 수액을 말린 뒤 태워 향으로 썼다고 한다.

브리틀부시는 요즘 고난의 행군 중이다. 사막 적응에 최적화한 종이지만 최근 수십 년간 지속된 기후 상승으로 임계점에 다다른 것이다. 유타대학교 생물학과 연구진은 2021년 미국 〈국립과학원회보〉에 사막지대 식물이 대가뭄 때문에 살아남기 어려울 수 있다고 전망했다. 사막 식물은 공기 중에 탄소가 많거나 너무 더우면 식물의 숨구멍인 기공을 줄여 광합성 효율을 최대화한다고 한다. 이를 측정하는 척도가 '고유 물 사용 효율성(iWUE)'이다. 그런데 이 지역 iWUE 값이 다른 지역보다 7배 높은 것으로 나타났다. 지구 온난화의 속도와 강도가 식물의 적응 속도를 추월할 수 있는 지점인 것이다. 과학자들은 지구 온난화로 식물의 성장 속도가 이미 더뎌지기 시작했다고 분석하고 있다. 그사이 2022년 미국 남서부 일대에는 1200년 만의 대가뭄(Megadraught)이 발생했다.

브리틀부시다. 이파리를 짓이기면 향기로운 냄새가 난다. 브리틀부시는 고도가 높고 배수가 잘되는 토양에서 자란다.

6미터 쇠사다리를 타고 올라가니 온천이…

협곡을 따라 걷다 보면 다양한 사막성 기후 식물을 만날 수 있다. 북한 함경도 고산지대에도 자란다는 물싸리(*Dasiphora fruticosa*)와 찰랑거리는 머릿결을 자랑하는 우단물푸레나무(*Franxinus velutina*)가 있다. 1만 2300년 전 고대 원주민들이 매머드와 낙타 사냥을 하고 '식후 땡'으로 즐겼던 고대 담배(*Nicotiana rustica*)도 이 지역에 뿌리내리고 있다.

두 시간쯤 걷다 보면 콜로라도강이 나온다. 나는 아침 10시쯤 도착했다. 강변에서는 캠핑족들이 철수하려고 텐트를 접고 있었다. 멀리에서는 관광객들이 카약을 타고 강물을 따라 내려오고 있었다. 온천욕이나 캠핑을 하기 위해 이곳까지 카약을 타고 올 수도 있다. 사막은 기온 차가 크다던데 밤사이 춥지 않았을까. 텐트를 접고 있던 남녀에게 물었다.

"지금 캠핑하기가 가장 좋아. 어젯밤도 춥지 않고, 덥지도 않았어. 바람은 좀 불었지만 괜찮았어. 위협하는 동물도 없어서 캠핑하기 좋아."

강을 따라 울퉁불퉁한 길을 내려가다 보면 어느 좁은 길 왼쪽에 온천으로 가는 길이 나 있다. 표지판이 제대로 설치되어 있지 않아 지나치기 쉽다. 나는 그 길을 놓쳐 더 걸어 내려갔다가 캠핑족에게 물어 다시 길을 찾았다. 온천 길 양옆으로는 붉은 기둥이 우뚝 서 있다. 자갈 바닥은 젖어 있다. 더 걸어 들어가자 젖은 땅은 얕은 물길로 바뀌었다. 물 흐르는 소리가 협곡에서 공명한다. 바윗돌을 타 넘고 300미터쯤 걸었을까. 막다른 길과 함께 6미터 쇠사다리가 나온다.

사다리를 타기 위해 등산화끈 양쪽을 묶어 목에 매달았다. 사다리가 물에 젖어 있었다. 두 손으로 사다리를 꽉 잡았다. 밟을 곳을 하나하나 확

온천에 들어가기 위해 6미터 철제 사다리를 타고 올라가야 한다. 사다리는 항상 물에 젖어 있다. 허벅지에 힘을 주어야 한다.

인하며 사다리를 탔다. 언덕 위에서 떨어지는 온천수가 사다리에 부딪쳐 온몸에 흩뿌려졌다. 사다리에만 집중했다. 올라간 곳은 협곡 온천, 애리조나 온천이다.

온천탕은 크게 세 곳이다. 상류로 올라갈수록 수온이 높아졌다. 첫 번째 탕은 33도로 미지근했다. 중간 탕은 40도, 가장 높은 곳에 있는 탕은 42도로 뜨끈뜨끈했다. 단층과 암석 균열층에서 온천이 솟아났고 누군가 모래주머니를 설치해 탕으로 만들었다. 수온은 당일 기후에 따라 조금씩 변한다.

가장 뜨거운 탕에는 20대로 보이는 흑인 여성이 나체로 온천을 즐기고 있었다. 사실 온천이나 하이킹 트레일에서 흑인을 만나는 경우가 타 인종에 비해 드물다. 이 또한 사회현상이 만들어낸 차별이다. 2020년 발표된

흑인 여성이 온천을 하고 있다. 실내 수영장이나 온천에서 흑인을 보는 것은 상대적으로 드문 일이다.

연구에 따르면, 유색인종이 자연에 바로 접근할 수 있는 곳에 거주할 확률이 백인에 비해 3배 낮았다. 2018년 미국 국립공원 조사에서는 방문객 10명 중 8명(77퍼센트)이 비히스패닉계 백인이었다. 백인이 전체 인구의 60퍼센트를 차지하지만 국립공원에 가는 비율이 그에 비해 더 높은 것이다.

'인류의 대역사' 후버댐이 만들어낸 온천

이곳은 링볼트 온천(Ringbolt Hot Springs)이다. 후버댐이 건설되기 전, 콜로라도강 상류에 급류가 흘렀다. 이때 증기선이 급류에 쓸려 내려가지 않도록 배를 묶기 위한 고리형 볼트인 '링볼트'가 암석에 설치되었다. 선장은 링볼트에 케이블을 연결해 배를 정박했다. 지금도 온천 주변에서 링볼트의 흔적을 볼 수 있다.

잠깐, 후버댐을 짚고 넘어가자. 이곳은 미국 건축사에 커다란 족적을 남긴 곳이다. 미 대통령 허버트 후버가 침체에 빠진 경제를 살리기 위해 공공사업의 하나로 1931년 댐 공사를 지시했다. 홍수 피해가 잦아 민원이 많았던 곳이었다. 댐은 4년 뒤인 1935년 루스벨트 대통령 때 완공되었다. 루스벨트 대통령은 그해 댐 건설 현장을 방문해 "오늘 아침 나는 왔고, 보았고, 정복당했습니다. 인류가 이뤄낸 이 위대함에 말입니다"라는 명언을 남겼다. 댐은 1947년 후버 전 대통령을 기리기 위해 후버댐이라고 이름 붙였다.

후버댐 높이는 서울에 있는 63빌딩(249미터)과 맞먹는 221미터이다. 콘크

마이크 오컬러핸-팻 틸먼 기념 다리에서 본 후버댐이다. 전망대와 박물관이 있다. 직접 다리 위를 걸을 수 있다.

리트 두께는 최대 200미터이다. 사용된 콘크리트 양만 6000만 톤으로 뉴욕에서 샌프란시스코까지 동서를 횡단하는 왕복 4차선 도로를 만들 수 있는 양이다. 일반적으로 이 많은 양의 콘크리트를 한 번에 부으면 마르는 데 200년이 걸린다. 하지만 댐을 블록으로 나누어 타설한 뒤 그 사이에 냉각 파이프를 설치해 콘크리트를 양생했다. 파이프에 물을 흘려보내 콘크리트의 속을 말린 것이다. 이 때문에 공사 기간을 단축할 수 있었다.

댐 건설로 많은 노동력이 라스베이거스로 몰려들었다. 댐 건설 후에는 풍부하고 저렴한 전력을 바탕으로 라스베이거스라는 세계 최대 카지노

콜로라도강에서 캠핑한 여성이 배낭을 메고 온천을 지나가고 있다. 이곳을 지나가야 출발점으로 돌아갈 수 있다.

도시가 탄생했다. 후버댐은 영화 「트랜스포머Transformers 1」의 배경이기도 하다. 악당 메가트론과 궁극의 에너지원인 큐브가 숨겨진 곳이 후버댐 아래다.

온천에 와서, 그냥 눈으로만 구경만 하고 돌아갈 수 없다. 어른 가슴 높이 올라오는 온천을 반드시 통과해야 출발지로 돌아갈 수 있다. 텐트와 배낭을 가지고 왔다면 머리에 짊어지고 온천을 지나가야 한다. 주변에는 화장실 등 편의시설이 없다. 여유를 가지고 온천을 즐기자. 높은 적벽 아래 온몸을 푹 담가 보자. 세상 어디에서도 경험해보지 못한 호강을 이곳에서 누리게 될 것이다.

'세계의 아쿠아리움'이라고 불리는 바다

27
멕시코 바하칼리포르니아의
푸에르테시토스 온천

"처어-ㅁ벙~."

고요한 바다에 물 튀는 소리가 귓전을 울린다. 주위에는 아무도 없다. 수영하는 사람도, 다이빙할 만한 장소도 없다. 바다는 잠잠하다. '잘못 들은 건가?' 그때 또다시, "처어-ㅁ벙~."

하늘을 활강하던 대형 새가 칼각 90도로 온몸을 바닷속으로 내던진다.

멕시코 바하칼리포르니아의 푸에르테시토스 온천이다. 해변 돌 틈에서 뜨거운 온천수가 올라온다. 차가운 바닷물과 적절히 섞인 곳에서 온천을 할 수 있다.

과녁을 향해 돌진하는 화살처럼 새의 부리가 바다를 찌른다. 브라운펠리컨(Brown pelican)이다. 미국 캘리포니아주 남부와 멕시코 본토 사이에 있는 바다, 캘리포니아만에 서식하는 바닷새다. 펠리컨도 여러 종이 있는데 이렇게 수중 다이빙을 해 물고기를 잡는 종은 브라운펠리컨이 유일하다. 캠핑지에 며칠 일찍 와 있던 분이 말을 한다.

"어제는 가오리가 하늘 높이 날아서 바다 수면을 양쪽 지느러미로 탕 때렸어요. 어찌나 소리가 크던지. 여기 해변까지 물 튀는 소리가 들렸다니까."

'홍어 같은 물고기가 새처럼 난다고?' 미야자키 하야오의 만화영화에나 나올 법한 장면 아닌가? 왕년 「퀴즈탐험 신비의 세계」 애청자이자 동물 백과사전을 끼고 살았던 내가 본 적도 들은 적도 없는 이야기다. 그렇게 쉽게 속진 않지!

그런데 아직도 세계는 신비하다. 해당 물고기는 대왕쥐가오리(Mobula birostris)였다. 수면 위 180센티미터까지 뛰어올라 낙법하듯 양 지느러미로 해수면을 때린다. 짝짓기나 서로 간의 의사소통을 위해, 또는 몸에 붙은 기생충을 떼어내기 위해 비행 후 낙법을 반복하는 것이다. 물을 더 많이 튀게 하는 스플래시 다이빙 대회에 출전했다면 당연, 입상감이다.

서울과 부산 왕복 거리보다 먼 곤자가 캠핑장으로

11월 말에 찾아간 곳은 멕시코 영토인 바하칼리포르니아(Baja California)다. 삼면이 바다로 서쪽은 태평양, 동쪽은 총길이 1,300킬로미터의 캘리포니아만이 있다. 우리는 캘리포니아만 북쪽에 있는 곤자가(Gonzaga) 캠핑장에 텐트를 쳤다. 로스앤젤레스에서 차로 약 아홉 시간 거리다. 새벽 3

시에 출발해 국경선을 넘어 길거리에서 타코를 사 먹은 뒤 곧장 이곳까지 달려왔다. 편도 730킬로미터로 서울과 부산 간 왕복 거리보다 길다.

캠핑장에서 가까운 도시는 산펠리페(San Felipe)다. 미국 접경 도시인 멕시칼리(Mexicali)에서도 남쪽으로 200킬로미터 떨어진 곳이다. 미국 콜로라도강 하구로 과거 선인장조차 살 수 없던 소금기 있는 늪지대였지만 유입되는 민물이 점차 줄어 현재는 대표적인 항구도시로 자리 잡았다.

캠핑장은 이곳에서도 두 시간이나 더 차를 타고 가야 한다. 도시를 떠나면 돌투성이 붉은 민둥산밖에 없다. 해변가에는 마른 식물을 엮어 만든 팔라파 우산이 덩그러니 꽂혀 있다. 이 때문에 멀리 이동하기 전 산펠리페에서 차량에 휘발유를 가득 넣고 움직이는 것이 좋다. 마실 물과 먹을 것도 충분히 사야 한다.

바하칼리포르니아의 전체 면적은 7만 1450제곱킬로미터다. 남한 면적(10만 제곱킬로미터)의 3분의 2다. 태평양 쪽 관광도시인 엔세나다(Ensenada)와 미국 국경지대이자 주도인 멕시칼리, 맥주 브랜드로 잘 알려진 테카테(Tecate) 등 5개 자치구가 있다. 바하칼리포르니아 아래는 또 다른 주인 바하칼리포르니아수르(Baja California Sur)가 있다. 수르(Sur)는 에스파냐어로 '남쪽'을 뜻한다.

미국은 '멕시코-미국 전쟁(1846~1848)'의 승리로 캘리포니아와 애리조나, 뉴멕시코 등을 멕시코로부터 1500만 달러에 사들였다. 이를 '과달루페 이달고 조약(Treaty of Guadalupe Hidalgo)'이라고 한다. 계약서 초안에 바하칼리포르니아 땅도 포함되었지만 멕시코 본토와 가깝다는 이유로 최종안에서 제외되었다. 실상은 당시 미국이 이곳을 값어치가 없는 땅으로 판단했던 것으로 보인다.

전쟁 후 1853년에는 미국인 윌리엄 워커(William Walker)가 민병대 50명을 이끌고 이곳을 침공해 '바하칼리포르니아 공화국'을 세운다. 스스로를 대통령으로 칭하고 장관들도 뽑았다. 윌리엄 워커는 이 땅을 미국에 편입하려고 했지만 미국이 호응하지 않았다. 그는 결국 도망친다[이처럼 정부 승인 없이 타국을 상대로 노략질하거나 내전에 개입하는 자를 '필리버스터(filibuster, 에스파냐어로는 filibustero)'라고 불렀다. 그는 중앙아메리카를 백인 제국으로 만들려고 했던 대표적인 필리버스터였다. 1854년에는 멕시코 소노라주 침공, 1856년에는 니카라과를 침공했다].

이후, 바하칼리포르니아는 멕시코 혁명군의 배후기지 역할을 했다. 조선의 북간도 같은 곳이다. 1910년대 멕시코 혁명군은 멕시칼리와 티후아나를 점령했다. 그들은 세력을 본토까지 확장해 나갔다.

바하칼리포르니아에는 각기 다른 언어를 쓰는 19개의 아메리카 원주민 부족

곤자가 캠핑장에서 본 석양이다. 카펫처럼 깔린 구름이 분홍빛으로 물들었다.

이 있었다. 하지만 안타깝게도 이제는 거의 자취를 감추었다. 200년 동안 치열하게 전투를 벌였지만 총과 균과 쇠에 의해 쓰러졌다. 여기다 가톨릭은 하얀 가면을 쓰고 침투해 사회를 파괴했다.

아메리카 원주민에게도 유구한 역사와 문화, 경제 체제가 있었다. 숲을 적극적으로 개간해 사냥할 수 있는 동물의 개체수를 늘리고 물고기를 잡아 미국 서부에서 동부로 유통했다. 곧, 그들만의 통신 수단과 교통 체계가 있었다는 것이다. 하지만 문자로 기록되지 않아 고증하기가 어렵다. 그 언어를 활자화하려고 한 인물이 있었다.

그는 대학자 세쿼이아(Sequoyah)다. 체로키족 출신으로 1770년에 태어나 1843년 숨졌다. 그는 체로키 사람들이 체로키어를 읽고 쓸 수 있도록 최초로 활자를 만들었다. 활자를 중심으로 전통문화를 복원하고 나라를 재건하고 싶었다. 그가 만든 활자는 1825년 공식 언어로 채택되었고 불과 20여 년이 지나 체로키족의 문해력이 거의 100퍼센트에 도달했다고 한다. 당시 영어 문해력보다 높은 수치였다.

에스파냐 군대와 미션의 침공

16세기 초 멕시코 본토 공격을 끝낸 에스파냐는 금광을 찾기 위해 바하칼리포르니아를 넘본다. 에스파냐 정복자 에르난 코르테스(Hernán Cortés)는 1532년 함선을 보내 이 지역을 탐사했고 1535년에는 바하칼리포르니아 남쪽 항구인 라파즈(La Paz)를 발견했다. 이 때문에 이곳을 코르테스해협(Sea of Cortez)이라고도 부른다.

1596년 에스파냐 국왕 펠리페 2세가 해군을 보내 이곳을 식민지화하려고 했다. 1695년에는 성직자 후안 마리아 살바티에라(Juan Maria Salvatierra)가 처음 에스파냐 정착촌을 세웠고 2년 뒤에는 성직자들이 가톨릭 미션을 건설했다. 1697년부터 1707년 10년 사이 이 지역에 16개 미션이 세워진다.

성직자들은 원주민에게 집단 노동을 강요했고 그들을 임금 노동자로 전락시켰다. 공물도 요구했다. 이 과정에서 천연두와 홍역 등 감염병이 급속도로 퍼졌다. 한 언론은 1742~1744년 사이 원주민 8,000명이 발진티푸스로 사망했다고 보도했다. 원주민 사회가 어떻게 바이러스에 파괴되었는지 찰스 만의 저서 『인디언: 이야기로 읽는 인디언 역사』에서 자세하게 설명하고 있다.

> 유럽인들은 냉혹한 격리의 논리에 익숙해 있었다. 역병이 나타났을 때, 그들은 집을 판자로 막고 지방으로 피난했다. 반대로 역사학자 닐 샐리스버리가 말하듯, 병이 낫기를 바라며 환자의 침상 곁에 모인 인디언 가족과 친구들이 할 수 있는 일이라고는 '질병을 더 빨리 퍼뜨리는 것뿐'이었다. 전염병이라는 개념 자체도 낯선 것이었다. 그 블랙푸트족 침입자는 회상했다. "우리는 어떤 사람이 다른 사람에게 질병을 줄 수 있다고 생각하지 않았다. 다친 사람이 다른 사람에게 상처를 옮길 수 없는 것처럼 말이다."

'세계의 아쿠아리움'이라 불리는 곳

곤자가 캠핑장은 외부 세계와 차단되어 있다. 뒤로는 키 큰 선인장이 자라는 벌거숭이산, 앞으로는 잔잔한 바다와 붉은 섬이 놓여 있다. 인터넷도 전화도 통하지 않는다. 와이파이를 이용하고 싶다면 캠핑장을 운영하

곤자가 캠핑장의 하늘에서 본 해변이다. 이곳은 오지다. 전화도 통하지 않고 영어로 의사소통이 되지도 않는다. 패들보드를 타고 저 멀리 섬에 가거나 낚시를 하며 시간을 보낼 수 있다.

는 상점에 가면 된다. 종업원에게 약 75센트를 주면 작은 종이에 적힌 와이파이 비밀번호를 준다. 30분 정도 쓸 수 있는데 신호가 약해 카카오톡으로 사진 2장 보내기가 힘들다.

바다에는 큰 배 두 척이 떠 있다. 하나는 낚싯배, 나머지 하나는 환경단체가 운영하는 고래 구조선이다. 이곳을 대표하는 해양보호단체는 시 셰퍼드(Sea Shepherd)다. 이들은 멸종위기종을 보호하기 위해 불법 어망을 제거한다.

이 과정에서 종종 현지 어부와 충돌한다. 어부들이 화염병과 돌을 던지고 총을 쏘기도 해 활동가들은 방탄조끼와 헬멧을 쓰고 활동한다.

캘리포니아만에는 물고기 900종과 해달, 돌고래, 바다사자 등 척추동물 수천 종이 서식한다. 살아 있는 해상 동물원이다. 스쿠버 다이빙 장비를 처음 만들었던 프랑스 탐험가이자 다큐멘터리 감독인 자크 이브 쿠스토는 이곳을 '세계의 아쿠아리움'이라고 불렀다. 재미있는 것은 동물도 인간이 익숙하지 않아 던져 놓은 낚싯대에 새가 잡히는 등 도시 바다와는 전혀 다른 장면을 볼 수 있다.

캠핑 둘째 날, 우리는 현지 선장이 운행하는 낚싯배를 타고 바다낚시에 나섰다. 선발대가 캠핑장 관리자에게 물어 현지 선장 에릭을 소개받아 예약해둔 덕분이었다. 고깃배 네 시간 운행에 약 250달러, 팁까지 해서 320달러를 지출했다.

오전 9시쯤 출발했다. 작은 낚싯배에 선장 포함 6명이 탔다. 배는 도도히 바다의 폐부로 진입했다. 제주도 차귀도에서 배낚시를 해본 적이 있어 뱃멀미에는 자신 있었다. 하지만 얼마 지나지 않아 머리가 어질어질, 속이 울렁거렸다. 전날 밤 마신 데킬라가 한몫한 것 같았다.

우리의 어군 탐지기는 바닷새였다. 선장 에릭은 새가 무리 지어 다니는 곳을 쫓아 뱃머리를 돌렸다. 그곳에 물고기 떼가 있었다. 낚싯대 두 대를 펼쳐 배 후미에 하나씩 더듬이처럼 달았다. 배가 엔진 소리를 내며 달렸다. 얼마 지나지 않아 낚싯대가 팽팽히 당겨졌다. 물고기가 미끼를 문 것이다. 배를 멈추고 릴을 감았다 풀었다 하며 힘겨루기를 했다. 물고기는 오래 버티지 못하고 얼치기 낚시꾼에게 정체를 드러냈다.

어종은 시에라매커럴(Sierra mackerel). 고등어과로 배가 은빛이고 등은 푸

선장 에릭이 잡은 시에라매커럴을 손질해 미끼를 만들고 있다. 이날 목표는 방어(Yellow tail)를 잡는 것이었지만 실패했다.

른빛을 띤다. 무게는 최대 5.5킬로그램으로 11월에서 이듬해 5월 사이에 많이 잡힌다. 이렇게 두어 시간 동안 시에라를 계속 잡아올렸다. 가끔 해달이 다가와 낚시꾼에게 끌려오는 물고기를 중간에 낚아채 갔다.

또 다른 어종은 농어과인 그루퍼(Grouper)다. 몸집 전체가 밝은 흙색이며 인상이 사납고 몸통은 돔처럼 두껍다. 갑각류나 작은 물고기, 문어를 먹는다고 한다. 1950년대 플로리다에서는 그루퍼가 물에 빠진 아이를 잡아먹어 세상을 떠들썩하게 했다. 늦겨울과 봄에 많이 잡힌다. 캘리포니아만

내가 그루퍼를 잡아 올렸다. 50센티미터가 넘는 큰 어종이었다. 배에서 내려 회를 떠서 먹었다.

에서는 낚시하기 좋은 계절이 따로 없다. 계절마다 제철 물고기가 잡힌다. 두어 시간 만에 50리터짜리 아이스박스를 물고기로 가득 채웠다. 복귀!

캠핑장까지 반쯤 왔을까, 고래 한 마리가 흰 꼬리지느러미를 드러내며 물 위로 솟구쳤다. 바다 위를 빙그르르 돌았다. 이 장면을 공짜로 보다니! 뱃머리를 돌려 가까이 가고 싶었지만 스치기만 해도 우리 고깃배는 뒤집힌다. 캘리포니아만에는 지구상에 현존하는 가장 큰 동물이라고 알려진 대왕고래(Blue whale)가 서식한다. 최대 27미터까지 자라며 소리를 지르

곤자가 캠핑장 풍경이다. 마실 물도 전기도 제공되지 않는다. 스스로 공수해 와야 한다. 잡은 물고기를 회로 뜨고 있다. 물회로도 해 먹었다.

면 수면 아래 수 킬로미터까지 들린다고 한다. 이밖에 혹등고래(Humback whale)와 귀신고래(Gray whale, 쇠고래라고도 한다), 밍크고래, 참고래 등도 산다. 겨울에는 무리 지어 다닌다고 한다.

판자촌 어부 마을과 미국인 여름 별장촌

이곳은 연평균 강수량이 50밀리미터밖에 되지 않는다. 대부분 땅이 붉고 메말랐다. 캘리포니아만은 남북으로 수천 킬로미터 뻗어 있어 지역마다 기온 차가 있다. 그중 산펠리페는 8월 기온이 40도까지 근접한다. 가을에는 허리케인이 분다. 우리가 갔을 때도 강풍이 불어 며칠 고생했다.

달리는 차도 휘청거릴 정도다.

관광도시를 제외하고 바닷가 마을은 매우 낙후해 있다. 집이라고 해야 낡은 합판 여러 장을 이어 붙여 벽을 세우고 지붕을 얹었다. 한 판자촌 항구에는 남자 어부만 모여 살았다. 그들은 물고기를 잡아 냉장 탑차에 실어 보내며 생계를 이어나가고 있었다. 몇 해 전에는 어부끼리 싸움이 벌어져 정부가 한동안 조업을 금지했다고 한다.

세상에서 가장 뜨거운 유황 바다 온천

1990년대 정보산업 열풍과 연방준비은행의 저금리 정책으로 미국 경기가 되살아나자 미국인들이 앞다퉈 바하칼리포르니아에 여름 별장을 지었다. 그중 한 곳이 바다 온천이 있는 푸에르테시토스(Puertecitos)다. 1949년 라파엘 오로스코라는 사람이 정착했으며 지금은 바다가 보이는 언덕 위에 이동식 주택 등 수백 가구가 모여 있다.

푸에르테시토스 온천 입장료는 차 한 대당 18달러다. 여기다 한 명당 2.5달러를 더 내야 한다. 현지 물가 대비 비싼 가격이다. 온천 주변에 식당이나 화장실 등 편의시설이 없다. 캠핑도 하지 못한다. 마실 물과 먹을거리를 챙겨 가야 한다.

바하칼리포르니아만의 온천은 크게 태평양 쪽인 엔세나다와 이곳 푸에르테시토스, 더 남쪽인 바히아콘셉티온(Bajia Conception)으로 뻗어 있다. 멕시코 국립대학이 푸에르테시토스에서 지열발전소를 만들어 바닷물을 담수화하려는 연구를 하고 있을 정도다. 푸에르테시토스 온천은 해안가 돌틈에서 솟아나 바다로 향한다. 원천수는 아주 뜨거워 화상을 입을 정도

푸에르테시토스 온천이다. 바닷물과 온천물이 만나는 지점에 사람들이 모여 있다. 저 자리에 한번 들어간 사람들은 좀처럼 나오지 않는다.

다. 바다 내음을 밀어낼 정도로 유황 냄새가 진하다. 가까운 곳에 제2차 세계대전 당시 운영되었던 엘 아파치 유황 광산이 있다.

만조 때를 잘 맞춰야 적절한 수온에서 온천욕을 할 수 있다. 정오쯤 방문객이 가장 많다. 명당을 차지하지 못하면 수고를 좀 해야 한다. 양동이나 아이스박스를 이용해 차가운 바닷물을 뜨거운 탕에 퍼다 날라야 한다. 참고로 누드 혼탕이 가능하니 유념하기를.

자리 차지 경쟁에 밀린 가족이 미지근한 온천탕에 자리를 잡았다. 아빠가 양동이로 뜨거운 온천수를 가져다 옮기고 있다.

바다의 코카인 '토토아바'와 '판다돌고래'의 수난

온천 옆에는 작은 성당과 선착장이 있다. 그곳에는 마을 주민이 세운 물고기 형상의 설치 작품이 있다.

캘리포니아만에서는 생태계 파괴도 심각하다. 그중 하나가 민어과 물고기 토토아바(Totoaba)다. 몸길이 최대 2미터, 무게가 100킬로그램에 이르는

멸종위기 어류인 토토아바 조형물이다. 푸에르테시토스 온천 가까이에 있는 선착장에 설치되어 있다. 중국에서는 토토아바 부레를 만병통치약이라 여기고 있다. 수십 년간 남획이 이루어지고 있다.

대형 어종이다. 중국인들이 토토아바 부레를 만병통치약 또는 부의 상징으로 여겨 이 때문에 수십 년간 남획이 이루어졌다.

멕시코 정부는 1975년 토토아바의 상업 거래를 금지했다. 하지만 여전히 암시장에서 활발히 거래되고 있다. 말린 부레 가격은 1킬로그램당 우리 돈 1100만 원에서 5500만 원이다. 밀수꾼들이 부레를 잘라 곳곳에 숨긴 뒤 비싼 값에 밀수출해 '바다의 코카인'이라 불린다.

눈 주변에 둥근 반점이 있어 '판다 돌고래'라고 불리는 바키타(Vaquita)도 멸종위기다. 몸길이 평균 150센티미터로 세계에서 가장 작은 돌고래인데 토토아바를 잡기 위해 쳐놓은 저인망 그물에 포획되고 있다. 캘리포니아만에만 서식하며 10여 마리가 남았다. 세계자연보전연맹(IUCN)은 토토아바와 바키타를 적색목록 위급종(Critically Endangered)으로 지정했다. 쫓겨난 원주민 땅에 또 다른 바다 종족도 사라지고 있다.

해변 모래를 파니 바다 온천수가 콸콸

28 멕시코 바하칼리포르니아의 푼타반다/우루아판 온천

1900년대 멕시코 국경지대에 살던 미국인에게는 풍요로웠던 기억이 있다. 주말이면 대가족이 국경을 넘어가 멕시코 식당에서 근사한 식사를 하던 기억이다. 저렴한 가격에 말이다. 미국 캘리포니아주와 멕시코 바하칼리포르니아주, 미국 텍사스주와 멕시코 코아우일라주 등은 사실상 하나의 생활권이었다. 이동도 요즘에 비해 자유로웠다.

멕시코 바하칼리포르니아는 미국 로스앤젤레스에서 차로 네 시간 거리다. 장거리 운전에 익숙한 사람에게는 그리 멀지 않은 곳이다. 하지만 멕시코에서는 여전히 마약 거래와 납치 사건 등 강력 범죄가 적잖이 일어나고 있다. 이 때문에 여행자들이 조심하는 곳이기도 하다. 멕시코 바하

멕시코 바하칼리포르니아의 푼타반다 온천이다. 삽으로 해변 모래를 파서 천연 온천을 만들었다. 물이 빠지는 간조 때를 잘 맞춰야 한다.

칼리포르니아주의 '공공안전과 범죄 정의를 위한 시민위원회'는 살인율을 기준으로 해마다 세계에서 가장 폭력적인 도시 50곳을 선정한다. 2020년 기준, 살인 범죄율 2위가 멕시코 바하칼리포르니아주의 티후아나였다. 인구 10만 명당 105.15명이 살해당했다. 6위는 엔세나다. 인구 10만 명당 90.58명이 살인 범죄로 숨졌다.

이번 여행지는 엔세나다의 모래 해변에 있는 푼타반다 온천(Punta Banda Hot Springs)과 산골 빨래터에 있는 우루아판 온천(Uruapan Hot Springs)이다. 우리는 괴한에게 붙잡히면 즉각 줄 수 있게 현금 300달러를 뽑아갔다. 멕시코 차량 보험도 들었다. 인터넷을 검색해 국경 멕시칸 보험서비스사(Border Mexican Insurance Services)를 이용했다. 미국과 도로 환경이 달라 비포장도로가 제법 있고, 운전자의 주행 습관도 달라 사고가 날 수 있다. 휴대전화 인터넷은 일부 통신사를 제외하고 자동 로밍이 된다.

금주의 시대에 꽃 핀 티후아나

멕시코 국경을 넘으면 먼저 만나는 도시가 티후아나(Tijuana)다. 티후아나는 100년 전 가장 융성했다. 미연방정부가 법적으로 술 거래를 막았던 금주법 시대(1920~1933)다. 미국에서는 전 세계 이민자들이 모여 각종 과일과 곡식으로 술을 빚었다. 이민자들은 끝도 없이 술을 마셨다. 이에 1800년대 말부터 종교인을 중심으로 금주 운동이 일었다. 1919년에는 연방정부가 「볼스테드법」을 통과시켜 술 제조와 판매, 유통을 금지했다.

억압된 욕망은 국경 너머 멕시코 티후아나에서 터져 나왔다. 미국에서의 불법 행위를 이곳에서는 허용했던 것이다. 미국인들은 티후아나에서 술을 만들고 판매했다. 그리고 도박과 매춘 사업을 벌였다. 미국 할리우드에서 이름 짜한 배우와 방송인이 전용기를 타고 티후아나에서 와서 술과 도박을 즐겼다. 마피아들은 미국으로 밀주를 공급하기 위해 이곳을 드나들었다. 술꾼들은 이 시대를 '바싹 마른 시절(Dry years)'이라고 표현한다.

밀주의 시대, 그 선두에서 아방궁 노릇을 했던 곳이 온천 리조트 '카지노 아구아 칼리엔테(Casino Agua Caliente)'다. 에스파냐어로 아구아는 '물', 칼리엔테는 '뜨겁다'라는 뜻이다. 1928년 온천 분출구에 지어진 카지노 아구아 칼리엔테는 올림픽 경기장 규모의 수영장과 터키식 목욕탕, 말 경주 트랙을 갖추고 있었다. 호텔 방은 500개였다. 미국 지하경제의 돈이 마구 들어왔다. 희극배우 찰리 채플린은 물론, 시카고 지역의 마피아 우두머리였던 알 카포네도 찾아왔다.

1933년 미국 금주법이 해제되자 미국 관광객이 우수수 멕시코를 빠져나왔다. 계속 발생하는 흉악 범죄도 한몫했다. 티후아나의 뒤를 이은 쾌락의 도시가 미국 라스베이거스다. 라스베이거스의 한 호텔은 티후아나에

'카지노 아구아 칼리엔테'의 옛 흔적이 남아 있다. 현재는 학교로 운영되고 있어 외부인 출입이 통제되고 있다.

있던 온천 리조트의 이름을 따서 '네바다의 칼리엔테(The Caliente of Nevada)'라고 불리기도 했다. 한편, 카지노 아구아 칼리엔테는 화재 등으로 1938년 문을 닫는다. 지금은 그 터에 학교가 들어서 있다.

1970년대로 타임슬립, 우루아판의 온천 빨래터

먼저 소개할 온천은 항구도시 엔세나다에서 차로 한 시간 남쪽에 있는 우루아판 온천(Uruapan Hot Springs)이다. 우루아판은 인구 694명(2020년 기준)의 작은 산골 마을이다. 전체 인구의 8퍼센트인 50여 명이 아메리카 원주민 출신이다. 그중 절반이 원주민 언어를 구사할 수 있다. 전체 인구 100명 중 4명이 문맹이다.

이곳은 한국의 1970년대 시골을 연상하게 한다. 10년 전(2010년 기준)만 해도 전기가 들어오는 집이 전체 가구의 91퍼센트였다. 수도가 들어오는 집은 80퍼센트에 불과했다. 냉장고와 세탁기 보급률도 각각 84퍼센트, 69퍼센트밖에 되지 않았다. 이제 집집마다 전기와 수도가 들어오지만 세탁기 보급률은 71퍼센트밖에 되지 않는다.

그 여백을 채워주는 곳이 우루아판 온천이다. 우루아판 주민들은 온천수가 나오는 빨래터에 모여 빨래를 한다. 속옷은 콘크리트로 만든 빨래판에 문지르고 다른 옷은 돈을 내고 세탁기에 돌린다. 다 세탁한 옷은 빨래터에 있는 빨랫줄에 널고 산바람으로 말린다. 아이들은 분주한 엄마 곁에서 동네 친구들과 논다. 빨래터는 온천탕도 운영한다. 2022년 기준 1.5달러를 내면 콘크리트 욕조가 있는 독립된 탕을 제공한다. 새로 욕조를 채운 깨끗한 온천수에서 30분 동안 온몸을 지질 수 있다.

온천 목욕탕을 함께 운영하고 있는 우루아판 빨래터다. 마을에 세탁 시설과 수도시설이 완전히 갖춰져 있지 않아 마을 주민들이 이곳에 와서 빨래를 한다. 콘크리트 빨래판 돌기가 세월에 마모되었다.

빨래터 온천 옆에는 온천 리조트 '아구아스 테르마레스(Aguas Termales, 22795 Uruapan, Baja California, Mexico)'가 있다. 이곳에는 온천탕과 함께 온천 수영장이 있다. 가족 단위 방문객이 이용하기 좋다. 입장료는 1인당 3달러. 캠핑장도 있어 바비큐를 할 수 있다.

온천 아구아스 테르마레스다. 온천과 함께 수영장과 바비큐를 할 수 있는 캠핑장을 이용할 수 있다. 샤워 시설도 있다. 여독을 풀기에 제격이다.

해변 모래에서 뜨거운 온천수가 콸콸

바하칼리포르니아반도는 멕시코에서 유일한 지중해성 기후로 여름에는 맑고 건조하며 겨울철에는 기온이 영하로 떨어지지 않는다. 태평양과 캘리포니아만에 둘러싸여 해변 길이가 3,000킬로미터에 달한다. 해마다 철새 수천 종이 겨울을 나고 수많은 해양 포유류가 서식한다. 20여 곳이 생태보호지역으로 지정되어 있다. 소설 『분노의 포도The Grapes of Wrath』로 유명한 작가 존 스타인벡은 1940년 해양생물학자이자 친구인 에드 리케츠(Ed Ricketts)와 6주 동안 목선 '웨스턴 플라이어호'를 타고 바하칼리포르니아반도를 항해했다. 그들은 해양생물을 채집해 표본으로 만들었다. 존 스타인벡은 그 경이로운 바다의 기억을 책 『코르테스 바다에 관한 항해일지The log from the Sea of Cortez』에 남겼다.

> 이것은 말하기는 간단하지만 이 심오한 느낌이 예수와 아우구스티누스 프랜시스, 로저 베이컨, 찰스 다윈, 그리고 아인슈타인을 만들었다. 그들은 각자의 속도와 목소리로 경이로움과 함께 이러한 지식을 발견하고 확신했다. 모든 것은 하나이고 하나는 모든 것이다. 해수면에 반짝이는 푸른빛의 플랑크톤, 돌고 도는 행성들, 확장하는 우주, 이 모든 것들이 탄력적인 시간의 끝에 의해 묶여 있다. 해변 돌웅덩이에서 별을 보자. 그리고 다시 돌웅덩이로 돌아오자.

하지만 존 스타인벡이 지금 이 바다를 다시 항해한다면 전혀 다른 보고서를 작성할 것이다. 지구 온난화로 바하칼리포르니아의 바다생태계가 크게 변하고 있기 때문이다. 특히 바하칼리포르니아의 북위 30도선 이하는 미국의 표층수보다 더 빠르게 수온이 올라가고 있다. 미국 캘리포니아 지역은 알래스카의 차가운 해류가 남하해 수온 상승을 저지하고 있지만 멕시코 지역은 그렇지 못한 것이다.

그 변화에 직접적인 타격을 받는 동물이 있다. 바로 북방코끼리물범(Northern Elephant Seal)이다. 북방코끼리물범은 멸종위기종으로 큰 코로 소리를 내어 힘을 과시한다. 북방코끼리물범은 미국 캘리포니아와 멕시코 바하칼리포르니아가 하나의 서식지다. 하지만 남쪽인 멕시코 바하칼리포르니아의 수온이 올라가면서 남쪽으로 내려가는 것을 자제하고 있다. 알래스카의 차가운 해수를 좋아하는 기각류는 수온이 올라가면 체온 조절 등 신진대사에 큰 영향을 받기 때문이다. 열사병에 걸리고 새끼를 돌보는 시기에 스트레스를 많이 받는다. 이 때문에 북방코끼리물범의 개체수가 미국 캘리포니아에서는 증가하고 있지만 멕시코에서는 감소하고 있다.

멕시코 바하칼리포르니아 산쿠엔틴에 있는 몬테 세니자(Monte Ceniza) 자연보호구역이다. 멸종위기에 처한 철새와 바다 포유류의 마지막 안식처다. 이곳에는 굴 양식장도 있다. 바다를 보며 해산물을 먹을 수 있는 노포들이 있다. 차로 비포장도로를 한 시간가량 타고 들어가야 한다.

모래를 파니 뜨끈한 온천수가 콸콸

엔세나다의 대표 온천은 푼타반다 온천이다. 엔세나다의 크루즈 항구에서 38.5킬로미터 남쪽인 푼타반다반도(Punta Banda Peninsula)와 아구아 칼리엔테 해변에 있다. 겉보기에는 여느 모래 해변과 다름없다. 하지만 간조 때 흥미로운 광경이 펼쳐진다. 사람들이 삽으로 모래를 판다. 조개를 캐는 것이 아닌 온천을 파는 것이다. 물이 빠지는 간조 때 가야 온천욕을 할 수 있다. 뜨거운 온천수가 차가운 바닷물과 덜 접촉하기 때문이다. 물 빠지는 시간은 인터넷에 엔세나다의 조석표(Tide Chart for Ensenada)를 검색하면 알 수 있다. 5월 말 간조는 오후 3시였다.

모래 해변에 모두 온천공이 연결되어 있는 것은 아니다. 여기저기 파봐야 한다. 팁이 있다. 걸어 다니다 발바닥으로 살짝 모래를 파면 온기가 느껴지는 곳이 있다. 그곳을 삽으로 파면 뜨거운 온천수가 올라온다. 온천수와 대기의 기온 차가 클 때는 모래에서 몽글몽글 김이 올라오기도 한다고 한다. 그래도 온천수가 어디에서 올라오는지 모르겠다면 해변에서 삽을 들고 대기하고 있는 사람을 찾으면 된다. 그들이 기다리는 장소가 바로 온천이 올라오는 곳이다. 다만 간조 때라도 바람이 많이 불면 바닷물이 해변가로 많이 밀려와 온천욕을 하기 어렵다. 해 지는 간조 때를 맞추면 해변에서 온천욕을 하며 석양을 볼 수 있다. 시원한 맥주와 함께 말이다.

생명 탄생의 기원 중 '심해열수구 가설'이 있다. 심해 바닷속 끓어오르는 열수구에서 지구의 첫 생명이 탄생했다는 것이다. 해변 온천에서 그 시작을 느껴보자.

→ 삽으로 자신만의 온천을 만들었다. 이곳에서 몸을 녹이며 석양을 볼 수 있다. 와인이나 맥주를 곁들이면 천국이 따로 없다.

↓ 로스앤젤레스의 봉사단체 '우리문화나눔회' 소속 학생들이 삽과 손으로 모래를 파고 있다. 뜨거운 온천수가 솟아오르고 있다. 푼타반다 온천 사진은 우리문화나눔회 활동가들이 제공했다.

즐길 거리

멕시코 바하칼리포르니아

라부파도라La Bufadora

위치: La Bufadora, Península de delegación de Maneadero, Ensenada, Punta Banda I, B.C., Mexico

멕시코 바하칼리포르니아의 푼타반다반도에 있는 블로홀(blowhole)이다. 블로홀은 절벽 아래 동굴에 갇힌 공기가 밀려오는 파도와 함께 분수처럼 솟구치는 것을 말한다. 라부파도라는 세계에서 두 번째 큰 블로홀이다. 해수면에서 최대 30미터까지 솟구친다. 약 13초에서 17초 간격으로 폭발하고, 소리도 굉장히 크다. 엔세나다 중심에서 차로 50분이면 갈 수 있다. 주차장 입구에서 라부파도라까지 기념품을 파는 가게와 작은 음식점이 줄지어 서 있다.

타코와 라스 아후마데라스 타코 골목Las Ahumaderas Taco Alley

위치: Av. Guillermo Prieto 9770, America, 22044 Tijuana, Baja California, Mexico

타코는 옥수수 가루 반죽을 구워 만든 토르티야에 고기와 해산물, 채소 등 각종 재료를 넣어 싸 먹는 멕시코 음식이다. 멕시코 티후아나의 기예르모 프리에토 길에 '라스 아후마데라스 타코 골목'이 있다. 이곳은 1960년대에 형성되었는데 2005년 여행가이자 요리사인 앤서니 보데인(Anthony Bourdain)이 방문하면서 세계적으로 유명해졌다. 골목길에 타코 가판대 6개가 일렬로 늘어서 있다. 가장 인기 있는 메뉴는 카네 아사다(Carne asada)로, 구운 스테이크 타코다.

아도바다(Adobada)는 돼지고기 타코, 초리소(Chorizo)는 소고기와 돼지고기를 섞어서 만든 소시지다. 카베사(Cabeza)는 소머리, 케사디아(Quesadilla)는 치즈를 듬뿍 올린 피자 같은 타코를 말한다. 잘게 썬 무와 구운 파는 무료로 제공된다.

승마 체험

위치: 엔세나다 일대

엔세나다에서는 저렴한 가격으로 승마를 할 수 있는 프로그램이 많다. 주요 해변가나 관광지에서 지역 관광업체를 어렵지 않게 만날 수 있다. 한 시간 동안 말을 타고 해변가를 거닐거나 라부파도라나 다운타운과 같은 유명 관광지를 말 타고 다닐 수도 있다. 보통 늙은 말로 거칠지 않다. 승마 체험 가격은 천차만별이다. 가격과 코스는 흥정을 할 수 있다.

| 맺는 글 |

몸도 벗고 생각도 벗고 놀자

미국 서부 대자연에서 누드 온천이라니. 한 하이커가 알려준 정보가 솔깃했다. 온천이 여러 곳이라면 미국을 색다른 렌즈로 바라볼 수 있겠다 싶었다. 한편으로는 일 년 군사비 천조 원에 달하는 최부국에서 설마 누드 온천이라니, 터무니없다고 생각했다. 그렇게 탐험한 누드 온천이 캘리포니아

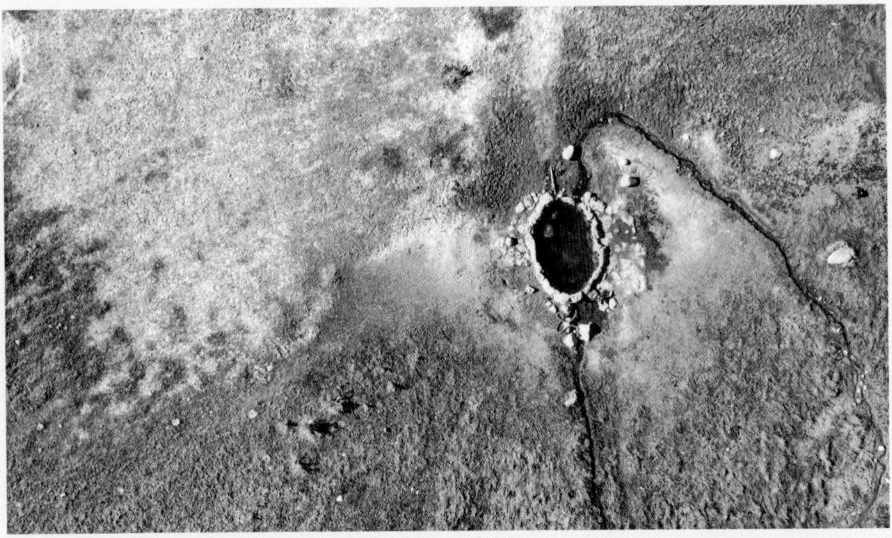

크랩쿠커 온천이다. 처음 온천 기행을 기획했을 때 미국 서부에 이렇게 많고, 다양한 이야기를 품고 있는 온천이 있을 줄 몰랐다.

주 중남부와 네바다주, 멕시코 바하칼리포르니아까지 30여 곳이다. 매혹적(fascinating)이라는 말이 고대 로마에서 악마와 질병을 물리치는 남근상 '파시눔(Fascinum)'에서 나왔다고 하니, 이 또한 합이 절묘하지 아니한가.

진짜 홀딱 벗을까? 기껏해야 상의 탈의 정도겠지라고 짐작했다. 그런데 웬걸, 온천을 찾은 사람들은 위아래 모두 쿨하게 벗어젖혔다. 중요 부위에 박힌 금속 액세서리부터 각종 문신까지 모두다, '올 오픈.' 온천 애호가들은 보통 중년이었지만 20대도 적지 않았다. 심지어 20대들이 발가벗고 돌아다니며 온천을 청소하기도 했다.

벗은 사람도 벗지 않은 사람도 그저 자신의 시간을 보내고 있을 뿐이다. 옷을 벗는 순간, 나의 일상은 다른 시대로 전환한다. 영화 「해리포터」의 9와 4분의 3 승강장처럼, 「미드나잇 인 파리」에 나오는 클래식카처럼. 온천은 나를 다른 세계로 안내하는 회전문이다.

온천은 지진대를 따라 형성되기도 하고 독립적으로 떨어진 마그마방 위에 만들어지기도 한다. 지열에 의해 생기기도 한다. 미국 온천 문화는 유럽에서 건너왔다. 유럽에서는 11세기 종교 순례가 유행하면서 온천이 '기도발' 잘 받는 성천으로 여겨져 순례자가 기도하고 쉬는 곳이 되었다. 그러다 16세기 종교개혁 때 성물 숭배 금지령이 내려지면서 온천이 통제되었다. 이후 르네상스 시기 레저문화의 발달과 함께 온천이 치료 목적으로 다시 주목받는다. 미국에서는 18세기 후반 에스파냐의 식민지 개척과 가톨릭 미션 개발, 유럽 이주민의 골드러시 등으로 유럽의 온천 리조트 문화가 전파되었다.

삭제된 아메리카 원주민의 목소리

이 때문에 북미 온천사는 유럽인의 시각에서 서술되고 있다. 인터넷 검색만 해봐도 대부분 안목 있고 끈기 있는 유럽 이민자가 온천을 발견해 개발했다는 식이다.

아메리카 원주민은 온천을 중립지대 또는 평화지대로 여겼다. 병을 치료하거나 다른 부족과 필요한 물품을 교환하는 장소로 사용했다. 그들은 온천에 '그레이트 스피릿'이 스며 있다고 믿었다. 무기를 드는 행위를 불경하게 여겼다. 원주민들은 온천에서 하늘에 제사 지내며 동물 춤을 추었다. 인간과 우주가 만나는 매개로 온천을 이용했다.

나의 탐구는 자연스럽게 온천에서 원주민 역사와 문화로 이어졌다. 저들은 왜 장발을 할까, 왜 얼굴에 화려한 색을 칠할까, 왜 역사가 기록되지 않았는가. 온천 탐방기는 그 질문에 답을 찾아가는 과정이었다. 그 때문에 어느 온천을 가면 의무감으로 그곳에 살았던 원주민에 대해 공부했다. 이쯤 되면, 온천 어디가 물이 좋고 어디가 나쁘다라는 분위기(atmosphere) 비평을 넘어, 온천을 매개로 자연과 내가 공명하는 분위기(vibe) 탐닉으로 관심이 옮겨간다.

길은 소외된 곳으로 향했다

우리 부부가 탐방한 온천은 주로 무료 노천 온천이었다. 그곳들은 공교롭게 상업지역으로 가치가 떨어져 소외된 지역이었다. 주로 가난한 여행자와 히피, 장기 여행자가 모이는 곳이다. 정치·경제적으로도 힘없는 지역이었다.

대표적인 곳이 슬래브시티 온천이다. 캘리포니아주 임페리얼 카운티에 있다. 솔튼호 오염으로 몰락한 이 마을은 2020년 코로나바이러스로 캘리포니아에서도 피해를 가장 많이 입은 곳 중 하나다. 의료 기반시설이 제대로 갖춰져 있지 않아 감염 속도가 빠르게 증가한 것이다. 사망자도 속출했다.

온천 여행을 하며 환경파괴 현장도 자주 목격했다. 부자 도시 로스앤젤레스가 물을 빼내 가서 상류 지역 호수 수위는 계속 낮아졌다. 이 때문에 염도가 높아져 주변 생태계가 파괴되고 있었다. '더러운 양말 냄새가 난다' 또는 '광부들이 더러운 양말을 빨았다'고 해서 이름 지은 인요 카운티의 더티삭스(Dirty Socks) 온천은 이제 가까이 가기 싫을 정도로 썩은 냄새가 진동했다. 지하수 수위가 계속 낮아진 것이 원인으로 보였다.

기후 온난화로 날씨가 건조해져 캘리포니아에서는 매년 대형 산불이 잇따라 발생하고 있다. 피해면적과 피해액은 매년 최고 기록을 갈아치운다. 2020년에는 남한 영토 5분의 1 이상이 잿더미가 되었다. 온천 탐방에도 영향을 끼쳤다. 캘리포니아 남부 샌타바버라 카운티에 있는 빅 칼리엔테(Big Caliente) 온천과 리틀 칼리엔테 온천은 2017년 토머스 산불 이후 몇 년 간 외부인의 출입이 통제되었다. 캘리포니아 중부 빅서 주립공원(Big Sur State Park)의 사이크스(Sykes) 온천도 같은 이유로 외부인 출입이 막혔다.

에고(Ego)가 아닌 에코(Eco) 여행

이 책을 읽고 온천 여행을 하고 싶은 분이 있다면 몇 가지 당부하고 싶다. 단체여행은 되도록 자제하자. 온천의 수용 인원은 보통 5명에서 10명

사이다. 온천을 파티장으로 만들지 말고 조용히 자연의 품을 느끼다 오자. 북캘리포니아 샤스타산(Mt. Shasta)의 팬서 메도스(Panther Meadows) 샘 경우, 영적 투어(spiritual tourism)를 즐기는 사람에 의해 훼손되고 있다고 한다. 사진을 찍을 때도 주변에 나체인 사람이 있는지 먼저 확인해야 한다. 화장실이 없다고 아무 데나 큰일을 보면 안 된다.

작은 도시에 가면 지역사 박물관과 작은 서점에 가기를 바란다. 전시물과 기록물이 사소해 보일 수 있어도 그 지역 문화를 이해하는 데 도움이 된다. 또 지역 작가의 그림과 공예품에 더 애정 어린 시선을 보내자.

부디, 보고(seeing) 듣는(hearing) 것이 아니라 관찰하고(observing) 귀 기울이는(listening) 여정이 되길 바란다. 비행기에 몸 싣고 자동차를 타는 것 자체가 생태 파괴적 행위 아닌가. 지구에 미안한 마음을 가지고 여행하자. 휴가는 서구 소비문화가 만들어낸 발명품이라는 패멀라 노위카 작가의 말을 좇을 수는 없더라도 지역사회에 끼치는 피해를 최대한 줄이자. 당신이 걷고 있는 땅은 모두, 원주민이 학살당한 피의 흔적이기에. 그 온천수는, 지구라는 몸뚱이의 심혈관에서 솟구쳐 나오는 지구의 혈액이기에.